가난한 사랑의 미래

가난한 사랑의 미래

이아타 장편소설

고즈넉
이엔티

자유로운 영혼이 풍요로운 바다에 이르러
고귀한 생명으로 거듭나기를.

다정한 꿈의 손길로 영혼을 매만진다.
내가 가는 바다는 오랫동안 모두 L이다.

살아가는 힘이 인간과 세계에 대한 깊은 사랑임을
나는 L에게 배웠다.

차례

#1
불규칙 바운드

새벽에 잠이 깨면 빛과 어둠의 경계에서 나는 종종 나를 의심하곤 했다. 내가 나라는 걸 어떻게 증명할 것인가, 나는 살아있는 생명체인가, 왜 어떻게 살아있는가, 따위를. 그날도 침대에 누워 눈을 깜빡이며 형체 없는 생각에 잠기나 천천히 눈과 귀를 열었다. 창밖은 푸르스름하고 벽 너머로 말소리가 들렸다. 거실 텔레비전에서 들리는 소리였다. 해도 뜨지 않은 새벽 4시 50분에 뜬 속보라면 뻔했다. 또 누군가 자살했고 공영방송이 죽음의 뉴스를 알리는 중이리라. 삼년 전부터 긴급한 뉴스는 개인의 의사와 무관하게 자동 방영됐다. 인공지능의 결정이었다.

나는 한없이 부러운 자살자의 소식을 들으러 일어나 거실로 향했다. 자살 경위와 휴머노이드 경찰의 대응을 알아둬야 했다. 맨발에 닿는 방바닥 냉기가 주검처럼 차가웠다. 찰나의 버퍼링 타이밍에 자살에 성공하는 건 복권과 같은 행운이었다. 네트워크와 휴머노이드의 감시를 뚫는 건 거의 불가능했다. 시스템의 촘촘한 감시에도 불구하고 그러나 자살자는 시스템 에러만큼 발생했다.

새벽 어스름 속에 흰 항아리가 텔레비전 화면을 채우고 있었다. 한 달 전 세상을 떠들썩하게 했던 인공지능 비욘드였다. 곧이어 비욘드 옆에 선 플랫폼 스타 스카이의 얼굴을 카메라가 포착했다. 그는 마지못한 듯 떨떠름하게 웃고 있었다. 새로운 자살자에 대한 속보가 아니어서 실망한 나는 소파에 비스듬히 누워 텔레비전을 바라봤다. 한국의 앵커가 높은 음색으로 뉴욕 현지 생중계라고 떠들었다. 건넛방에 깊게 잠든 은비가 깰까 걱정돼 컨트롤러로 소리를 줄였다. 2043년 2월 2일 세계 팔십여 개 나라 팔억 삼천만 명의 시민이 시청 중이라는 자막이 지나갔다.

유리관 안에 든 비욘드를 흰 장갑 낀 누군가가 들어 조심스레 단상 위에 올렸다. 다시 카메라들이 일제히 흰 도자기 형체의 비욘드에게 플래시를 터트렸다. 그것 혹은 그를 직접 보는 건 아마도 이 순간이 처음이자 마지막이 될 터였다. 비욘드는 온갖 가설과 상상만 무성할 뿐 베일에 싸인 채였다. 한 달 전, 정확히 1월 1일 비욘드의 탄생을 뉴스 보도로

봤을 뿐, 대중이 퀀텀 점프한 인공지성에 대해 알 길이 없었다. 그것은 마치 사후세계에 대해 알려고 해도 알 수 없는 것과 같았다.

잠이 덜 깨서 몽롱한 가운데 나는 일어나 웅크리고 앉았다. 보일러를 켜지 않은 실내 공기는 꽤 싸늘했다. 희고 둥그스름하며 아담한 외형의 인공지능은 부모님의 유골이 담긴 항아리와 비슷해 보였다. 잠시 비욘드에 대한 설명이 이어졌고, 흰 항아리는 수십 초 동안 카메라 세례를 받았다. 항아리 안에 인류를 이끌어갈 지성이 들어 있었다. 항아리는 형상일 뿐이고 그 안에 든 초미세 칩들이 본질이었다. 아무튼 붉은 융단이 깔린 단상 위에 올려진 그것 혹은 그가 외형상으로 특별해 보이진 않았다. '그'라고 남성 인칭대명사로 지칭한 건 사용자의 선택에 따라 남성의 정체성을 가지기 때문이었다.

2043년 1월 1일 미국 시각 오전 9시 3분. 미국의 양자컴퓨터 기업 본비디아가 싱귤래리티를 선언했다. 세상이 기대와 우려를 동시에 표명한 사건이었다. 며칠 후 이전까지와 완전히 다른 최고의 인공지능 비욘드 1,000대를 한정 생산했다고 발표했다. 690대는 각국 정부와 미 국방부, 나사와 국제기구 등에 우선 공급되었고 나머지 삼백여 대를 기업가와 거대금융사와 알려지지 않은 개인의 품으로 넘겨질 거라 밝혔다. 비욘드를 구매한 개인들은 기밀에 부쳤다. 비욘드를 소유한 사람들에 대한 추측과 비욘드의 몸값에 대한 소문이 무성했다. 가난한 나라의 국민총생산을 웃도는 금액이라는 것이 정설이었다. 전 세계 비욘드들의 모체가 되는 오리지널 비욘드는 로키산맥 지하벙커에 보관돼 있다는 소문이 나돌았지만 정확한 것은 본비디아의 최고 책임자들만 알았고, 그곳이 핵 공격에도 안전하다고만 알려졌다.

비욘드를 향한 카메라 플래시가 멈추자, 스카이가 단상 위로 올라가 비욘드를 안았다. 십 초쯤 비욘드를 양팔로 안고 있던 그는 엄숙한 표정으로 카메라를 정면으로 응시했다. 역사의 기록에 영원히 남을 사진 한 컷을 의식한 표정이었다. 세계적인 플랫폼 스타 스카이가 969번째 비욘드를 인수하는 장면을 생중계하는 현지 앵커들은 잔뜩 과장된 어조로 떠들어댔다. 한국 방송도 한국의 스타가 인공지능을 가지게 된 것은 의미심장한 일이라며 흥분한 목소리를 감추지 않았다.

잠시 후 본비디아 대표와 스카이가 양해각서에 사인하고 서류를 교환했다. 그리곤 비욘드가 놓인 붉은 제단 양옆으로 스카이와 본비디아 대표 그레이엄이 카메라 앞에 섰다. 수년 만에 대중 앞에 모습을 드러낸 스카이는 예전 그대로였다. 마흔이 넘은 나이가 무색하게 그는 여전히 이십 대로 보였다. 내가 초등학생이던 이십 년 전, 뉴욕 공연무대를 텔레비전으로 볼 때와 거의 똑같았다. 그가 빌보드 차트에 오르고 세계적인 스타로 발돋움하던 무렵이었다.

이십 년이 흐른 지금 그에겐 묘한 아우라가 느껴졌다. 전 세계에 생중계되는 상황에도 그는 한결 여유로워 보였다. 은회색 실크 재킷과 크리스털 귀걸이에 흰 운동화를 신은 플랫폼 스타. 엄숙한 상황임에도 주눅 들지 않고 자연스럽게 무표정한 얼굴. 귀찮다는 듯 심드렁한 눈빛. 세련됐다, 의상도 태도도 세련됐다. 세계적인 팬덤은 이유가 있었다. 세계인의 마음을 사로잡는 스타성은 노력만으로는 어려운 일이었다. 케이팝 스타에서 출발한 그는 지금 플랫폼 스타이자 사업가이자 투자자이기도 했다. 그리고 오늘은 정부 기관과 거대 기업들만 소유한다는 인공시능 비욘드를 기긴 최초의 스타가 된 것이다.

기업 본비디아 쪽에선 최고의 홍보였고, 스카이는 범접할 수 없는 후광을 얻었다. 영향력 있는 플랫폼 스타는 많아도 세상을 이끌어갈 지성을 소유한 스타는 스카이가 유일했다. 컨벤션이 끝나고 본비디아 대표와 스카이가 인사를 하고 행사장을 빠져나왔다. 중계는 여전히 계속됐다. 방송은 조금 전 상황을 되풀이하면서 역사적 의미를 되새김질했다.

휴대폰을 열어 검색했다. 세상의 모든 플랫폼이 스카이와 비욘드로 뒤덮였다. 스카이의 열혈 팬들이 인스타와 페이스북 따위에 소식을 전하며 열광했다. 정보에 빠른 사람들과 음모론을 신봉하는 사람들은 웹 창에서 촌철살인 전쟁을 벌였다. 세상엔 아는 게 많은 사람이 차고 넘쳤다. 십육 년 전 본비디아가 스타트업으로 처음 시작하던 때 스카이는 이미 기업의 가능성을 알았다. 미국 공연을 마친 스카이가 눈에 띄는 성과도 없던 양자컴퓨터 기업을 스스로 찾아가 당시로선 엄청난 금액을 투자했다. 투자 당시 별정 조항에 따라 그는 말도 안 되는 가격에 비욘드를 인수했을 것이다.

— 세상은 이제 끝났다, 아, 벌써 끝났었지만.

— 인공지능의 지배를 받을 날이 눈앞에 다가왔다.

— 999개 비욘드들의 세계대전이 발발할 것이고, 우리 인간 강 건너 불구경하듯 무기력하게 지켜볼 수밖에 없다.

— 비욘드의 외모는 너무 후지다.

— 백 살 넘어 돌아가신 우리 할머니가 쓰던 요강 같다.

— 비욘드를 숭배하라!

플랫폼들을 둘러보다 시계를 힐끗 본 나는 벌떡 일어섰다. 은비가 학교 가는 날인 걸 깜빡 잊었다. 아이 먹일 밥을 서둘러야 했다. 텔레비전을 끌까 하다가 그냥 됐다. 오전 내내 속보는 반복될 것이고 끄면 다시 켜질 것이다. 볼륨을 최소로 줄이고 냉장고에서 양송이버섯을 꺼내 씻었다. 오늘은 학습 상담을 받는 날이었다. 아이들의 학습 능력은 갈수록 낮아졌다. 팬데믹을 세 번 겪으며 학교 가는 횟수도 줄었다. 지금은 상담을 위해 한 달에 두 번 학교에서 또래를 만났다. 자주 못 봐서 그런지 아이들은 서로에게 데면데면했고 낯설어했다. 어릴수록 더 그랬다. 나라면 아예 학교 가기 싫을 것 같았는데, 의외로 아이들은 학교 가는 날을 기다렸다. 수십 명이 한꺼번에 모여 노는 날이기 때문이었다.

버섯 수프를 끓이고 냉동 빵을 오븐에 데우는 사이, 은비가 칫솔을 입에 물고 거실을 왔다갔다했다. 불안하면 이따금 그랬다. 입안 가득 치약 거품이 찰 때까지 입에 물고 내게 봐달라는 듯 서성였다. 단호할 필요가 있었다. 한 달 후를 생각하면 은비는 홀로서기를 배워야 했다. 눈썹을 찡그리자 눈치 빠른 조카가 욕실로 가서 입을 헹구고 돌아와서는 손가락으로 텔레비전을 가리켰다. 골이 나서 말하기는 싫은데 궁금한 모양이었다. 뉴스는 조금 전에 내가 본 화면을 반복했다.

"획기적인 인공지능을 스카이가 가진다는 뉴스."

"저렇게 이상하게 생긴 게 인공지능이라고?"

머리를 묶으며 은비가 화면 속 비욘드를 노려봤다.

"실제로 항아리 안에 든 양자컴퓨터가 인공지능이지."

"근데, 저걸로 뭐 하는 거야?"

"세상의 모든 지식과 정보를 아주아주 많이 그리고 빠르게 처리할 수 있지."

"그 정돈 나도 알아. 근데, 인공지능이 왜 필요해? 돈을 많이 벌 수 있어?"

열한 살짜리가 할 법한 말이었다. 세상의 모든 지식과 데이터를 장악한 집단이 세계의 자본과 권력을 지배한 지 한참이었다. 험한 세상을 살아갈 아이에게 말하려다 말았다. 어차피 시간이 지나면 알게 될 일이었다.

"은비야, 비욘드 생긴 거 납골당에 있는 유골 항아리 같지 않니?"

"그런가? 촌스럽게 생기긴 했어."

아이가 빵을 입에 물고 시큰둥하게 대답했다.

"다음에 가족들 납골당에 가면 저렇게 생긴 흰 항아리를 꼭 살펴줘. 너의 엄마와 아빠, 나의 엄마와 아빠의 몸이 들어 있으니 소중하게, 알았지?"

수프를 삼키며 무슨 뜬금없는 말이냐는 듯 아이가 나를 슬쩍 쳐다봤다. 지금은 몰라도 은비는 영리하니까 나중엔 이 말을 떠올릴 것이다. 틀림없이 그럴 것이다. 다만 너무 늦게 발견하지 않기를 바랄 뿐이었다.

나도 모르게 어금니에 힘을 줬다. 입을 앙다물어서 잇몸이 얼얼했다. 수프를 목구멍으로 넘기기 어려워 물을 마시곤 일어섰다. 은비가 나를 훑어보고는 다시 빵을 뜯었다. 조카는 불행을 반복해서 겪어서 어려도 눈치와 직감이 남달랐고, 내 표정과 눈빛의 변화에 민감하게 반응했다. 그래서 더욱 완벽해야 했다. 아이는 당분간 아무것도 몰라야 살아갈 수 있었다.

아이 방으로 가서 준비물 리스트를 확인하고 아이를 자전거에 태웠다. 내 등을 끌어안은 은비의 작은 몸이 오늘따라 묵직하게 느껴졌다. 은비를 학교에 내려주고 돌아와서 옷장을 열어젖혔다. 옷을 버릴 좋은 타이밍이었다. 손에 잡히는 대로 빼서 적당히 봉투에 담았다. 한꺼번에 정리하면 은비가 눈치챌지도 몰랐다. 대봉투 두 개를 들고 내려가 분리수거함에 훌훌 털어버렸다. 후련했다. 다시 올라와 서랍 아래 칸에 모아둔 잡동사니도 봉투에 쓸어 담고 내려가 버렸다. 내 물건을 정리할 게 없는 편이 아이에게도 좋았나.

식탁 위에 아침에 은비가 먹고는 내버려 두고 간 약통이 보였다. 조울증 약이었다. 항상 조심하라고, 약통을 서랍 안에 두고 먹으라고 타일러도 아이는 가끔 부주의했다. 내가 없으면 더 부주의해질 터라 걱정이 앞섰다. 그나마 은비의 고모인 최서진이 있어 다행이었다. 섬세하고 다정한 서진의 품에서 아이는 안정을 찾을 것이다. 내가 아는 서진은 내면이 강인한 사람이었다.

지그문트 박사에게 미리 석 달 치를 받아 둔 약통이 묵직했다. 나도 우울증 약을 복용했지만 몇 달 전에 끊었다. 박사는 약을 중단하면 증상이 악화한다고 만류했다. 약을 오래 먹어 지겹다고, 그리고 약 없이 살아보겠다고 웃으며 능쳤지만, 박사는 내 말을 믿지 않는 눈치였다. 사고와 자살로 죽은 가족사와 그 후 내가 겪은 상처를 가장 잘 아는 사람이었다. 약통 뚜껑을 열어 흰색과 오렌지색 알약을 손바닥에 부었다. 알약의 절반만 먹어도 죽을 것이다. 서진과 지그문트가 곤란해지고 은비는 충격을 받으리라. 실제로 작년에 지그문트의 환자 중 그런 일이 있었고 한동안 박사는 상담을 접었다. 양쪽 모두에게 기록이 없어 경찰이 찾을 수 없었지만 만일을 위한 대비였다. 나도 한동안 은비의 약통을 서진의 집에 두고 소분해서 가슴에 지니고 다녔었다.

그때도 자살자에 대한 뉴스가 늦은 밤 속보로 떴다. 누군가의 자살을 세상 사람 모두가 알아야 했다. 자살이 불법이며 범죄라는 의식을 시민들에게 상기시키려는 의도였다. 삼년 전에 제정된 법은 일부 시한부 환자에게 허용된 안락사를 제외한 모든 자살을 불법으로 규정했다. 한강에 뛰어들고 고층빌딩에서 추락하고 초고속 전철에 몸을 던지면 유족은 막대한 손해배상금을 물어야 했고 사망보험금도 받을 수 없었다.

오렌지색 알약을 혀에 올렸다. 심심한 쓴맛이 나는 알약을 혀로 굴리며 사탕처럼 빨아 먹었다. 내 나이 서른넷, 생각이란 걸 하게 된 이후 삶의 이유를 끈질기게 생각해왔다. 아버지가 죽었을 때는 어려서 아무 생각이 없었고, 엄마가 죽은 후부터 생각이란 걸 하게 됐다. 사람이 살면서 결단 내려야 할 게 딱 하나 있다. 살거나 혹은 죽거나. 징징대지 말고 살거나 혹은 징징대지 말고 죽어야 한다. 아버지, 엄마, 형부, 언니는 일찌감치 죽어버렸다. 그들의 유골 항아리 바닥에 은비에게 남기는 편지를 숨겨두었다. 당국의 철저한 검증을 피해 유서를 숨겨둘 최적의 장소였다. 죽은 가족의 뼛가루 아래 죽음을 선택한 나의 생각과 결단을 적어놓았다. 세월이 흐른 후에라도 아이가 조금이나마 나를 이해해주기를 바랐다. 아니, 은비가 너무 오래 나를 원망하지는 않기를.

일하러 갈 시간이었다. 옷장에서 형광색 점퍼를 기지고 나왔다. 휴대폰을 주머니에 넣고 팔을 꿰려다 점퍼 등 쪽을 보았다. 등에 적힌 'TRASH'라는 단어가 오늘따라 거슬렸다. 거리의 쓰레기를 줍는 일을 하니까 틀린 단어는 아니지만 옳은 선택은 아니었다. '쓰레기'라는 단어를 등에 매달고 일하는 사람을 배려하지 않는 말이었다. 이 모든 게 거리를 돌아다니는 보안 휴머노이드와 네트워크 카메라의 시각적 분별을 위한 선택이었다. 잘못돼도 한참 잘못됐다. 도시의 치안을 위해 사람을 고용하고 쓰레기 줍는 일에 휴머노이드를 투입해야 했다.

　운동화를 신고 빠른 걸음으로 공용 아파트 골목을 걸어 내려갔다. 전철역과 버스 정류장 인근이 내게 주어진 구역이었다. 일은 아주 단순했다. 출근을 체크하거나 나를 관리 감독하는 상관도 없었다. 모든 건 네트워크 카메라의 인공지능이 관리했다. 도시 상공을 뒤덮은 초미세먼지처럼, 도시 어디서나 넘쳐나는 가난처럼, 네트워크 카메라는 곳곳에 손길을 뻗쳤다.

　10시 정각, 허리를 숙이고 바닥에 떨어진 쓰레기를 찾기 시작했다. 오늘도 쓰레기를 찾아 오리걸음으로 오천 보를 걸어야 했다. 인공지능은 일하는 속도, 시간당 허리를 펴는 횟수, 쓰레기를 줍는 양 따위를 종합적으로 계량화해서 작업 적합도를 매달 평가했다. 평균 이하의 수치가 나오면 개선 딱지가 붙고 연이어 나오면 일자리는 다른 사람에게 넘겨졌다. 일하는 속도는 늘 높은 점수를 받았지만 처음 일을 시작했을 때 쓰레기의 양을 개선하라는 통보를 받았다. 길거리에 쓰레기가 너무 없었다. 잘리지 않기 위해 나는 나뭇잎이나 먼지 뭉치를 담고 보도블록 틈새에 낀 오물을 손톱으로 파서 넣기도 했다. 도시 미관과 거리의 청결이라는 목적에 부합하는 선택이었고, 그 후 지금까지 인공지능으로부터 지적당하지 않았다.

사실 거리엔 주울 게 없었다. 고의로 쓰레기를 버리면 다음 날 벌금을 부여받았다. 안면인식과 동선 추적으로 길을 걷는 사람의 신상정보는 쉽게 알 수 있었다. 문제는 고의냐 아니냐를 두고 민원이 끊이지 않는다는 점이었다. 인공지능이 고의가 아니라고 판단하는 경우는 바람이 강해 손에 든 물건이 날아간다거나 값비싼 물건을 떨어뜨린 경우여서, 민원을 제기해봐야 소용없었다.

나는 트래셔가 마음에 들었다. 일이 단순하고 혼자 하는 일이라 마음이 편했다. 트래셔가 되려는 사람은 많고 필요한 인원은 한정돼서 경쟁이 심했다. 기존 트래셔가 아웃돼야 자신에게 차례가 돌아오니 괜한 수작이나 시비를 거는 경우도 많았다. 엎드린 채 일하는 내게 다가와 '넌 쓰레기야. 등짝에 쓰레기라고 쓰여 있잖아.' 혹은 '어이, 쓰레기, 나랑 한번 놀자.' 따위의 말을 속삭이는 늙수그레한 인간들이 꽤 있었다. 그럴 땐 대꾸 없이 노려보거나 지나가는 보안 휴머노이드를 찾는 게 최선이었다. 십중팔구 그들이 노리는 것은 내가 흥분해서 같이 욕지거리하는 상황을 연출하는 것이었다. 그럴 정도로 일자리가 없었다. 단기 일자리마저도 경쟁이 치열했다. 젊은 사람은 메타월드에서 게임으로 푼돈이나마 벌 수 있지만 나이 든 사람은 그나마도 어려웠다. 아이러니하게도 은비가 고아라는 게, 내가 은비의 후견인이라는 사실이 일자리를 구하는 데 가산점이 됐다.

나는 오랫동안 악착같이 일을 해왔다. 청소, 베이비시터, 배달 따위. 부모가 차례로 죽고 형부와 언니가 죽고 어린 조카를 알뜰히 돌보며 쉬지 않고 단기 일자리와 긱노동으로 성실하게 살아온 젊은 여성이 자살할 리 없었다.

사건 발생 후 경찰과 손해평가사와 심리상담사로 구성된 자살방지위원회는 나의 사망사건에 대한 조사를 벌일 것이다. 은비와 최서진이 불려가 조사를 받을 가능성이 컸다. 두 사람은 내가 우울증 약을 먹은 사실에 대해 함구할 테고, 위원회는 내 행적과 모든 플랫폼에서 내가 남긴 데이터를 치밀하게 분석할 것이다. 그들의 조사에 대비해서 한 달 전 고층빌딩에서 휴대폰을 보다가 손에서 미끄러진 연출을 했다. 값비싼 휴대폰은 지상으로 떨어져 완전히 박살이 났고 나는 새 휴대폰을 샀다. 일부러 휴대폰을 바꾼 게 아니라고 그들은 판단할 것이다. 정오감이라는 여자가 좋아하는 영화와 드라마 혹은 독서 관련 플랫폼에 남긴 데이터를 종합하면 그녀는 밝고 긍정적이고 따뜻하고 소박한 사람이었다. 그런 사람이 자살할 리 없다, 그러니 여자의 죽음은 사고다. 이것이 내가 오랫동안 준비해둔 사후 시나리오였다. 허점을 남겨선 안 됐다.

오늘도 주울 게 없었다. 전철역 인근을 한 바퀴 도는 동안 바람에 날리는 휴지와 일회용 작은 숟가락 하나를 주운 게 다였다. 부랑자들이 서성거리는 반대편 출구 쪽으로 옮겨가는 게 나아 보였다. 한 달여 남은 날짜를 못 채우고 잘리면 저들에게 꼬투리가 될 수 있다.

나는 가벼운 넝마 꾸러미를 들고 건널목 앞에서 신호를 기다렸다. 건널목 바로 앞 스타벅스에서 진한 커피향이 새어 나왔다. 고개를 돌려 유리창 안 사람들을 힐끗 보았다. 헤드셋을 쓴 어린 친구들이 게임에 빠져 있었다.

'스타벅스의 상호가 어디서 유래했는지 아니? 허먼 멜빌이라는 작가가 쓴 소설에 한 선원이 커피를 무진장 사랑했어. 그 선원의 이름이 스타벅이었단다.'

우리 가족에게 아무 일도 일어나지 않았던, 내가 아홉 살혹은 열 살 무렵 엄마가 한 말이 문득 떠올랐다. 가족들이 어딘가 다녀오던 길에 스타벅스에 들렀을 것이다. 아무것도 아닌 기억이 저 아래에서 올라오자 밑바닥에 숨겨둔 감정이 울컥 올라왔다. 순식간에 눈물이 뱄다.

'엄마, 미안해. 더는 안 될 거 같아.'

고개를 들자 신호등의 초록불이 깜빡거리고 건널목을 거의 다 건너간 사람들이 보였다. 작게 한숨을 쉬고 눈을 감고는 눈물을 눈으로 지그시 삼켰다.

다음 신호를 기다리는 사이 종종걸음으로 주위를 살폈다.

다행히 빨대 하나를 주워 넝마에 넣는데 맞은편 대로에 단발머리 여자가 눈에 들어왔다. 멀어서 잘 보이진 않아도 옷차림으로 보아 내 또래 같았다. 자율주행차들이 빠르게 지나가는 모습을 지켜보던 여자가 한 발을 차도로 내려놓았다. 부랑자 하나가 손가락으로 여자를 가리키자 몇몇이 쳐다보았다.

인도 양쪽에서 보안 휴머노이드들이 전속력으로 달려왔다. 순식간에 여자의 양팔을 낚아챈 휴머노이드가 여자를 끌다시피 데리고 갔다. 자살방지법에 따른 조처였다. 여자는 조사를 받고 심리상담에 끌려다니고 앞으로 오랜 시간 관찰 대상이 될 것이다. 여자의 양팔을 움켜쥔 휴머노이드가 지나가자 인근의 부랑자들이 박수를 쳤다. 빌어먹을 휴머노이드였고 정말 빌어먹을 부랑자들이었다. 아무 희망도 없는 인간들이 자살을 막았다고 짝짝 손뼉 친다는 건 빌어먹을 아이러니였다.

다시 신호가 바뀌자 나는 그들을 향해 달렸다. 그러나 여자와 보안 휴머노이드는 저만치 멀어져 버렸다. 여자를 쫓아간댔자 내가 할 수 있는 일도 없었다. 하는 수 없이 나는 다시 등을 구부리고 쓰레기를 찾는데 몰두했다. 의외로 이곳도 쓰레기가 없었다. 담배꽁초 두 개와 병뚜껑 하나를 담는데 내 콧등을 스치며 넝마 안으로 녹색 술병이 툭 떨어졌다. 머리를 들어 상대를 봤다. 긴 곱슬머리의 부랑자 하나가 배시시 웃고 있었다.

"이런 경우는 벌금 안 물 거 같은데. 난 길바닥에 버린 게 아니거든."

도로의 카메라에 장착된 인공지능이 새로운 규칙을 학습하지 않는 한, 이놈 말대로 벌금을 부과하진 않을 것이다. 능글맞게 웃는 놈에게 조용히 뇌까렸다.

"인공지능의 규칙은 언제든 달라질 수 있지. 술병을 남의 머리 위에서 떨어뜨리는 인간은 감옥에서 썩게 될 거야."

아침에 본 흰 항아리가 문득 떠올랐다. 새롭게 탄생한 비욘드는 인간에게 새로운 모럴을 요구할지도 모를 일이었다. 허리를 펴고 일어나는데 놈이 신발 앞에 침을 뱉었다.

"재수 없게 똑똑한 척하는 년이군. 쓰레기나 숨는 년이."

내일 죽는다면 당장 돌려차기를 할 수도 있었다. 죽음의 완성을 위해 오늘의 수치를 참아야 한다는 게 헛웃음이 났다. 나는 피식 웃으며 상대를 노려보았다. 내 표정과 눈빛에 놀란 곱슬머리가 엉거주춤 물러섰다.

놈이 무리에 끼어들더니 다른 부랑자 둘과 숙덕거렸다. 나는 끝까지 그들을 노려보았다. 그들의 반응을 살피는 와중에 웅성거리는 소리가 들렸다. 고층빌딩 꼭대기 위로 커다란 홀로그램 영상이 펼쳐졌다. 다시 또 지겨운 속보였다.

스카이와 본비디아 관계자들이 초고층빌딩 꼭대기에서 악수하고 있었다. 그들 주위에 두 줄로 늘어선 경호 휴머노이드들이 보였다. 역시 생중계였다. 뉴욕은 이제 저녁이었다. 자막으로 보아 본비디아 사옥 꼭대기였다. 팔십 층 옥상에 초고속 비행기 세 대가 번쩍거리며 곧장 이륙할 태세로 꿈틀거리고 있었다. 스카이와 본비디아 수뇌부들이 근엄한 표정으로 손을 맞잡으며 마지막 인사를 나눴다. 방송사 카메라들이 한꺼번에 터트리는 플래시로 마천루가 폭죽 터지는 상공처럼 눈부셨다. 술 취한 부랑자 몇몇이 또 박수를 쳤다. 아무 할 일도 없고 아무런 일도 일어나지 않고 아무런 볼거리마저 없어서 아무것도 모른 채 손뼉을 치는지도 몰랐다.

비행기 중 하나에 몸을 실으려는 스카이에게 누군가 말을 걸었다. 스카이가 눈을 깜빡이더니 가슴 안쪽에서 몽블랑 펜을 꺼냈다. 검은 뿔테 안경에 여드름 많은 청년이 다급히 수첩을 꺼냈다. 이 어설프고 못생긴 애송이도 본비디아 직원인 모양이었다. 전 세계에 생중계되는 상황에 사인을 요청한 애송이가 우습기도 하고 역시 자유분방한 나라인가 싶기도 했다.

곧이어 비행기 세 대가 거의 동시에 이륙했다. 스카이가 탄 기체 양옆의 두 대는 만일을 대비한 호송이었다. 제트기

세 대에 인간과 경호 휴머노이드 여덟 명이 타고 있었다. 비욘드가 국제 범죄조직이나 테러 집단의 수중에 들어가는 것을 막기 위해서였다. 뉴욕에서 서울에 도착하는 동안 나사의 감시와 보호도 받는다고 했다.

넝마를 늘어뜨린 채 선 나와 술병을 든 부랑자들 그리고 단발머리 여자를 어딘가에 인계하고 돌아온 보안 휴머노이드까지 목을 빼고 영상을 올려다보았다. 비욘드와 스카이를 실은 제트기가 앞섰다. 이어 비욘드를 호위하는 기체의 형체가 아스라해지고 검은 상공에 불빛으로 빛났다. 빨간 불빛이 완전히 사라질 때까지 영상은 계속됐다.

목을 빼고 넋 놓고 영상을 보던 나는 얼른 주저앉았다. 오늘은 속도도 느렸고 등을 너무 오래 펴고 있었다. 빠른 속도로 바닥을 훑으며 다시 쓰레기를 찾았다. 할머니 첫 제삿날인 3월 13일 전까지 트래셔로 일해야 했다. 이제 한 달 남았다. 그날 그곳을 놓쳐선 안 됐다. 자살방지위원회의 의심을 피할 유일한 시간과 장소였다. 모든 준비는 완벽했다. 나의 죽음은 새벽에 사람들을 깨우지도, 저녁 속보가 되지도 않을 것이다.

인공지능이 퀀텀 점프할 때 세상은 술병 든 노숙자로 넘쳐났고 약에 취한 사람들이 비틀거렸고 죽고 싶은 사람은 도처에 있었고 나는 죽음을 카운트다운했다. 길거리 쓰레기를 줍는 내가 언감생심 플랫폼 스타를 만나고 비욘드와 접촉하게 되리라곤 상상조차 할 수 없었다. 인생은 불규칙 바운드일지도 몰랐다.

#2
빌어먹을 휴머노이드

그날이 왔다. 바닷가 절벽에서 추락하는 날, 내 육체를 내가 선택하는 날. 자살이 불법이고 범죄라는 건 그들의 규정일 뿐, 내 생각과 의지에 반했다. 나는 아무도 없는 바닷가를 지나 언덕으로 올랐다. 수없이 시뮬레이션했기에 의아할 정도로 마음이 담담했다. 빠른 걸음으로 거뭇한 바위가 솟은 길로 향했다. 자살의 포인트로 정해둔, 높은 절벽 길로 접어들자 바람과 파도가 거칠어 상쾌한 기분마저 들었다.

바람과 파도가 섬의 주인이었다. 내가 내 생각과 내 몸의 주인이듯. 무인도나 다름없는 아진도는 여러 채의 폐가와 백 살 넘은 노인의 낡은 집 하나가 바닷바람에 낮게 엎드리고 있을 뿐이었다. 그래서 네트워크 카메라에서 벗어날 수 있는 거의 유일한 장소였다. 나와 언니가 살았던 이십 년 전에는 스무 가구 넘게 살았다. 세월이 흘러 하나둘 도시로 가고 노인들 다섯이 남았는데 다시 하나둘 죽으면서 이제 할머니 한 명이 남아 있었다. 네트워크 카메라가 없는 이유는 보잘것없는 작은 섬이 아무것도 아니기 때문이었다.

오래도록 노인 몇 명이 참나무에 붙은 버섯처럼 살다가 새소리를 들으며 죽음을 기다리는 섬. 일 년 전 외할머니가 흙집에서 호흡을 멈추던 새벽, 할머니의 심장박동과 연동된 휴대폰 알람이 할머니의 죽음을 알려주던 순간, 나는 내 죽음의 모습을 상상했고, 바다가 내려다보이는 무덤에 할머니를 묻으며 결코 실패할 수 없는 알리바이를 발견했다. 자살방지위원회와 숨은 신(神)을 비웃으며 안전하게 죽을 수 있는 알리바이. 아귀가 딱 맞는 필연적인 시간과 장소.

할머니의 추도 1주기인 오늘 아진도에 도착한 나는 마땅히 할 일을 했다. 할머니가 살던 빈집을 청소하고 바닷가 무덤의 잡풀을 뽑으며 활짝 웃는 내 얼굴을 찍어 은비에게 전송했다. 잡풀처럼 하찮은 인생에서 자살이야말로 가장 의미 있는 일이었다. 그러나 공식적 기록엔 자살이 아닌 사고여야 했다. 은비에게 보험금도 남겨줘야 했다. 언니의 자살은 법이 제정되기 전이지만 은비의 개인정보에 남았다. 그러니 나마저 자살자로 처리되면 아이의 앞날에 족쇄가 될 것이다.

이제 고통도 미련도 없었다. 파도 소리가 우렁찼다. 들끓는 환희에 넘치는 파도는 제 생명을 뿜냈다. 생명력 넘치는 바다와 선택적 죽음은 꽤 어울리는 조합 같았다. 높은 화강암 절벽을 향해 걸음을 옮기다가 하늘을 올려다보았다. 구름이 군데군데 드리운 파랗고 평범한 하늘이었다. 머나먼 평화로운 하늘 곳곳에서 지상을 굽어보는 숨은 신들. 이곳에도 숨은 신들이 존재했다. 천상을 빽빽이 뒤덮은 인공위성과 클라우드 링크들. 구름 신들이 나를 내려다보고 있었으나 나를 막을 수는 없었다. 도시를 뒤덮은 네트워크 카메라 따위도 없었고 그래서 보안 휴머노이드가 나를 잡으러 달려오지도 않을 것이었다. 나는 자유였다.

하늘을 향해 치솟은 절벽 위에 올라섰다. 상공을 슬쩍 쳐다보고 피식 웃고는 춤을 추었다. 하늘을 가득 메운 저늘이 내 눈동자와 표정을 읽더라도 내 춤은 해석하지 못할 것이다. 삶과 죽음이 한뿌리에서 솟아 가지를 뻗는 춤사위를 고지식한 인공지능 따위가 알 리 없었다. 퀀텀 점프한 비욘드도 별수 없으리라. 나는 눈을 감고 무표정한 채로 팔을 치켜들고 두 다리를 뻗었다가 회오리치듯 빙글빙글 돌았다. 계속해서 팔다리를 허공에 휘저으며 기쁜 듯 슬픈 듯 희열에 넘친 듯 굽이쳤다.

시간이 갈수록 내 춤은 역동적인 파도를 닮아갔다. 삶이 아닌 죽음을 향한 차가운 열망. 숨은 신의 그물망에서 벗어난 완전범죄. 네트워크 인드라에서 탈출하려는 신성모독.

까마득한 절벽에서 나의 춤과 연기는 완벽했다. 대자연의 싱그러움을 두 팔 가득 안으려는 듯 춤을 추었고 음흉한 미소를 짓다가 발을 헛디딘 척 바다로 추락했다.

그러나 법질서를 수호하는 휴머노이드가 나를 죽음이 아닌 삶으로 끌어올렸다. 빌어먹을 휴머노이드였다. 빌어먹을! 멀리서 나를 감지한 경호 휴머노이드가 바다에 뛰어들어서 나를 건져냈다. 나중에 들으니 야산에서부터 거의 일 킬로미터를 전속력으로 달려와서 바위에서 멋진 다이빙을 한 모양이었다. 백 미터를 칠 초 대로 달린다니 할 말이 없었다.

깊은 바다에서 내 몸통을 감고 나온 비토는 뱃속 바닷물을 게워내고 응급처치까지 완벽하게 했다. 일 년간 시뮬레이션하며 기다리던 죽음은 물거품이 되었다. 춤에 몰입한 탓에 바람과 파도 소리에 파묻혀서 제트기 소리를 듣지 못한 스스로가 원망스러웠다.

전용 비행기에 경호 휴머노이드를 태우고 온 사람이 스카이라는 건 나중에 알았다. 모두가 다 아는, 숨은 신도 아는 스카이를 첫눈에 몰라봐서 황송할 따름이었다. 몸에 웨

어러블 기기를 장착하고 얼굴엔 안면인식을 회피하는 인공
피부를 붙이고 있어서 알아보기 힘들긴 했다. 상대를 힐끗
본 나는 그저 돈이 넘쳐나는 부자라고만 생각했다. 남자가
장착한 기기들은 아무나 살 수 없는 상당한 고가였다. 한국
에서 한 사람이 태어나 120년 사는데 필요한 돈과 거의 맞
먹었다.

"설마, 자살하려고 한 건 아니겠죠?"

의식을 찾은 내게 그는 대뜸 자살 여부부터 물었다. 최근
의 법률이 그렇듯 자살을 흉악한 범죄로 여기는 듯 시니컬
하고 못마땅한 말투였다.

"자살할 사람 아닙니다. 발을 헛디뎠을 뿐이죠."

숨이 가빠 말하기 힘들었지만 나는 또박또박 말했다. 이
남자가 신고할지도 모를 일이었다. 자살을 도모한 기록이
남으면 다음을 기약할 수도 없고, 앞으로의 인생은 피곤해
질 게 뻔했다. 트래셔마저 잘리고 관찰 대상자가 돼서 어디
에서나 숨은 신의 강력한 비호를 받을 것이다.

"하긴, 자살할 만큼 용감하게 생기진 않았군. 내 경호원
비토의 순발력과 수영 실력 덕분에 살았습니다, 정오감 씨
는."

그가 곁눈질로 비토를 가리켰다. 경호 휴머노이드 비토가
내 신체와 접촉했으니 이름 따위는 문제도 아니었다. 내 개

인정보에 대해 뭘 더 아는지 되물을 수도 없었다.

"살려줘서 고맙습니다."

너무나 화가 났지만 나는 차분한 표정으로 고개를 숙여 인사했다. 선한 얼굴의 비토가 나를 보며 환하게 웃었다. 환한 웃음이 인간의 웃음 같았다.

휴머노이드와 인간을 구분하기가 점점 까다로워졌다. 겉모습과 행동 그리고 말투 따위론 인간과 분별하기 어려웠다. 그러나 오래 바라보고 관찰하면 가능했다. 휴머노이드도 상황에 따라 표정이 있었지만 뭔가 좀 정량화된 느낌이었다. 사람마다 제각기 다른 미묘한 표정이 바람과 바다처럼 매 순간 변한다면 휴머노이드의 그것은 바람의 방향과 파도의 세기 따위를 수치로 표기한 것과 같았다. 더구나 그들은 표정으로 감정을 표현할 수 있어도 눈에는 감정이 담기지 않았다. 휴머노이드의 눈을 응시하고 있으면, 단단한 두 눈동자는 흡사 안구 뒤쪽에서 나사를 꼭 조인 듯한 느낌마저 들었다.

인간을 빌어먹게 하는 게 휴머노이드였다. 휴머노이드가 너무 많이 태어나고 있었다. 그들은 순식간에 인간의 노동을 흡수해버렸다. 단순 노동과 사무직 그리고 전문적인 기술까지. 사 년 전부터는 도시 곳곳에 보안과 치안을 위한 휴머노이드가 돌아다녔다. 네트워크가 판단한 범죄 현장에 즉각 달려가 강력범죄를 예방했다. 자살방지법이 통과된 후론 자살자를 적발하는 휴머노이드도 대폭 늘었다.

촘촘하고 정교한 네트워크와 종일 구역을 돌아다니는 보안 휴머노이드들은 시민들의 감정을 실시간으로 읽어냈다. 양화대교 난간에서 주저하고 겁먹은 사람은 인공지능에 포착돼 집으로 돌려보내졌다. 망설이지 않고 곧장 한강으로 추락한다고 해도 이내 휴머노이드에 의해 구조됐다. 죽기 어려운 시대였다. 모범적인 휴머노이드들은 임무를 성실히 수행했다. 자살을 죄악으로 판단하도록 프로그래밍된 그들은 죽으려는 시민들을 끈질기게 살려냈다. 부분적으로 안락사를 허용하는 시대에 새로운 생명윤리를 요구하는 시위가 끊이지 않았으나 다시 법 개정을 할 리도 만무했다. 다수의 법 감정이 자살에 부정적이었고, 휴머노이드를 생산하는 다국적 기업들이 입법에 행사하는 파워도 만만찮았다. 휴머노이드의 생산과 그에 따른 자본의 이익을 위해 오래도록 인간의 자살은 통제받을지도 몰랐다. 언론과 플랫폼들이 주입한 생각을 다수의 대중이 확대 재생산했다. 기술의 진보가 세상의 질서를 유지한다는 믿음은 신화를 넘어 종교를 향했다.

그런 세상이 존재했을까 싶은 시절에 고풍스러운 철학자가 이데아라는 말을 만들어냈다고 한다. 동굴에서 시작된 단어는 축축하고 깊은 울림을 타고 21세기 중반을 향해 가는 지금까지 종유석을 따라 물방울을 떨어뜨린다.

휴머노이데아! 휴머노이드가 직장동료로 혹은 집안의 가족 구성원으로 스며들면서 다국적 인공지능 기업과 학자들은 언어를 탄생시켰다. 알다시피 언어가 탄생하면 언어를 둘러싼 단단한 세계가 형성된다. 공상과학소설과 영화에서 안드로이드라 불리던 휴머노이드는 본질이 되었다. 본질을 설정하면 나머지는 모두 한낱 현상의 나락으로 추락한다. 휴머노이드가 세상에 첫발을 내딛던 2038년은 수 세기 후 인간이라는 종이 우주를 스치고 지나가는 허무한 종으로 전락하는 원년으로 기록될지도 모른다. 빌어먹을 휴머노이드, 빌어먹을 휴머노이데아.

축 늘어져 바위에 엎드려 있다가 정신을 차리고 일어나 앉았다. 나는 고가의 장비를 착용한 부자 남자와 휴머노이드들을 관찰했다. 나중을 생각해 신상을 파악해둬야 했다. 담요로 감고 있어도 몸이 떨리고 뼛속까지 시렸다. 겉모습으로 나이가 짐작이 안 되는 남자는 휴머노이드들을 거느리고 자기 소유의 초고속 비행기를 몰고 하릴없이 바닷가에 산책이라도 나온 듯 심상한 분위기를 풍겼다. 내가 기침을 하자 비서로 보이는 여자가 따뜻한 물과 담요 한 장을 더 건넸다. 헬렌 역시 휴머노이드였다. 그녀는 선글라스를 낀 눈으로 나를 흘긋 보다가 서류가방을 들고 낮은 목소리로 주인에게 말하고는 빠른 걸음으로 마을 쪽으로 향했다.

"저흰 해결할 일이 있어서 한 시간 후에 출발할 건데, 혹시 서울까지 태워드릴까요?"

비토가 진중하고 친절한 목소리로 물었다. 나는 고개를 끄덕이곤 멀리 떨어져서 바다를 바라보는 남자를 쳐다보았다. 인공피부와 웨어러블 기기 따위에도 불구하고 몸짓에서 해방감 같은 것이 느껴졌다. 그는 두 팔을 쫙 펼치고 눈을 감고 있었다. 웅장하게 굽이치는 파란 바다의 에너지를 온몸으로 받아들이는 희열이 멀리서도 느껴졌다. 아직은 휴머노이드가 정복할 수 없는, 오직 인간 상호 간에 흐르는 느낌이었다.

그는 한 시간 동안 꼼짝없이 서서 바다를 바라보았다. 잠시 후 헬렌이 돌아왔고, 그녀의 보고를 들은 그는 앞장서 걸으며 인공피부를 벗었다. 그제야 스카이를 알아본 나는 조금 놀랐지만 내색하지 않았다. 한 달 전 비욘드와 함께 생중계되던 모습과도 또 달랐다. 화장기가 없어서인지 얼굴이 어두웠다. 이곳에서 하필 유명인사와 맞닥뜨리고 바다에 빠진 나를 구한 게 세상 사람들이 다 아는 스카이라는 게 못내 찜찜했다.

"아진도 바다를 보러 온 것 같지는 않고 여기 무슨 일로 오신 거죠?"

내가 묻자 비토는 무례한 질문을 받았다는 듯 표정이 딱딱해졌다.

"스카이 씨의 사적인 일입니다만, 정오감 씨는 무슨 일로 오셨습니까?"

"저기가, 저희 할머니 집입니다."

내가 손가락으로 할머니의 흙집을 가리켰다. 경호 휴머노이드가 알 수 있는 개인의 신상정보는 법률 규정대로 십오 년인 모양이었다. 나의 과거 거주지가 이곳이라는 걸 비토는 몰랐다.

"저기 파란 대문 말입니까?"

"아니오, 그 옆에 녹색."

비토는 의문이 가셨다는 듯 정직하게 고개를 끄덕였다.

스카이가 앞장서서 걷자 비토가 다급히 뒤를 따랐다. 그 뒤를 헬렌이 걸었고 나는 그들과 떨어져서 천천히 걸으며 앞으로의 일을 생각했다. 스카이와 저들이 과연 사고라고 진심으로 믿어줄 것인지, 언젠가 나의 죽음 이후 만일 스카이가 자살방지위원회에 출석하게 된다면 어떤 증언을 할 것인지 따위를 따져보느라 머릿속이 복잡했다.

바다를 벗어난 야산에 초고속 경비행기가 착륙해 있었다. 기체는 거무스름했고 짙푸른 나무들이 울창해 엄폐하기 좋았다. 스카이가 먼저 올랐다. 뒤따르던 나는 비행기의 발판을 밟으며 한 달 전 뉴욕 초고층빌딩의 생중계를 떠올렸다. 번쩍이는 카메라 불빛들 사이로 비욘드가 든 상자를 안고 비행기에 오르던 스카이의 모습. 그러니까 내가 현존하는 최고의 인공지능을 실었던 기체에 몸을 싣는 것이었다.

기체 안은 생각보다 좁았다. 스카이 옆에 내가 앉고 마주한 자리에 헬렌과 비토가 앉았다. 스카이를 힐끗 봤다. 그는 눈을 내리깔고 생각에 잠긴 듯했다. 비욘드에 대해 묻고 싶었지만 참았다. 이 남자가 친절하게 대답할 거 같지도 않았고 사실 뭐라 물어봐야 할지 애매했다. 비욘드로 뭘 하고 있냐고 물을 수도 없었다.

비토가 안전 점검을 하고 이륙 버튼을 눌렀다. 내부가 좁아서 그와 휴머노이드 두 명 그리고 나까지 넷은 무릎이 닿을 정도로 가까이 앉아 있었다. 젖은 옷 때문에 약간 떨고 있는 내 어깨를 비토가 거위털 블랭킷으로 감싸주었다. 그저 친절하고 몸에 밴 요식적인 행위였는데 아빠처럼 편안했다. 용감하고 진중하고 반듯하고 다정하기까지.

부유한 여자들이 휴머노이드 애인을 좋아하는 이유를 알 것 같았다. 멋진 외모, 세련된 매너, 다정다감한 품성, 무엇보다 바람 피지 않는 성정. 남성 휴머노이드는 탄생할 때부터 그렇게 프로그램되었다. 당연히 여성 휴머노이드는 남자들의 이데아를 실현했다. 육감적인 몸과 순수한 얼굴, 나긋한 말투와 귀여운 몸짓. 애인용 휴머노이드가 처음 세상에 나왔을 때 남자들은 환호작약하고 앞다투어 구매했다. 한때 부유한 남성들의 전유물처럼 여겨졌으나 지금은 유행이 시들해졌다. 그런 면에서 남자는 여자보다 관습적일지도 몰랐다. 인간 여성의 매끄러운 피부와 냄새, 개인마다 다른 여성 성기의 감촉을 버리지 못했다. 남자는 조금 더 동물적 감각을 선호하는 모양이었다. 대뇌피질의 전환이 남성보다 자유로운 여자들은 휴머노이드를 자유자재로 융통성 있게 활용했다. 휴머노이드 애인이 있는 여성이 휴머노이드의 장점을 취하고 남편에게 좀 더 관대하다는 통계가 이를 증명했다.

비행기가 난기류에 흔들렸다. 비토의 무릎이 차갑고 축축한 내 무릎에 닿았다. 의외로 따뜻했다. 사실 휴머노이드와 접촉이 처음인 나로서는 피부가 따뜻하다는 게 믿기지 않았다. 날씨와 상황에 따라 피부를 조정하는 것일 테지만 기술의 디테일한 설계에 마음을 홀렸다. 디테일에 깃든다는 악마는 테크놀로지에 있었다.

태양 전지와 인공지능 시스템으로 움직이는 비행기는 알맞은 항공 고도에서 편안하게 구름 사이로 나아갔다. 자유롭게 변화하는 구름이 흩어졌다 모이는 모습을 바라보고 있으니 마음이 조금 안정됐다. 스카이 같은 스타가 나 따위에 관심 가질 리 없고 귀찮은 게 싫어서라도 그는 침묵할 거란 생각이 들었다.

이륙한 지 십오 분 남짓 만에 서울에 진입했고 잠시 후 초고층빌딩 꼭대기에 착륙했다. 서울에 사는 사람이라면 모를 수가 없는 세계적인 바이오기업 '23센트리' 사옥이었다. 23센트리는 유전자 치료제를 생산하는 세계 두 번째 기업으로 숫자 23은 염색체의 의미와 동시에 23세기에 불멸과 영원을 이룬다는 기업 모토를 의미했다. 스카이는 기업의 홍보이사이자 대주주였다. 한국 나이로 마흔넷인 그의 몸이 여전히 이십 대와 같은 게 기업의 기술력 때문이라는 소문이 떠올랐다. 비행기에서 내리면서 그를 휙 돌아보았다.

"스카이 씨 아니었으면 죽을 뻔했어요. 다시 한번 감사드려요."

내가 정중하게 감사의 인사를 했는데 그는 눈만 깜빡였다.

옥상에 바람이 엄청났다. 축축한 옷 때문에 한기가 들었다. 할 말이 남았는지 비토가 나를 따라 내려서 배웅했다. 옥상의 한쪽 끝에 지상으로 향하는 승강기로 안내하곤 보안 경보기가 달린 특수 유리문 앞에서 보안용 칩을 끼웠다. 188층 아래에서 윙- 소음을 내며 승강기가 올라오기 시작했다. 너무 추워서 나는 옹송그리며 떨었다.

승강기가 도착하자 비토가 내게 손을 내밀었다. 악수라고 생각해서 비토의 손을 잡으려다 멈칫했다. 그의 손바닥이 활성화돼 있었다. 오늘 아진도에서 스카이와 만난 걸 외부에 알리지 않겠다는 비밀 유지 서약내용이 보였다. 나도 바라던 바라 따지지 않고 손바닥 문서에 서명했다. 비토가 양복 주머니에서 봉투를 꺼내 내게 건넸다. 언뜻 보니 단기 노동자의 사흘 치 임금 정도였다. 돈을 받아야 계약이 성사되는 거라고 비토가 말해서 나는 마지못한 체하며 봉투를 주머니에 넣었다. 나로선 오늘의 일이 비밀이 된 데다가 돈까지 생기니 나쁠 건 없었다. 내가 승강기로 향하자 비토가 상냥하게 인사했다.

"안녕히 가세요, 정오감 씨. 그리고 열심히 사시길 바랍니다."

휴머노이드가 인간인 내게 열심히 살라고 말했다. 내 신체와 접촉한 비토는 내 생체정보로 내가 어떤 성향의 사람이며 그동안 무슨 일을 했는지 파악이 끝난 것 같았다. 파악하고 말고 할 데이터가 없으리라. 다른 많은 사람이 그렇듯이, 공적인 일에 참여한 적도 없고 이렇다 할 직장도 직업도 없으니까. 그들에게 나는 거리의 쓰레기를 줍는 사람이었다.

그러거나 말거나. 바다로 뛰어드는 순간, 비토가 멀리 떨어져 있었다는 게 얼마나 다행인지 몰랐다. 청순한 관념으로 무장한 휴머노이드가 경찰에 신고하지 않은 건 단지 멀리 있었고, 내 뒷모습을 본 때문이었다. 따뜻한 차가움, 그것이 휴머노이데아의 순혈주의였다.

승강기 통유리를 통해 내려다보는 도시는 노랗고 붉었다. 초미세먼지로 대기가 누런 가운데 해가 지면서 진분홍 노을이 번지고 있었다. 분홍색 대기에 거대한 애드벌룬처럼 둥둥 떠 있는 홀로그램들이 온전히 보였다. 상품 광고들과 수많은 종교의 신들이었다. 새로 출시된 자동차와 맥주, 정교한 메타월드 기기들과 업그레이드된 인공 팔과 다리 그리고 예수와 부처와 알라……. 까마득히 높은 곳에서 상공을 가득 메운 홀로그램을 한눈에 내려다보는 건 아무나 할 수 없었다. 자살방지를 위해 허락된 사람만 고층빌딩에 오를 수 있었다. 휴대폰을 꺼내 사진을 여러 컷 찍었다. 이 사신은 팔 수 있을지도 몰랐다. 사진을 확인하고 하강 버튼을 눌렀다. 승강기가 움직임과 동시에 스카이의 날렵한 비행기도 조용히 이륙했다.

지상으로 착륙하는데 겨우 삼십 초 정도 걸렸는데 도시가 어둡게 느껴졌다. 고속 전철을 타면 이십 분이면 집으로 갈 수 있었지만 찬 바람을 쐬며 좀 걷고 싶었다. 멀미가 나듯 어지럽고 메스꺼웠다. 오랫동안 준비한 일을 제대로 하지 못한 스스로가 바보 같았다. 대도시 중심가이고 이른 저

녘임에도 오가는 사람은 거의 없었다. 가로등과 자율 광고 판들이 작동하기엔 이른 시각이었다. 초고층빌딩들이 하루 분량으로 남아 있는 여분의 햇빛마저 차단해서 거리는 흑백 영화 같은 분위기였다. 또다시 외할머니의 무덤이 있는 아진도에서 합리적인 사고사를 만들어야 했다. 절벽에서의 추락은 재연할 수 없었다. 그리고 스카이라는 복병을 만난 탓에 당분간은 조용히 숨죽여 살아야 했다.

썰렁한 인도 맞은편에서 휴머노이드가 나를 주시하며 걸어왔다. 귀찮은 일을 피하려고 나는 얼른 방향을 틀어 빨리 걸었다. 소용없었다.

"어디로 가십니까? 댁까지 모셔다드릴까요?"

그들이 목표물을 놓칠 리 없었다. 도시 곳곳에 돌아다니는 보안 휴머노이드에게 포착된 것이었다. 덜 마른 머리카락과 축축이 젖은 바짓단은 타깃이 되기에 충분했다. 오늘 하루가, 내게 너무나 중요했던 하루의 시작과 끝이 휴머노이드인 것 같아 짜증이 일었다. 나는 꺼지라는 턱짓을 했다.

"아니, 괜찮아요."

"좀 우울해 보이십니다. 혹시 정신과 상담을 받으시나요?"

"오늘 기분이 나쁠 뿐이에요. 혼자 있고 싶어요."

"창세기 9장의 한 구절입니다. 내가 내 무지개를 구름 속에 두었나니 이것이 나의 세상과의 언약의 증거니라. 내가 구름으로 땅을 덮을 때에 무지개가 구름 속에 나타나면……."

"제발, 그 입 좀 닫아! 혼자 있고 싶다고!"

깜짝 놀란 휴머노이드가 황급히 물러났다. 이 시대에 지나치게 친절한 것은 짜증 나는 에티켓이었다. 새로 개발하는 휴머노이드에겐 시대에 맞는 상식을 입력하길 바랄 뿐이다. 머리를 들어 하늘을 올려다봤다. 대형 교회가 띄운 홀로그램 예수는 고층 건물에 막혀 겨우 머리끝만 보였다. 세상이 어떻게 태어났는지는 궁금하지 않았다. 세상이 이대로 존재해야 하는 이유를 제대로 설명해주길 바랄 뿐이다.

도심에는 홀로그램 예수가 종일 공중에서 빛나는 구역이 많았다. 시민들은 밤에 깊게 잠들지 못했다.

현관에 들어선 나를 은비가 눈으로 훑었다. 조카의 의구심 가득한 눈빛에 심장이 졸아들었다. 이른 아침 집을 나설 때부터 은비는 할머니 첫 기일에 한사코 자신을 데려가지 않는 내게 불만을 넘어 수상쩍다는 눈빛을 발사했다. 게다가 저녁 늦게 돌아온 이모의 꼬락서니가 딱히 꼬집어 말할 수 없어도 머리부터 발끝까지 후줄근한 데다, 눈도 퀭하고 극도로 피곤해 보이는 표정이니 의아할 게 뻔했다. 전철에서 나도 내 얼굴을 봤다. 이상할 만했다.

"이모, 혹시 누구한테 맞았어?"

"내가 맞고 다닐 사람이니?"

은비가 고개를 슬쩍 끄덕였다.

"그럼, 아진도에서 무슨 일 있었어?"

"나, 트래셔 일, 잘렸어."

언니를 닮아 완벽주의와 약간의 강박까지 있는 은비는 수궁이 될 때까지 계속 생각할지도 몰랐다. 타당한 답을 내놓아야 했고 또 사실이었다.

전철을 타고 오는데 휴대폰에 내일부터 계약해지라는 메시지가 떴다. 메시지 아래 사유에 해당하는 영상이 올라왔다. 한 달 전 곱슬머리 부랑자가 술병을 넝마에 넣는 장면이 시작됐다. 대화의 내용은 없었다. 어이없어 웃는 내 얼굴을 인공지능은 쓰레기를 받아서 기뻐하는 거로 인식했다. 그리고 허리를 펴고 삼 분 이상 홀로그램 영상을 본 사실도 해지 사유였다. 스카이가 비욘드를 품에 안고 비행기에 오르고 이륙하는, 세상 사람 모두가 본 그 장면이었다. 일자리를 탐내는 누군가 신고한 게 틀림없었다.

은비는 저녁을 알아서 먹겠다며 나더러 쉬라고 했다. 씻고 곧장 침대로 들어갔다. 잠드는 게 죽는 거라면 좋겠다고, 수없이 했던 생각을 또 하면서 뒤척였다. 일을 잘린 건 그다지 화가 나지 않았다. 문제는 처음부터 모든 걸 다시 시작해야 한다는 점이었다. 다시 긍정적으로 열심히 사는 흉내를 일 년이나 더 해야 했다. 지긋지긋했다. 머리를 감았는데 머리카락에서 바다 냄새가 났다. 바다에 뛰어들던 순간을 떠올리며 마음을 다잡았다.

'그동안 잘 해왔잖아, 정오감. 달라진 건 없어. 그냥 조금 미룰 뿐이잖아.'

중얼거리고 나니 기분이 나아졌다. 할 수 있는 긱노동을 다 해서 일 년 더 은비를 위해 돈을 더 벌어주자고 생각을 바꾸니 잠이 쏟아졌다. 오래 생각한다고 옳은 답을 도출하는 건 아니었다. 마음속에 갈등이 없어지고 머리가 단순해진 나는 금방 잠들었다.

다음 날 아침 은비가 흔들어 깨워서야 겨우 일어났다. 심리상담을 위해 학교에 가는 날이었다. 아이 머리를 빗기고 상담 시간에 선생이 할 법한 질문에 대한 시뮬레이션을 다시 했다. 은비는 토끼처럼 눈을 동그랗게 뜨고 시큰둥하게 대답했다. 조울증을 들키지 않으려면 어려운 질문에 가장 평범한 대답을 하라고 재차 잔소리를 늘어놓자 은비는 짜증을 냈다. 아무것도 안 먹으려는 아이를 붙잡아 감자수프를 떠먹이고 아이 혼자 학교에 보냈다. 자전거로 태워 줄 기운이 없었다. 아무래도 몸살 기운이 있는 듯했다. 혼자 남으니 기분마저 가라앉았다. 계획대로 됐다면 은비는 어젯밤에 최서진에게 전화했을 테고 서진은 실종신고를 냈을 것이다.

은비는 밤새 수백 통 내게 전화를 걸며 집 안을 돌아다니며 중얼거리다가 멍하니 천장을 보고 앉아 있었으리라.

서진의 오빠이며 은비의 아빠, 그러니까 형부는 자율주행차의 오작동으로 사망했다. 다국적 자동차 기업은 결코 사고를 인정하지 않았다. 오작동으로 사망한 사람은 세계적으로 0.021프로의 확률이었다. 형부가 죽은 후 언니가 기업을 상대로 기나긴 소송을 벌였으나 결국 패소했다. 0.021프로 인간의 죽음이었다. 삼 년 넘게 지리멸렬하게 이어진 소송 과정과 결과는 매캐한 대기처럼 우리 가족을 숨 막히게 했다. 언니의 강박증과 우울증은 점점 나빠졌고, 은비와 나는 언니 눈치를 보며 하루하루 버텼다.

오랫동안 우리 가족은 각자의 방에 틀어막혔다. 초여름의 이른 아침, 여섯 살이던 은비가 졸린 눈을 비비며 화장실 문을 열었다. 아이는 공중에 축 늘어져 있는 맨발을 보았다. 하얀 맨발이 엄마의 발이라는 걸 받아들이는 데 몇 분이나 걸렸다.

장례를 치르는 동안 은비는 내게 안겨 내내 잠을 잤다. 울지도 않았지만 먹지도 않았다. 아흔다섯 생신을 앞두고 있던 할머니는 그때 마지막으로 섬 밖으로 나왔다. 한사코 장례식에 오겠다고 고집을 부려서였다. 하는 수 없이 자율주행차를 섬의 선착장까지 보내드렸다. 삼 년 사이 자율주행

차의 완벽성은 오차를 0.014까지 줄였다. 웅크린 채 잠이 든 아이를 할머니는 애처로운 눈길로 보면서 짐승도 아프면 식음을 전폐하고 자는 법이라며 웅얼거렸다.

베란다로 가서 창을 활짝 열었다. 오랜만에 날이 맑았다. 공동주택 고층에서 내려다보는 도심 풍광이 또렷하게 보였다. 햇빛이 날카롭게 반짝였다. 내게 덤으로 시간이 주어졌다. 시간을 낭비할 순 없었다. 지금부터 할 일들을 머릿속으로 정리했다. 욕실에서 차가운 물줄기에 몸을 박박 문질러 닦았다. 온몸이 개운해지자 서랍에서 다이어리를 꺼냈다. 깨끗한 페이지에 부재증명 기록을 하듯 삶의 가치를 적어넣었다. 지금까지 내가 남겨놓은 데이터에 부합하는 콘셉트였다.

휴머노이드가 내 생명을 구해주었다. 발을 헛디뎌 추락했는데,

슈퍼맨처럼 나타난 휴머노이드가 나를 바다에서 건져주었다.

휴머노이드의 소중한 가치를 알게 되었다.

스카이의 요구로 비밀 유지 각서를 썼으니, 그가 어제의 일을 발설하지는 않을 것이다. 그래도 만일을 대비해야 했다. 0.021의 허점도 없어야 했다. 자살방지위원회는 나의 의문의 죽음에서 허점을 찾아내려고 혈안일 것이다. 만에 하나 아진도 절벽에서 추락한 일을 그들이 알게 되고 스카이가 참고인으로 호출될 가능성도 생각해야 했다.

오랜만에 컴퓨터를 켰다. 자주 접속한 드라마와 영화 관

런 플랫폼을 훑어보고, 연관된 댓글들을 살펴보곤, 인생의 소중함과 바다의 아름다움에 대해 장식을 매단 문장을 남겼다. 이런 글 몇 줄은 내가 얼마나 삶에 긍정적이었으며 건강한 정신을 소유한 사람이었는지 다시 한번 역설적으로 입증할 것이다. 오래전부터 나는 어디에도 진짜 생각과 감정을 드러내지 않았다. 나는 아무것도 믿지 않았고, 인공지능이 진짜 내가 어떤 사람인지 추론하는 것도 어이없었고, 빅데이터 안으로 수렴되는 것도 싫었다. 그래서 나는 내가 아닌 밝고 긍정적인 캐릭터를 내세워 주도면밀하게 페르소나에 부합하는 글을 남겼다.

부재증명을 마친 후 긱노동 사이트에 접속해 이력서를 작성했다. 여기서도 성실한 시민의 기록을 남겨야 했고, 배달 일을 찾아 당장 일을 시작하고 싶었다. 머리 복잡할 때는 오토바이를 타고 정신없이 달리는 게 최고였다. 언니 방에 세워둔 할리데이비슨이 떠올랐다. 가끔 몰아줘야 하는데 도로에 나갈 일이 없었다.

사이트를 다 훑어도 인간 딜리버리 구직 공고가 보이지 않았다. 권역을 확대해도 마찬가지였다. 대규모 업체의 배달 일은 거의 휴머노이드가 도맡았고, 휴머노이드를 구매할 여력이 없는 작은 식당의 인간 딜리버리는 아주 건장한 남자들이 차지했다. 체격이 작은 남자와 여자는 단순 노동에 불리했다. 서울 시내 조직들이 장악한다는 소문도 있었다. 보모와 서빙 따위 구직을 둘러봤다. 이십 대 여성에 한정된 구인조차도 서울 전체에 딱 두 개뿐이었다. 다른 일도 엇비슷했다. 트래셔 일자리를 뺏으려고 나를 괴롭히고 신고한 사람들 심정을 알 듯했다. 암담했다. 앞으로 무슨 일이든 해야 하는데 일을 구하기 쉽지 않아 보였다.

메타월드에 빠져 사는 사람들도 이해가 됐다. 수많은 사람이 가상현실 네트워크에서 시간을 소비했다. 아이부터 장년까지 모두 거기서 만났다. 일자리도 돈도 쾌락도 감정의 공유도 그곳에서만 가능했다. 나도 한때 데이터를 긁어모으고 아바타를 거래하기도 했지만, 취향이 케케묵어서인지 뭔가 좀 허무했다. 푼돈이라도 벌려면 접속해야 하지만 그곳에서의 쾌락이나 감정의 공유에 몰입할 수 없었고 기쁨도 즐거움도 느낄 수 없었다.

그쪽 세계에 몰입할 수 없는 사람들은 꽤 있었다. 아이들은 그들을 '비먼'이라고 비꼬듯이 불렀다. 비포 휴먼을 줄인 말이었다. 나는 아마도 부모님이 남겨준 오래된 책 같은 사람인지도 모르겠다. 아무 쓸모도 없고 아무도 들여다보지 않고 혼자만의 세계에 빠진 퀴퀴한 냄새나는 어떤 존재. 비먼들은 눈부신 클라우드의 그늘 밑에 목이버섯처럼 생존하고 있었다. 어릴 때부터 나는 책을 읽고 혼자만의 생각에 빠저 지냈다. 엄마가 죽은 후론 세상에 대한 온갖 날카로운 저격 글과 잡다한 대화를 나누는 비먼들의 블로그나 채팅방에서 수다를 떨며 하루를 보내곤 했다. 형부가 죽고 언니가 자살한 즈음 나의 비먼 지수는 정점으로 치달아서 문명 시스템을 증오하는 문장을 곳곳에 정신없이 흩뿌렸다.

세상을 향한 독기를 내뿜던 나는 어느 순간 모든 게 덧없어졌다. 내가 쓴 글들을 찾아서 지울 만큼 지우고 회원 탈퇴를 했다. 그런 곳에 싸질러놓은 수만 개가 넘을 대화와 댓글을 다 찾을 수도 없었다. 그러다 작년에 할머니의 사망 이후 나는 앞날을 계획하기 시작했다. 죽음을 대비해 살아온 흔적인 기록과 데이터를 깨끗이 삭제하리라 마음먹었다. 세상을 향한 증오로 싸지른 언어 데이터 때문에 꼬투리 잡힐 것 같았다.

지난가을 드디어 인포레이저 사냥꾼을 고용했다. 꽤 돈이 많이 들었다. 카우보이 복장의 아바타는 데이터를 완벽하게 삭제할 수 있다고 자신했지만, 나는 일상적인 대화와 유쾌하고 따뜻한 언어 기록을 일부러 남겨두었다. 데이터가 너무 없는 것도 수상한 일이고 범죄자의 세탁으로 느껴질 수도 있었다.

일을 마친 사냥꾼에게 가상화폐를 보낸 다음 날, 공용 아파트 로비 우편함에 카드 한 장이 꽂혀 있었다. 광고용 우편

물이 아닌 것 같아 호기심이 생겼다. 어릴 때 생일날 아침에 엄마가 주던 카드 같은 느낌이었다. 장미가 만발한 알록달록한 카드였는데, 정자체로 타이핑한 문장이 찍혀 있었다.

나는 특별한 존재입니다. 우리는 스스로 존재합니다.

우체국 소인도 없었고, 보낸 사람 항목도 비어 있었다. '당신 내면에 하나님이 계십니다.'라고 한 문장 더 있었다면 수긍할 만했다. 흔해 빠진 종교단체에서 무작위로 보낸 거라면 합리적이었지만 그런 거 같지 않았다. 공교롭게도 정보 삭제를 한 직후라 신경 쓰였다. 수만 개의 데이터를 삭제당한 네트워크 인공지능이 시도한 거라면 낭패였다. 자가복구 시스템에 대한 소문이 떠올랐다. 인간 신체의 자가면역처럼 시스템이 외부의 공격에 저항해 복원한다는 뜻이었다. 그런 소문은 꾸준히 있었지만, 아직은 소문에 불과하다고 믿고 싶었다. 그 후로도 두 번 더 비슷한 문장이 타이핑된 엽서가 왔지만, 정체 모를 그들의 어떤 행동이 없었으므로 세상에 넘치는 단체 중 하나거나 내가 오래 활동한 비먼들의 소모임 중 하나라고 여겼다. 그렇게 한동안 아무 일이 없었고, 대수롭지 않은 일로 잊고 지냈다.

몇 시간 구직 사이트를 뒤지다 제풀에 지친 나는 침대에 드러누웠다. 캡슐방에서 AR게임을 즐기고 돌아온 은비가 엽서를 흔들며 내 방으로 뛰어 들어왔다. 역시나 우체국 소인이 없었다. 오늘 낮에 누군가가 내 아파트 우편함에 두고 간 엽서였다. 순간, 머릿속이 싸했다. 누군가 내 머릿속을 들여다보는 기분이었다. 방금 엽서를 떠올렸는데, 바로 그 엽서가 내 손바닥에 놓인 것이었다.

"이모, 참 신기해. 화성에서 한참 놀다 왔거든. 근데 이 엽서 그림 좀 봐."

엽서에 나사에서 건설을 시작한 화성 메트로폴리탄의 인공위성 사진이 부착돼 있었다. 우연의 일치겠지만 조금 찜찜했다. 은비의 메타월드를 누군가 해킹한 건 아닐까 생각하다가 지나친 망상인 듯해 머리를 흔들었다. 아이의 메타월드를 해킹할 합리적 이유가 없었다. 그리고 조금 전 내 머릿속은 누구도 알 수 없었다, 아직은.

"화성은 하늘이 무지 맑아. 친구들과 화성 숲길을 뛰어다녔어. 나무도 엄청 많고 풀도 많아. 아, 거기 토끼가 정말 예뻤어."

신나서 조잘대는 은비의 말이 귀에 들어오지 않았다. 엽서에 적힌 공격적인 문장 때문이었다.

나는 스스로 존재합니다.

조만간 귀하의 댁으로 찾아가겠습니다.

순간, 거실 벽에 스크린이 활성화됐다. 한물간 스크린은 화소가 낮아 화면이 흐렸다. 은비와 나는 정말 흰 토끼처럼 눈을 동그랗게 떴다. 지난 삼 년 동안 연락도 없이 우리를 찾아온 낯선 손님은 단 한 명도 없었다. 곧이어 바흐의 무반주 첼로곡이 울려 퍼졌다. 현관 밖에 있는 상대의 실체가 모호하다는 뜻이었다. 남성 방문자는 베토벤, 여성 방문자는 모차르트의 곡이 흐르도록 언니가 설정해둔 거였다. 게다가 스크린에 보이는 두상이 비대칭으로 일그러져서 상대의 얼굴을 분간하기 어려웠다.

낯선 이는 현관문을 잠시 응시하더니 연극적으로 고개를 갸웃거리다 이윽고 신기하단 듯 차임벨을 눌렀다. 차임벨이 남아 있는 집은 흔치 않았다. 은비는 우울한 날이면 생체인식 대신 벨을 누르고 내가 문을 열어주는 걸 좋아했다. 은비 또한 훗날 비면이 될 것 같아 나는 좀 쓸쓸했다. 문 앞의 인물이 고개를 들고 벙글벙글 웃고 있었다. 성능이 떨어지는 화면이라 흐릿해도 표준적인 미소를 알아볼 수 있었다. 비토였다.

"죄송합니다. 연락도 없이 찾아와서요. 주소는 알 수 있었지만, 오감 씨 휴대폰 번호는 최근에 바뀐 것 같더군요."

문을 열고 얼굴을 내밀자, 그가 고개를 숙이며 해명했다. 그에게 내 집 주소 따위는 아무것도 아니었다.

"스카이 씨가 만나고 싶어 하십니다. 뵙고 꼭 드릴 말씀이 있다고요. 당신과 중요한 계약을 하고 싶다고 전해달라 하셨습니다."

계약이라는 단어를 듣고 어제의 일로 꼬투리를 잡히지 않을까 걱정이 앞섰다. 확인할 필요가 있었다. 비토에게 잠시 기다리라고 말하고 옷을 갈아입고 나섰다. 비토가 타고 온 스카이의 차는 은회색 신형 벤츠였다. 좁다랗게 길고 차체가 광선처럼 번쩍이는 신형 차는 0.002의 표준오차로 완벽한 성능을 자랑했다.

내가 0.002의 안락함에 안겨 스카이의 집으로 간 사이, 혼자 있던 은비는 모차르트의 음악을 들었다. 스크린으로 문 밖 여자와 대화하면서 아이가 화성 메트로폴리탄 사진이 있는 엽서를 들어 여자에게 보였다. 여자는 웃으며 고개를 끄덕였고 다음에 다시 오겠다며 문틈으로 쪽지 한 장을 남겼다. 쪽지에는 '아함(Aham)'이라는 단어만 적혀 있었다.

집으로 돌아온 후 스크린과 폐쇄회로 화면을 확인했다. 아함이라고만 알려준 여자는 이십 대로 보였고 자그마한 체구에 별 특징 없는 얼굴이었다. 다소 밋밋한 윤곽이라 어디서나 볼 수 있고 어디서도 쉽게 지나칠 얼굴이었다.

여자가 가고 난 후 은비는 깡충깡충 뛰었다. 꾸준히 약을 먹어도 조울증은 호전되지 않았다. 지그문트 박사와 상담 예약은 한 달 후지만 빨리 아이를 데리고 가야 할 것 같았다. 박사의 몇 달 일정은 꽉 차 있을 게 뻔했다. 기록을 남기지 않으려는 수많은 사람이 그를 찾아갔다. 아이는 한참을 깡충거리다가 두 손을 머리 위로 올려 토끼 흉내를 냈다. 조울증과 토끼는 잘 어울리는 조합이었다. 화성 메트로폴리탄 풀숲에 뛰어다니는 토끼는 건강할까, 문득 이런 생각이 들었다.

#3
스스로 존재하는 자

미토스는 토끼가 아닌 사슴이 뛰어다닐 듯한 푸르고 풍요로운 숲이었다. 차창으로 주위를 정신없이 두리번거렸다. 스카이가 사는 미토스 구역은 서울에서 가장 20세기 같은 곳이었다. 그 옛날 뉴욕의 큰 공원을 떠오르게 하는 미토스에는 22세기를 이끌 기업가와 22세기에도 영원할 가문의 사람들이 살고 있었다. 오백 명의 인간 가족을 위해 사천 명이 넘는 휴머노이드가 일하며 함께 거주했다. 오직 보모만 인간을 고용한다고 했다. 아기와 어린아이들이 휴머노이드 보모에게 안기거나 잠들지 못하기 때문이었다. 대중 스타 중에서 미토스에 입성한 사람은 스카이가 유일했다. 그가 세계적인 스타이면서 사업가이며 혁신 기업들의 대주주이기에 가능한 일이었다.

언덕을 오르자 공기는 놀라울 정도로 신선했다. 너무도 맑아서 햇빛이 빛 나노를 분사한 듯 반짝였고 녹색의 스펙트럼이 찬란했다. 이름 그대로 신화적인 공간이었다. 미토스 아래 도심은 초미세먼지로 뿌옜고 공기의 질은 나날이 가혹해졌다. 차창을 활짝 열고 숨을 들이쉬었다. 운전석에 앉은 비토가 나를 돌아보며 싱그러운 미소를 지었다. 투명한 햇빛에 비친 그의 얼굴엔 이곳에 사는 자부심이 여과 없이 드러났다.

웅장하고 화려한 저택들을 지나 우람한 나무들 사이로 난 길을 따라 몇 분 더 들어가니 우주선을 닮은 스카이의 은빛 저택이 모습을 드러냈다. 유튜브에서 봤을 때보다 한층 전위적이었다. 우주선 형상의 집에 다가가자 태양의 부신 빛을 흡수하는 동시에 빛이 튕겨 오르며 묘한 아우라를 뿜어냈다. 유명한 중국 건축가의 제안을 스카이가 흔쾌히 수락한 이유를 알 수 있었다. 집 그 자체로 스카이의 독보적인 이미지와 명성을 즉물적으로 표현했다. 지구에 불시착한 UFO의 예술적 판타지와 신비한 위엄이 동시에 어른거렸다.

타원형 저택 입구에 무리를 이룬 사람들이 보였다. 다인종의 머리 위로 피켓들이 풍선처럼 흔들렸다. 비토가 다급히 차창을 닫고 자세를 고쳐 앉았다.

"놀라실 것 없어요. 흔한 일입니다. 당신 얼굴이 노출되면

서로 불편해지니까요."

출입구 양옆에 두 그룹의 사람들이 몰려 있었다. 스카이의 팬들과 시민단체였다.

'스카이의 DNA를 영원히 보존하라!'

'스카이는 영원히 살아야 한다!'

'배아복제를 허용하라!'

다양한 국적의 팬들이 한 달째 릴레이 시위를 이어가고 있다는 뉴스를 본 기억이 났다. 스카이의 얼굴이 인쇄된 흰 셔츠를 입은 십여 명의 사람들이 피켓을 들고 침묵시위를 하는 중이었다.

맞은편 시민단체 사람들은 소리치며 구호를 외쳤다.

'거대자본은 원죄!'

'자본소득은 착취다!'

'일하지 않는 자가 우리를 굶주리게 한다!'

세상에는 정말 많은 단체가 있었다. 직업이 없는 사람들은 수많은 협회와 모임과 공동체에 흡수되었다. 종교단체에서 안식을 갈구했고 자본과 권력을 비판하는 협회에 들어가 목소리를 높였고 외로움을 견디지 못한 사람들은 그들만의 공동체를 이뤄 함께 살았다. 남아도는 시간에 무슨 일이라도 하면서 자존감을 지키고 싶은 사람들의 선택이었다. 그나마 에너지 넘치는 사람들이었다. 그러나 그들의 주장과 생각이 과연 그들의 것인지는 의문이었다. 내 생각이 내 것이 아니며, 내 선택은 집단지성의 것이거나 혹은 조작된 것일지도 몰랐다. 세상일에 관심이 없거나 타인에게 호기심도 열정도 없는 사람들은 메타월드에서 데이터를 긁어모으고 훔치거나 등치고 게임이나 약물에 중독되거나 그저 돈을 모으기 위해 살았다.

벤츠를 본 팬들이 자동차로 달려들었다. 비토는 아주 천천히 운전하며 행여 시위하는 사람들이 다치지 않도록 조심했다. 다국적 팬들이 스카이를 볼 수 있으리라 기대한 탓인지 차창에 얼굴을 붙이고 안을 들여다보았다. 밖에서는 차량 내부가 보이지 않았다. 소형 정찰선인 벤츠가 눈부시게 번쩍이는 본선에 도킹하자 신호음과 함께 동굴 같은 어둠을 지나 곧장 건물 내부로 진입했다.

그의 집 내부는 하나의 작은 미토스였다. 집 밖의 짙푸른 숲과 흡사한 작은 숲이 집 안에 있었다. 미토스 안의 미토스는 자기동일성을 상징하는 듯했다. 뻗은 팔이 손목을 꺾어 손가락으로 자신을 가리키는 모양새였다. 미토스는 곧 나다! 스카이의 우월감이 느껴져서 나는 살짝 인상을 썼다.

앞서 걷던 비토가 나를 돌아보았다. 설마 인간처럼 뒤통수에 눈이 있을 리 만무했지만 나는 얼른 표정을 바꾸고 남의 집에 초대된 사람답게 실내를 감상하는 시선을 연출했다. 안쪽으로 들어가자 녹음이 더욱 짙어졌다. 녹색 숲을 오가는 휴머노이드들이 투명한 비히클을 타고 이동하며 청소를 하고 나무에 양분을 주입했다. 연녹색 풀밭 위로 무당벌레와 작은 벌레가 보였다. 이곳의 나무와 풀이 유전자조작이 아니라는 의미였다. 군데군데 이제는 귀한 야생화도 있었다. 그런 야생식물은 종자를 구하기도 힘들뿐더러 비용도 만만찮았다.

천장은 나무가 끝없이 자랄 수 있을 만큼 높았다. 궁륭처럼 뚫린 하늘에서 바람과 햇빛이 쏟아져 내렸고, 다양한 품종의 나무들이 햇빛과 바람을 맞으며 영혼을 정화하고 있었다.

작은 숲이 끝나는 곳에 손님을 맞는 거실이 있었다. 크고 단단한 소파와 백 년쯤 된 골동품으로 보이는 테이블과 장식장만 있는 단출하고 무게감이 느껴지는 분위기였다.

비토가 권한 대로 소파에 앉자 마주보는 숲이 가슴으로 훅 들어왔다. 설계단계에서부터 세심하게 만든 구조겠지만, 오만한 집주인을 향한 못마땅함이 누그러들었다. 비토가 사라지고 헬렌이 차를 가지고 왔다. 어제는 선글라스와 모자에 가려 지나쳤는데 그녀는 수려한 용모를 지니고 있었다. 아주 오래전 배우였던 그레이스 켈리의 얼굴에 아담하지만 단단한 몸이라 가까이서 보니 정말 인형 같았다.

"잠시만 기다려주시겠어요. 스카이 님이 중요한 업무로 통화 중이랍니다."

나는 고개를 끄덕이고 차를 한 모금 입에 머금었다. 정말 훌륭했다. 처음 느껴보는 향과 맛이었다. 숲과 바다와 나무와 야생화와 열대과일의 향이 코끝까지 울려 퍼졌고 쌉싸름하고 고소하고 시큼하고 달고 새콤하고 뭐라 설명할 수 없는 오묘한 맛이 혀뿌리와 입안에 집중포화를 퍼부었다. 차한 잔을 더 준다면 한 시간은 조용히 기다릴 수 있을 것 같았다. 매일 오후에 이 차를 마신다면 조금은 살고 싶어질까, 하는 우스운 생각을 했다.

집무실에서 나온 스카이의 모습을 보고 속으로 웃었다. 머리는 헝클어져 있고 아주 평범한 실내복 차림이었다. 트레이닝 바지는 무릎도 약간 나온 듯했다. 세계적인 스타도 집에서는 후줄근할 수 있다는 게 신선한 발견 같았다.

"기다리게 해서 미안합니다."

실내를 가득 채운 햇빛에 그의 피부가 반짝였다. 얼굴과 드러난 팔이 벽을 덮은 대리석처럼 하얗고 단단해 보였다. 피부 때문인지 집 안이라는 안온한 상황 때문인지 어제의 그와는 다른 사람 같았다. 표정도 말투도 한결 여유 있고 부드러웠다.

"흰 항아리, 아니 비욘드는 어디에 있는 건가요?"

내가 뜬금없는 질문을 하자, 그와 옆에 선 헬렌의 표정이 딱딱해졌다. 흡사 금괴를 어디에 보관하고 있는지 묻는다는 투였다. 나를 유심히 본 스카이가 표정을 고쳤다. 나와 중요한 계약을 하긴 할 모양이었다.

"비욘드는 네트워크가 연결될 수 있는 모든 곳에 있습니다. 형상만 내 집에 있을 뿐이지."

"그렇겠군요. 오해하지 마세요. 전 그냥 얼마 전 뉴스를 본 게 갑자기 생각나서. 그런데 비욘드로 무얼 하시는 건가요?"

아마 기자도 대놓고 이렇게 묻지는 않았을 것이다. '너, 참 당돌하구나.' 하는 눈빛이 스카이의 눈에 어렸다.

"지금은 학습하고 있습니다. 경제와 금융, 예술과 건축, 유전공학과 분자생물학 따위."

노련한 인간이었다. 내 질문에 합당한 답은 피하면서 더 묻지 못하게 차단하는 대답이었다. 나는 경제와 건축, 유전공학과 분자생물학 따위에 대해 아는 게 없었다.

"어제는 정말 감사했습니다. 여기 앉아서 보니까 저 숲이 참 아늑하고 좋아요."

내가 화제를 바꾸며 부드럽게 말했다. 이제부터 내게 어떤 제안을 할지 전혀 짐작되지 않으니 우선은 날을 세울 필요가 없었다.

"규모가 작긴 하지만 있을 건 다 있습니다. 십 년 동안 공 들였거든요. 그런데 딱 하나 아쉬운 게 있어요."

심상한 눈빛으로 돌아온 그가 나를 보며 말했다.

"완벽해 보여요. 자세히는 못 봤지만 시드뱅크에나 있을 야생초나 야생화도 여기 숲에 있는 것 같네요."

"아는 게 많군요. 제가 직접 구해서 씨앗을 뿌리고 키웠 죠. 내 숲에 없는 것은 단 하나, 새입니다. 어쩌다 새들이 무 리 지어 들어오기도 하지만 오래 머물지 않아요. 영속성이 없다고 판단하는 것 같아요."

그는 정말 슬픈 표정을 짓고는 헬렌에게 차를 두 잔 주문 했다. 내 찻잔이 빈 걸 본 거였다. 잠깐 사이에 차를 다 마셔 버린 걸 들켜서 쑥스러웠다.

"좀 개인적인 얘기지만, 제게 새는 완전한 자유의 상징입 니다. 그들은 가야 할 곳으로 가죠. 유전자조합이 무분별하 게 이뤄지고 있고, 저 역시 그런 기업에 투자도 하고 있지만, 마지막까지 하늘을 나는 새는 내버려 뒀으면 좋겠어요. 제 갈 길 가도록 말이죠."

나는 예의상 고개를 끄덕이며 내 앞에 다시 놓인 차를 입 에 머금고 향을 음미했다.

"아진도의 거의 전부가 제 소유라는 거, 혹시 아십니까?"

하마터면 소중하게 머금고 있던 차를 뱉을 뻔했다.

"오감 씨 할머니께서도 저와 계약을 하셨습니다. 계약서와 영상을 보여드릴게요."

헬렌이 몇 장의 서류를 테이블에 내려놓고 손바닥을 활성화했다. 돌아가시기 몇 달 전의 비교적 건강한 할머니의 모습이 헬렌의 손바닥 안에 있었다. 할머니는 당신 사후 일 년이 지나면 집과 밭이 포함된 땅을 김현수에게 양도한다는 서류에 사인하고 내용증명을 위해 영상을 남겼다. 김현수는 스카이의 본명이었다.

"오늘 계약이 성립되는 날입니다. 꽤 큰 금액이 당신 계좌로 한 시간 후 들어갈 겁니다."

은비를 생각하면 좋은 일이었다. 이미 계약이 성립됐는데 나와 또 무슨 계약을 하자는 것인지 궁금했다.

"어제 마지막 남은 집을 계약하러 섬에 간 건데 잘 안됐죠. 그 할머니 성함이 뭐랬죠?"

그가 비서 헬렌을 돌아보았다.

"이애심 씨입니다, 스카이 님."

"다른 사람에게 뭔가 부탁하는 게 어색합니다. 저는 거래나 협상을 하며 살았죠. 그런데 애심 할머니와 거래도 협상도 안 돼요. 할머니 아들과 연락도 안 되고. 치매라 대화가 너무 힘든가 봐. 그걸 당신이 좀 해줬으면 좋겠어요. 거래하는 과정의 수고비는 물론 계약이 체결되면 따로 합당한 금액을 드리겠습니다."

애심 할머니는 외할머니의 칠십칠 년 단짝 친구였다. 밭일 갈 때나 바다에 들어가 물질을 할 때도 함께 작업하고 전복과 소라 따위를 공평하게 나눴다. 할머니는 나를 어릴 때부터 알았고 할머니 집에서 언니와 내가 몇 번 밥을 먹은 기억도 있었다. 어제 나의 외할머니집이 애심 할머니 옆이라는 걸 알게 된 후 정보를 뒤져 확인했으리라. 스카이는 그래서 내게 도와달라고 하는 거였다.

나로선 거절할 이유가 없었다. 수시로 아진도를 방문하려면 지금 일하는 트래셔를 병행할 수 없다며 석 달 치 월급을 일시불로 요구했고 그는 흔쾌히 받아들였다. 더불어 다른 돈 벌 수 있는 일을 연결해 줄 것을 조건으로 수락했다. 어차피 일자리를 찾기 어려웠고 죽음의 계획을 수정하기 위해서 아진도를 자주 찾아야 했다. 어쩌면 지금 내게 딱 맞춤한 돈벌이였다.

"아진도에서 무얼 하실 계획인지 물어봐도 될까요?"

"아무것도 안 할 겁니다. 아무것도 안 하는 게 얼마나 좋은 건지 사람들은 잘 모르죠."

"아무것도 안 할 건데 굳이 섬을 소유할 필요가 있을까요?"

내가 시니컬하게 물었다. 아무것도 못 하는 고통을 스카이 같은 사람이 알 리 없었다.

"새처럼 자유로워지고 싶어서죠. 네트워크가 작동하지 않는 거의 유일한 곳이니까. 우선은 작은 집을 지을 거고, 남는 땅은 작물을 키우고 희귀 식물을 재배할 겁니다."

"섬이 당신의 사유지가 되면, 아무나 섬에 들어갈 수 없겠네요."

"그럼요, 애심 할머니 땅까지 제 소유가 되면 섬은 완벽히 제 소유가 됩니다. 제 허락 없이는 들어올 수 없죠. 인공위성도 차단할 겁니다. 미국의 작은 주 정부에서 재작년에 소송에서 이긴 판례가 있어요."

절망적이었다. 자살을 실행할 장소를 머지않아 빼앗길 처지였다. 할머니의 집이 사라지고 네트워크 카메라가 없는 안식처가 스카이의 소유가 되는 것이었다. 협상할 사람은 그가 아니고 나였다. 나의 영원한 잠과 은비의 안식을 위해 흙집만큼은 지키고 싶었다. 은비가 성인이 될 때까지만이라도.

아진도는 나와 언니에게 세상에서 가장 따뜻하고 평화로운 섬이었다. 부모님이 죽고 우리는 이 년을 섬에서 할머니와 살았고, 이후로도 쉬고 싶으면 무작정 그곳으로 향하곤 했다. 칠십팔 년 전 외할아버지가 할머니와 결혼할 때 직접 흙을 져 나르고 개서 완성한 집이었다. 태풍에도 폭우에도 세월에도 흙집은 갸륵하게 버텨냈다. 할머니는 죽은 영감의 혼백이 집을 지키고 있다고 말하곤 했다. 부엌의 신인 조왕신을 모시기 위해 새벽마다 부뚜막에 정화수 그릇을 놓고 절하는 할머니에게 죽은 남편의 혼백은 장롱에 가득 담긴 헌옷 만큼 편안한 실체였다. 언니가 자살한 후 어린 은비를 돌보고 살다가도 힘들 때면 나는 아진도로 내려가 흙집에서 병든 동물처럼 잠을 잤다.

눈을 감은 채 흙집을 떠올리다 눈을 뜨고는 일 년만 할머니의 집을 보존해줄 것을 추가조건으로 요구했다. 스카이는 난감하다는 표정이었다.

"칠 년 전부터 아진도의 땅을 사들였어요. 좀 안된 얘기지만 그곳에 계신 할머니들이 돌아가셔야 하나씩 제 소유가 됐죠. 이렇게 해요. 애심 할머니가 돌아가시고 삼 개월까지만 보존하는 거로. 운명에 맡깁시다. 할머니가 십 년을 사실지 혹은 석 달을 사실지 하늘에 맡기는 겁니다."

그가 검지를 뻗어 햇빛 쏟아지는 천장의 푸른 하늘을 가리켰다. 세례자 요한 같은 신비감 감도는 미소와 몸짓이었다. 소파 옆에 서 있던 헬렌이 고문서를 해독하는 눈빛으로 그를 바라보았다.

시간이 없었다. 스스로 선택한 죽음의 공간이, 흙냄새 나는 잠마저 누릴 수 없는 시간이 다가오고 있었다. 인생에서 수없이 겪은, 선택할 수 없는 선택을 나는 잘 알았다. 선택할 수 있는 건 오직 육체의 사멸이었다.

누런 먼지를 씻어내는 비가 쏟아졌다. 인공 강우였다. 열흘째 초미세먼지가 대기를 뒤덮자 인공 강우로 대기를 씻어내는 중이었다. 올해부터 도심 곳곳에 인공 강우 시스템이 작동했다. 새해 첫날부터 비욘드에 대한 떠들썩한 속보 때문에 같은 날 보도된 인공 강우에 대한 뉴스는 주목받지 못했다.

쨍쨍한 햇빛 사이로 쏟아지는 노란 빗물의 콜라주가 환각 같았다. 베란다 창으로 기묘해서 슬픈 풍경을 가만히 바라봤다. 수많은 약물 중독자가 느끼는 환각이 이런 느낌일까, 하는 생각이 들었다.

휴대폰으로 시간을 보곤 우산을 꺼내 들고 집을 나섰다. 산을 허물고 국가에서 임대하는 공용 아파트 대단지가 들어서 있는 동네는 길이 좁고 울퉁불퉁했다. 산 중턱에 늘어선 서민 아파트를 내려오자 싯누런 물살이 골목을 타고 흘러내렸다. 2월엔 폭우가 내내 쏟아지더니 3월 들어서 건조하고 덥고 미세먼지가 시야를 뿌옇게 가렸다. 세상은 극단적이고 불규칙했다. 덥고 습하다가 한순간 메마르고 폭우가 쏟아지거나 돈이 너무 많거나 너무 없거나 살거나 혹은 죽거나.

내게 남은 시간 동안 돈을 많이 벌어야 했다. 스카이에게 받은 할머니의 땅값이 꽤 큰돈이었지만 그것만으론 부족했다. 계획대로 내 사망보험금이 은비에게 돌아간다 해도 아이가 서른이 될 때까지 안전하게 버티려면 더 큰돈이 필요했다. 그러니 바이러스 따위를 겁내지 말자고 자신을 다독였다.

열 살 남짓한 동네 아이들이 소리치며 골목을 뛰어다녔다. 공용 아파트에 사는 아이들이 우산도 우비도 없이 쏟아지는 누런 비를 뒤집어쓰고 내리막길을 달렸다. 오늘도 아이들은 가난한 미래를 향해 내달렸다. 노란 비에 흠뻑 젖은 아이들의 등과 가슴이 누르스름했다. 가난하고 아픈 사람의 오줌처럼 누렇고 탁한 비가 아이들의 정수리로 툭툭 떨어졌다. 은비를 서진이네 집에 맡기고 오길 잘했다는 생각이 들었다. 혼자 있었으면 은비도 골목에서 가난한 비를 뒤집어쓰고 다른 아이들처럼 골목을 뛰어다닐지도 몰랐다.

싸구려 포터블 캡슐방에도 가난한 아이들이 모여 있을 것이다. 푼돈이라도 있는 아이들은 캡슐방 폭신한 침대에 누워 하루를 보냈다. 가상세계에서 포인트를 쌓거나 아바타 소품을 거래해서 푼돈을 벌어 다음날 다시 캡슐방으로 몰려들었다. 캡슐에 들어가 누우면 신선한 공기가 제공됐다. 특수고글을 쓰고 허공을 터치하면 원하는 세상에 흠뻑 취할 수 있었다. 많은 아이가 온종일 저쪽 세계에서 살아갔다. 저쪽 세계는 우주처럼 무한히 팽창하고 있다. 한계가 없다는 것, 무한하다는 것은 무서운 일이었다.

나도 지금에서야 느낀다. 팬데믹의 재난이 시작된 해, 나는 은비와 같은 열한 살이었고, 저 아이들처럼 깔깔대며 친구들과 뛰어다녔다. 나는 아무것도 몰랐다. 재난이 무엇인지, 가난이 무엇인지, 미래가 무엇을 의미하는지……. 이제 무지가 슬픔이라는 걸 안다, 저 아이들처럼. 아이들은 슬픔의 원천이었다.

위대한 무지 상태로 먹고 자고 발길질하는 아홉 달을 보내고 본능에 충실한 유년이 지나고 나면 그뿐, 땀에 젖은 겨드랑이 냄새 같은 세월을 백 년 견뎌야 했다. 아이를 낳지 않은 내 선택에 다시 안도했고 부자도 아닌데 아이를 둘 이상 낳은 사람들을 증오했다. 그들은 멍청이거나 짐승과 다름없었다. 태어날 때부터 아무런 할 일이 없는 세상에, 냄새 나도록 가난하게 살아야 할 세상에 어린아이를 떨어뜨린다는 건 죄악이었다.

한 무리의 아이들이 소란스레 몰려간 후 대여섯 살 꼬맹이 무리가 뒤를 이었다. 작은 애들은 이유 없이 고함을 지르며 달려왔다. 여자아이 하나가 빗물에 넘어졌다. 아래층에 사는 아이였다. 팔꿈치에 피가 났지만 넘어진 아이는 얼른 일어나 빗물에 젖은 바짓단을 짜고선 울먹이는 표정을 짓다가 멀리 달아나는 친구들을 힐끗 보고선 할 수 있는 선택이 없다는 듯 앞서가는 아이들을 좇아갔다. 아이도 어른도 선택할 수 없는 것을 선택해야 했다. 아이의 부모는 캡슐방에 누워있거나 가상세계에서 돈을 벌고 있을 것이다. 데이터를 훔치거나 타인의 정보를 빼내는 따위의 한탕을 노리는 데이터 사냥꾼들은 어디서나 넘쳐났다.

전철역 인근이 시위하는 사람들로 붐볐다. 요즘 들어 파시즘을 옹호하는 사람들이 부쩍 늘어났다. 검은 우비를 입은 사람들이 저마다 확성기를 통해 소리쳤다. 이민자 방출, 휴머노이드 생산 금지, 배아복제 허용, 정권 타도, 자본소득세 인상, 기본소득 인상, 종말의 도래. 시위 행렬 주위에는 보안 휴머노이드가 정렬해 있었다. 자살을 개인의 인권과 생명권으로 주장하는 단체가 없다는 게 안타까웠다. 지상 승강기에 타면서 우산을 접었다. 승강기 바닥에 누런 물이 흥건했다.

지상 승강기에서 깊숙한 땅속 플랫폼으로 곧장 내려왔다. 생체시스템이 자동으로 요금을 결제해서 온통 센서로 넘쳐나는 도심을 이동할 때 최적이었다. 일반 전철보다 요금이 세 배 비싼 대신 아주 고요했고 평일에는 이용하는 사람도 적었다. 땅속 깊은 곳을 고속으로 달리는 전철은 객차 길이가 짧은 대신 배차 간격이 길었다.

전철 안은 더욱 고요했다. 밖이 보이지 않는 밀폐된 구조여도 깊은 땅속이라는 걸 못 느낄 정도로 실내가 환했다. 자연채광이 객차 안으로 들어왔다. 지상의 햇빛을 끌어오는 시스템이었다. 인공 강우가 내리는 중에도 햇살이 객차 안에 균질하게 퍼져 있었다. 사람들의 우산과 우비에서 여전히 빗물이 뚝뚝 떨어지는데 승객들의 얼굴이 햇빛에 투명하게 반짝였다. 과거와 현재가 중첩되는 듯한 묘한 느낌이 들었다. 평행시간 안에 들어와 있는 기분이었다. 어린 시절이 순간 햇빛 속에 떠올랐다. 동시에 오늘부터 내 몸에서 벌어질 일이 무서워졌다. 아빠를 죽음으로 몰고 간 코로나바이러스를 이제 곧 몸에 주입할 것이다. 두려움을 잊으려고 눈을 감고 햇빛의 소리에 집중하려 애썼다. 공감각으로 변환하는 인공지능의 인지 방식이었다.

2020년 팬데믹 시절, 아버지는 코로나바이러스가 뇌로 침투해 식물인간으로 사 개월을 버티다 죽었다. 아버지는 엄마한테 옮았고 엄마는 직장 내 감염이었다. 직장에서 한순간도 마스크를 벗지 않았던 엄마는 코로나에 걸린 걸 억울해했다. 나와 언니도 양성이었지만 무증상이었고 일주일 후 퇴원했다. 엄마는 자신 때문에 남편이 죽었다는 자책을 곱씹으며 남은 삼 년을 살았다. 당신의 손이 바이러스를 옮겼으리라는 상식적인 추론은 엄마를 내내 괴롭혔다. 엄마는 외출할 때면 늘 장갑을 착용했고, 강박적으로 손을 씻었다. 손뿐만 아니라 청결에 대해 강박적이었고 그런 사고 패턴은 언니에게 고스란히 전달되었다. 삼 년 후 엄마는 췌장암으로 죽었다. 언니에겐 강박증을 내겐 우울증을 남겨두고서.

언니가 살아있다면 바이러스를 내 몸에 넣은 걸 용납하지 않을 것이다. 지금은 중증이 되거나 사망할 확률은 지극히 낮긴 하지만 여전히 위험했다. 스타트업의 임상 실험에 참여하고 받는 액수가 상당했기에 나는 망설이지 않았다. 스카이가 새롭게 투자하는 기업인 모양이었다. 돈 되는 일을 소개해달라는 조건에 대한 응답이었다. 애심 할머니를 설득하는데 최대한 협조한다는 전제로 은밀한 작업을 알려준 거였다. 헬렌은 매일 전화로 할머니의 상태를 점검했고, 노인의 정신이 맑은 날이면 나는 언제든 아진도로 날아가야 했다.

나는 그냥 운명이라고 생각하자고 마음을 다졌다. 수많은 변이를 거친 강한 바이러스가 몸속에 들어올 테고, 가능성은 희박하나 만약 죽는다면, 원하는 목적을 이룬 것이고, 산다면 큰돈을 벌 수 있었다. 치료제 개발 임상에 참여하는 자체만으로도 부모님을 생각하면 의미 있는 일이기도 했다. 스카이는 임상 경험이 많은 전문가가 실시간 상태를 살필 테니 걱정할 게 없다고 했다. 임상 대상자를 구하기도 어려

울 테고 경쟁 기업에 비밀이 새 나가지 않아야 하니 암암리
에 이뤄지고 연구개발 비용도 만만찮을 것이다.

지금까지 인공지능의 팬데믹 예견은 빗나간 적이 없었다.
2020년 팬데믹이 있기 사 개월 전 호주의 인공지능 기업이
팬데믹을 예견했다. 전 세계의 정보와 트래픽을 분석한 결
과였다. 2033년 팬데믹은 프랑스의 인공지능 기업이 석 달
전에 예견했다. 그리고 2039년엔 다수의 인공지능이 시기와
종료까지 거의 정확하게 알려주었다. 최근에는 올 1월에 태
어난 최고의 인공지능인 비욘드 수십 대가 내년 가을 발생
할 새로운 변이 코로나바이러스를 예상했고 다국적 제약회
사들이 사활을 걸고 치료제 시장에 뛰어들었다.

여의도의 하늘은 쨍하니 맑았다. 아마도 이곳에 인공 강
우가 먼저 작동한 듯했다. 서울 시내를 권역별로 나눠 시스
템이 작동했다. 국제 금융 클러스터인 여의도는 UAM(Urban
Air Mobility)이 가장 먼저 실현됐다. 도심 항공 모빌리티는
고층건물이 많은 곳이 유리했다.

미세먼지가 씻긴 맑고 푸른 상공에 소형 비행기들이 이
동하고 있었다. 스카이 같은 부자들은 수직이착륙이 가능
한 개인 항공기를 소유했고 좋은 직업을 가진 사람들은 일
할 때 항공 모빌리티를 이용했다. 기업의 오너들이 기업 인

수 같은 비밀 계약을 체결할 때나 유명 스타들의 연애는 상공의 모빌리티에서 이뤄졌다. 파파라치를 피하고 은밀한 만남을 원하는 사람들에게 하늘은 최적의 공간이었다.

오래전 방송국이 있던 길로 접어들어 안쪽으로 들어가니 스타트업이 모인 건물들이 보였다. 대로 맞은편 금융 허브에 우뚝 선 초고층빌딩의 그림자에 가려진 작은 빌딩들이었다. 거대 금융회사와 스타트업 기업은 초원에 공생하는 육식동물과 초식동물의 관계와 흡사했다. 작은 동물은 질 좋고 풍부한 영양을 먹고 자라기 위해 잡아먹힐 위험을 감수해야 했다. 서울에서 가장 비싼 여의도 땅에 작은 기업이 몸을 구겨 넣는 이유였다. 조랑말이 유니콘이 되기까지 땅에 납작 엎드려 그늘에서 풀을 뜯으며 몸집을 키워야 했다.

빌딩 로비는 좀 썰렁했다. 어딘가 보안 휴머노이드가 있을 테지만 보이지 않았다. 출입 체크 바에 손을 대자 여권 사진이 생성되고 문이 열렸다. 오 층에 도착해 다시 출입문에 손을 대자 가볍게 문이 열렸다. 소파에 앉아 있던 사십 대와 삼십 대 남자가 나를 슬쩍 보곤 고개를 돌려 주변을 살폈다. '방문자는 소파에서 대기해주십시오.'라고 맞은편 벽에 붙어 있었다.

사십 대 남자는 고혈압이나 고지혈증이 있어 보이는 꽤 뚱뚱한 체격이었고, 삼십 대 남자는 깡마른 체격에 영양이

부실한 듯 허약 체질로 보였다. 임상에는 이런 사람들이 어쩌면 제격일지 몰랐다. 나는 건강해서 탈락할지도 모른다고 생각하다가 아버지를 떠올리곤 몸을 떨었다. 아주 건강했던 아버지는 증상 발현 초기 며칠 동안 가벼운 기침과 미열밖에 없었다. 그러다 며칠 후 갑자기 중환자실로 옮겨졌고 일주일 만에 식물인간이 됐다.

사무실은 입구에서 기역으로 꺾어지는 구조였다. 투명 유리로 된 여러 겹의 문이 지그재그로 교차해 사물들이 겹쳐 보이는 착시가 생겼다. 외부인에게 좁은 공간을 효과적으로 차단하려는 목적이었다. 벽에 바투 붙은 테이블에 커피와 오렌지 주스 그리고 비스킷 따위가 놓여 있었다. 지난밤부터 금식이라 배가 몹시 고팠다. 소파에 기대앉은 두 남자도 탁자 위의 음식을 흘깃거렸다.

잠시 후 흰 가운을 입은 부스스한 머리칼의 남자가 잠을 설친 듯 눈을 찡그리며 나타났다. 만성피로에 절어 있고 겉모습이 후줄근해 보여도 나는 또래의 남자가 생명공학 분야의 전도유망한 수재라는 것쯤은 알았다. 다국적기업 연구소에서의 안정적인 삶 대신 큰돈을 벌기 위해 모험을 택했으리라. 모험이라도 할 수 있는 또래 남자가 부러웠다. 헝클어진 머리와 거친 피부의 남자는 사무적으로 검사과정을 설명하고는 안쪽으로 데리고 갔다. 혈액과 타액을 채취하고 컴퓨터 촬영 등 스피디하게 검사를 완료했다. 남자는 귀찮은 듯 웅얼거리는 말투로 결과가 삼십 분 안에 나오니까 잠시 기다리라고 말하곤 유리문 안으로 들어갔다.

답답해서 건물을 나와 길 건너편 샌드위치 가게로 들어갔다. 테이블 여섯 개가 놓인 커피와 샌드위치를 파는 작은 가게인데 사람들로 꽉 차 있었다. 샌드위치의 가격이 다른 곳의 두 배였지만 배가 고팠고 이 구역 음식값이 다 비쌀 테니 선택의 여지가 없었다.

살라미 샌드위치와 커피를 주문하고 구석에 기대서서 잘 차려입은 매끈한 남자들을 눈요기했다. 인근 투자사나 증권사에서 일하는 사람들인 듯했다. 여의도에서만 볼 수 있는 인간 군상이었다. 그들은 적절히 손동작을 섞으며 동료들과 적극적으로 대화를 나누었다. 그랬다, 모두 적극적으로 자기 생각과 감정을 편안하게 표현했다. 고연봉의 직업인들은 이따금 고개를 끄덕이고 간간이 놀라고 많이 웃었다. 아무 데서나 볼 수 없는 활기가 작은 가게 안에 가득했다. 안정적인 직업을 가진 사람들의 눈빛이나 표정에서 뿜어져 나오는 환한 자존감. 평행시간은 현재의 시공간 안에도 존재했다. 직업이 있는 사람들과 그렇지 않은 사람들은 2043년 3월 평행시간을 살고 있었다. 두 세계는 평행선이며 두 선은 영원히 만나지 않을 것이다.

신선한 채소가 아삭거리는 샌드위치를 한 입 베어먹었다. 양상추와 치커리와 샐러리에서 비옥한 흙과 깨끗한 공기가 느껴졌다. 치즈를 씹자 평행시간이 되살아났다. 쿰쿰하게 톡 쏘는 맛과 냄새가 코를 통해 뇌로 전달되는 느낌이었다. 나는 순식간에 질 좋은 햇빛과 공기와 흙을 씹어 삼키고 커피를 마셨다.

"요 며칠 흐름이 좀 이상하지 않아?"

"너도 그렇게 느껴? 정합적이지 않지?"

"그 정도가 아니야. 아무리 헤지라고 해도 미증유의 흐름이야."

"환율 변동성이 커지겠군. 선물도 그렇고."

나는 바로 등 뒤쪽 테이블에 둘러앉은 남자들의 대화를 들었다. 아마도 미국 주식시장 업무를 마친 펀드매니저나 애널리스트 같았다.

"비욘드 때문인 거 같아. 다른 인공지능은 사실 예측이 가능했는데, 요즘은 오늘 밤도 예측이 안 돼."

그들 중 한 명이 목소리를 낮춰 말했다.

"헤지펀드들에게 비욘드가 있나?"

"999개 중 비밀에 부쳐진 구입자가 삼백 명이 넘잖아. 블랙록과 서너 개의 헤지펀드가 비욘드를 소유했다는 소문도 있지."

작은 한숨 소리가 내 귀에 들렸다. 당장은 매일매일의 금융 전쟁을 떠올렸을 테고 머지않아 직업을 잃게 될지도 모른다는 불안을 직감한 본능적인 한숨이었다.

"바이오 섹터 상황 좀 알려줘. 유니콘으로 성장할 싹이 보이는 데가 있어?"

누군가 답답한 화제를 바꾸려고 밝게 말했다.

"무럭무럭 잘 자라고 있지. 조만간 두어 개는 상장할 거 같아. 등잔 밑이 어둡다고, 요 근처 연구실에서 괄목할 성장이 나올 거야."

"아, 그래? 미리 귀띔 좀 해줘."

"생명이 무한히 연장된다면 믿겠어? 늙지 않을 방법을 찾아냈다면."

"아직은 시기상조 아닌가?"

"다들 그렇게 생각하지. 하지만 퀀텀 점프하는 순간이 있지 않겠어. 생명공학 분야에도 인공지능처럼 싱귤래리티가 찾아온 거지."

"얼마든지 가능한 말이네."

"미토콘드리아를 완전히 정복한다면."

그들의 대화를 더 듣고 싶었으나 사무실로 오라는 메시지가 와서 일어섰다. 샌드위치를 먹고 남은 종이 포장을 버리고 커피잔을 돌려주며 뒤를 돌아보았다. 세 남자는 깔끔하고 세련된 옷차림에 꽤 평범한 얼굴들이었다.

다시 사무실로 가서 예의 생명공학도를 따라 새로운 방으로 들어갔다. 방 모서리에 CCTV가 보였고 벽을 따라 컴퓨터 화면에 누군가의 뇌, 심장, 폐, 관절, 혈액과 면역세포의 상태가 보였다. 유리 부스 너머로 뚱뚱한 남자가 침대에 누워있었다. 다른 유리 부스에서 방호복을 입은 다른 연구원이 나와서 뚱뚱한 남자의 코에 바이러스를 주입했다. 곧이어 내가 들어갔고 연구원이 다가와 코점막에 면봉으로 변종 코로나바이러스를 넣고 마스크를 씌웠다.

입구의 소파로 돌아오자 피로에 찌든 생명공학도가 새로운 서류에 서명을 요구하고 마스크가 든 상자를 내밀면서 외출하면 안 된다고 강조했다. 애초에 가족이 없거나 혼자 지낼 수 있는 사람만 실험에 참여할 수 있었다. 마스크를 착용하고 휴대폰을 열어 입금된 돈을 확인하고 갸우뚱했다.

"돈이 절반밖에 안 들어왔네요."

"나머진 임상이 완료되면 곧바로 지급될 겁니다. 스카이 씨와 어떤 관계이신지 물어도 됩니까?"

뜬금없고 직설적인 질문에 조금 당황했다. 실험실에서 결괏값에 매달리며 살아온, 목표지향적인 공학도의 촌스러운 태도가 불쾌하기도 했다.

"그냥 팬입니다."

짧게 대답했지만 '그냥'이라는 단어를 쓰지 않는 편이 훨씬 자연스러웠을 거란 후회가 들었다.

"스카이 씨가 사적인 부탁을 한 적이 없는 분이라, 혹시 친척인가 했어요."

남자는 내 대답을 믿지 않지만 더는 묻지 않겠다는 투였다.

"그나저나 놀랐습니다. 여성분이 근육량이 상당하더군요. 당연히 체지방은 아주 낮고. 혹시 운동선수이신가요?"

"예전에 태권도를 열심히 했습니다. 요즘은 좀 게으르지만."

"부럽습니다. 생명과 건강을 연구하는 사람이 보시다시피 건강을 돌보지 못하고 살고 있어서요."

남자가 생명공학적인 미소를 지으며 내키지 않는 너스레를 떠는 걸 눈치로 알 수 있었다. 아마도 내가 스카이와 가까운 사람이라고 확신하는 모양이었다. 그가 눈웃음을 지으며 내 가슴에 바이오 패치를 붙였다. 지금부터 바이러스가 완전히 소멸될 때까지 이곳 컴퓨터에 내 몸의 변화를 실시간으로 전송하고 바이러스가 퍼져나가는 상태를 체크할 것이다. 내일이나 모레쯤 지시가 떨어지면 내가 직접 피하 제형의 치료제를 투여하는 영상을 보내야 했다.

돌아올 때는 공유 시스템에 접속해 빈 차를 탔다. 도심 상공의 하이퍼 루트에 접어들자 자율주행차들이 속도를 올려

질주를 시작했다. 내가 사는 동네로 접어들면서부터 약간 메스꺼워졌다. 바이러스 때문인지 샌드위치가 체한 것인지 알 수 없었다. 인공 강우는 그쳤고 동네 아이들은 젖은 옷을 입은 채 여전히 골목을 뛰어다녔다.

여의도에 다녀온 후 혼자 집에 있었다. 바이러스가 활동하고 항체가 공격하는 동안 외출 금지였다. 생수와 식료품을 앱으로 주문하고, 배달 요청 시간을 새벽 5시로 해두었다. 배송 업무가 한가한 시간이어서 배송비가 가장 저렴한 시간대로, 물류센터에서 야간근무하는 휴머노이드가 전국 각지로 트럭을 몰고 떠난 시각이었다. 인간과 달리 그들은 지치지 않고 다시 배송 업무에 투입되었다.

사 년 전부터 아마존과 쿠팡 같은 기업엔 휴머노이드가 도입되었고 육체의 한계가 없는 그들은 3교대가 아닌 2교대로 일했다. 일을 더 한다고 해서 과거의 인간들보다 임금을 많이 받는 것도 아니었다. 24시간 쉬지 않고 일하는 휴머노이드도 있었으나, 대다수 휴머노이드는 적게 일하는 걸 원했다. 일상을 누리고 친구를 만나고 산책하고 운동하고 책을 읽고 음악을 듣는 걸 포기하지 않았다. 그들은 인간답게 사는 것을 원했다.

은비가 없어서 그런지 입맛이 없었다. 저녁에 냉동 크루

아상을 데워먹고 때웠는데 배가 고프지 않았다. 혼자 있으니까 외롭고 겁도 났다. 다행히 약간 미열이 있고 몸이 좀 나른할 뿐 특별한 증상은 없었다. 가슴에 붙은 바이오 패치와 연결된 여의도의 컴퓨터가 밤새 모니터링할 테고, 촌스러운 연구원이 눈을 비비며 지켜볼 터라 겁낼 필요가 없는데 안절부절못하고 집 안을 돌아다녔다.

한밤중이 되니까 서서히 불안감이 엄습했다. 고질적인 우울증 때문이었다. 온전히 혼자 지낸 건 처음이었다. 겨우 이틀째인데, 온몸을 도는 혈액이 눅눅해지는 기분이었다. 아이를 돌보는 게 때론 성가셨지만 실은 내가 은비에게 의지하고 산다는 걸 새삼 깨달았다. 은비를 서진에게 보내면서 바이러스에 대한 말은 숨겼다. 괜한 걱정을 끼치고 싶지 않아서 우연히 돈을 좀 벌 수 있는 일이 생겼고, 그래서 며칠 밤 꼬박 새워야 한다고만 전했다. 전화기 너머로 서진이 나를 무척 부러워하는 게 느껴졌다. 서진은 저도 정말 일하고 싶다고 말했다.

앤터탭의 가상세계 앤터월드에 접속해 내 얼굴을 공개하고 지원서를 제출했고 합격했다. 미국 시각으로 어제 오전, 한국 시각 어제 자정 무렵 결정된 사항이었다. 스카이가 알려준 덕분이었다. 그는 앤터탭 중역들과 개인적인 네트워크가 있었고, 덕분에 앤터탭의 암호화폐 한 알을 거저 따 먹을 기회를 얻었다. 1 앤터코인은 오늘 날짜의 원화로 팔백만 원이 넘었고 앤터탭이라는 기업이 이어지는 한 세월이 흐르면서 가치가 상승할 것이다. 드디어 은비에게 지속성 있는 고갱이 하나를 남겨줄 수 있게 됐다.

앤터탭 사(社)는 한국을 비롯한 150여 개에 지사가 있는 다국적 플랫폼 기업으로 세상의 모든 스토리와 엔터 사업을 장악한 공룡이었다. 잠깐이나마 앤터탭의 일을 하다니 횡재라도 한 것 같았다. 삼 일 꼬박 책상에 앉아 일하고 받을 노동의 보수는 한 달 동안 아마존 물류센터에서 근무하는 휴머노이드의 월급에 가까웠다. 거리의 쓰레기를 여섯 달 줍는 것보다 돈이 많았다. 그래서 기쁘면서 슬펐다.

지원한 지 하루 만에 수만 명의 지원자 중 세계 각국에서 330명이 선발됐다. 지원서는 개인정보 동의서가 전부였다. 인공지능이 지원자의 네트워크의 글을 기반으로 선발했다. 국적과 나이와 인종을 분배하고 지원자의 모든 데이터를 분석한 선택이었다. 기업의 채용담당자가 아닌, 인공지능의 선택에 사람들은 곧잘 승복했다. 최소한 공정한 선별이라고 수긍하거나 제비뽑기 같은 운으로 받아들였다. 그들에겐 자고 일어나도 행운 따위 없었고, 수없이 복권을 긁어도 10달러가 행운의 맥시멈이었다. 그래서 아끼고 아껴서 미니멀 인생을 살면서 가상세계에 씨앗 뿌리고 거름 주면서 농익은 감각의 열매를 따 먹는 데 만족했다.

인포레이저 사냥꾼을 고용할 때 데이터를 일부 남겨둔 것은 현명한 선택이었다. 영화와 드라마를 비롯한 스토리 플랫폼에 남긴 내 글들은 디테일이 살아있고 개성이 있었다. 주관을 버리고 철저히 이야기 자체와 인물에 몰입한 글이었다. 더는 철없이 뛰어놀지 않던 시절부터, 엄마마저 죽자 나와 언니는 종일 책을 읽고 영화나 드라마를 보며 인물에 몰입한 채 하루를 채웠다. 세상과 연결된 끈도 없고 할 일이 아무것도 없는 어린 자매가 시간을 견디는 유일한 선택이었다.

언니가 자살한 후론 영화나 드라마 따위를 볼 여유가 없었다. 서른 살도 안 된 내가 가장이 돼버렸고 은비와 할머니를 위해 닥치는 대로 돈을 벌어야 했다. 청소, 설거지, 아이 돌보미, 글쓰기 대행 따위 온갖 허드렛일을 전전하며 돈을 모았다. 몸을 혹사해도 모든 게 무의미한 절망감을 떨쳐내지 못했다. 하고 싶은 일도 먹고 싶은 것도 없고 아무도 만나고 싶지 않았다. 몸속 피를 따라 떠도는 듯한 우울증이 끈끈하게 나를 사로잡곤 했다. 우울증이 심해지면 아진도로 내려가 은비를 할머니에게 맡기고 흙집에서 내내 잠을 잤다. 그러고 나면 피를 정화한 기분으로 얼마간 담담하게 지낼 수 있었다. 질 좋은 깊은 수면엔 치유의 기능이 숨어 있을 것이다.

오늘 밤부터 며칠 쪽잠을 잘 수밖에 없었다. 50부작 판타지를 72시간 동안 보면서 전투적으로 컴퓨터 자판을 두드려야 했다. 두 시간 집중하고 십 분 휴식, 여섯 시간 일하고 삼십 분 휴식, 12부가 끝나면 세 시간 휴식. 앤터탭이 막대한 자본을 투여하기 전 세계인의 취향을 점검하고 다운사이징하기 위해 전격적으로 용병을 모집한 거나 다름없었다. 그들은 인공지능의 빅데이터 분석과 시뮬레이션을 거친 후 30억 달러 드라마 제작에 들어갔을 것이다. 막대한 투자금이 들어가는 만큼 2043년 여름에 출격해 세계인의 밤을 잠식할 대작에 1프로의 오차도 없애고 수익률을 극대화하려는 것이었다. 1프로의 오차는 가난한 나라의 GDP였다.

아직 절대다수 구독자는 인간이었다. 휴머노이드들은 책을 읽거나 영화를 보곤 했으나 러닝타임이 긴 드라마는 잘 보지 않았다. 정확한 이유는 밝혀지지 않았지만 감정 이입이 이어지지 않아서인 듯했다. 일주일 정도의 간격으로 방영되는 스토리 속 인물에게 그들은 관심과 애정을 유지할 수 없었다. 휴머노이드의 인구 비중이 늘어나면 그들을 위한 스토리를 생산할 게 틀림없었다. 그들은 머지않아 새로운 엔터 사업의 생산자이자 주요 소비자가 될 것이다. 휴머노이드 계층은 괜찮은 직업을 가지고 있었고 점점 더 많은 재산을 가졌으며 그들만의 문화를 소유하려 했다. 프랑스

혁명 전의 부르주아지처럼.

　로스앤젤레스 시각 아침 7시 정각, 내 방 시계로 밤 11시
부터 파일럿 영상이 송출되었다. 십 분 전이라 컴퓨터를 켜
고 대기했다. 일하는 방식은 낮에 보내준 파일로 충분히 습
득했다. 초대형 판타지의 파일럿 영상과 초기 촬영분이 곧
전송될 것이고, 나머지는 대본에 기초한 시뮬레이션 영상이
었다. 초기 촬영된 인물과 배경을 컴퓨터 그래픽으로 만든
시뮬레이션 영상은 실사와 거의 흡사했다. 330명의 선발자
는 실시간으로 영상을 보면서 시청자의 반응을 쏟아내는 작
업에 동원됐다.

　커피와 물을 컴퓨터 옆 테이블에 놓고 목과 손목을 빙빙
돌리고 자리에 앉았다. 태어나 처음으로 좋아하는 일로 돈
을 벌게 돼서 조금 흥분됐다. 웅장한 음악과 함께 파일럿 영
상이 등장했다. 다양한 국적의 농부 330명이 일제히 단어들
을 흩뿌리기 시작했다. 화면 오른쪽에 다국적의 현란한 언
어가 날개를 파닥이며 상승기류를 탔다. 용솟음치는 언어들
을 꿀꺽 삼킨 인공지능은 실시간으로 대본을 수정하고 배경
에 디테일을 가감하고 스토리의 강약을 조절할 것이다.

　영상에 몰입하면서 언어를 떠올리고 문자를 빠르게 입력
했다. 우뇌와 좌뇌를 동시에 사용하는 작업이었다. 삼 분 삼

십삼 초의 파일럿 영상이 끝났는데 벌써 피곤했다. 사건과 배경과 인물과 대사에 대해 육십 초에 열두 단어 이상을 입력해야 하므로 쫓기는 기분도 들었다. 삼 일 일하고 이십 일 치의 돈을 받는 게 횡재는 아니었다. 그렇지만 스토리 자체가 기대만큼 역동적이고 상상력이 풍부해서 지루하진 않을 것 같았다. 주요 캐릭터들이 모든 비트에서 입체성을 띠고 있어서 50부작 판타지의 성공을 예측할 수 있었다.

쉬는 시간 십 분 동안 의자에 앉은 채 눈을 감고 있었다. 눈이 따끔거렸고 누우면 곧장 잠들 정도로 피곤했다. 여섯 시간이 지나고 드디어 삼십 분의 휴식 시간이 되자, 이십오 분 후로 알람을 맞춰놓고 침대에 누웠다. 잠시 눈을 감았다가 뜬 것 같은데 십오 분이나 지나 있었다. 십 분이라도 더 자고 싶었지만 그랬다간 못 일어날 것 같았다. 십오 분의 쪽 잠은 허무했다. 짧은 잠은 잔뇨감이 남은 오줌보처럼 불쾌했다. 우유 한 잔을 마시고 화장실로 가서 억지로 소변을 찔끔거렸다.

현관 너머로 음악 소리가 들렸다. 주문한 물건이 배송된 줄 알고 화장실을 나서다 멈칫했다. 바흐가 아닌 모차르트였다. 게다가 휴머노이드 배송원이라면 바흐가 잠시 들리다 사라져야 하나 모차르트는 내 현관 앞에 계속 머물러 있었다. 현관 보안장치는 영상은 후져도 센서만큼은 아직 쓸만

한 신품이었다. 곡은 랜덤이나 오늘따라 모차르트 중에서도 진혼곡이었다. 바깥에 인간 여자가 서 있는 것이었다. 아직 어둠이 짙은 새벽에 배송원이 아닌 정체불명의 여자가 나를 찾아왔다! 곧이어 활성화된 스크린에 가녀린 몸집의 작은 여자가 탁하게 보였다.

"저어, 아함이라고 합니다. 일전에 다시 오겠다고 약속드 렸었죠."

나는 처음에 '아함'이라는 말을 기억해내지 못했다. 세 번 씩이나 엽서를 보내고 직접 집으로 찾아오기까지 했는데도. 그사이 일이 많았고 컨디션도 별로였고 너무 피곤해서 머리 가 돌아가지 않았다.

창밖의 흐릿한 여자는, 영상 화질 때문인지 여자의 얼굴 이 그런지는 모르겠지만, 뭔지 모르게 좀 흐릿한 여자는 방 긋방긋 웃고 있었다. 새벽 5시에 집으로 찾아온, 방긋 웃는 여자는 그 자체로 공포였다.

"제 이름은 김이채라고 합니다. 제 신분증을 보여드리죠."

그녀가 등에 매달린 가방에서 여권을 꺼내 화면에 비춰 보였다. 디지털 신분증도 생체인식 코드도 아닌 녹색의 너 덜거리는 종이 여권을 보여주는 스물네 살의 여자가 어설퍼 서 덜 위험해 보이긴 했다.

아함이 수많은 비면단체 중 하나일 거라는 추측에 힘을

더했다. 내가 남겨둔 네트워크의 흔적을 뭉뚱그리면 정오감은 고전적 취향을 가진 다소 고지식하면서 낭만적이고 소박하나 소심한 여자였다. 그러니 비밀단체들이 나를 회원으로 가입시키려는 것이다. 그렇게 논리적으로 생각하니 두려움이 가셨다. 휴대폰 보안 시스템 앱을 켜서 손에 든 채 현관으로 다가갔다. 만일의 경우 손가락을 누르면 근처를 순찰하는 휴머노이드 경찰이 달려올 것이다. 벽 스크린을 통해 여자가 혼자라는 걸 확인했지만 보조잠금 걸쇠를 둔 채 문을 열었다. 호기심보다는 불안을 해소하기 위해서였다. 저 여자는 언제고 또 올 것이고 은비가 혼자 있을 때 겪을 공포를 생각하면 차라리 지금 내가 확인하고 처리하는 게 나았다.

"무슨 일이시죠?"

여자를 똑바로 바라보며 쌀쌀맞게 물었다.

"너무 이른 시간에 찾아와서 죄송합니다. 근데 저는 오감 씨를 만나려고 세 번째 오는 거라서요. 혹시 이른 시간에는 댁에 계실까 하고요."

"저의 집 주소는 어떻게 아셨어요?"

"솔직히 저도 잘 모릅니다. 블루마켓에서 거래되는 개인정보 데이터 때문일 거 같아요. 저희 아함 유니언으로 불특정 데이터가 불특정한 방식으로 들어온 거죠."

블루마켓은 네트워크나 가상세계에서 타인의 신상정보

데이터를 거래하는 시장이었다. 개인의 전화번호나 주소 따위는 헐값에 팔린다는 공공연한 소문이 나돌았고, 보안과 경호용 휴머노이드는 비토처럼 신체접촉만 하면 얼마든지 알 수 있는 내용이었다.

"아함 유니언? 어떤 단체인지 몰라도 전 유니언 같은 데 관심 없습니다."

내가 딱 잘라 말했다. 시시한 일에 말려들기 싫었고, 귀찮게 하는 사람에겐 단호할 필요가 있었다.

"아함이라는 건, 아함경이라는 불교 경전에서 따온 말입니다. 스스로 완성된 존재라는 의미에요. 저희는……"

엘리베이터가 열리고 휴머노이드가 생수와 음식이 담긴 박스를 옮기다가 나와 김이채를 쳐다봤다. 새벽에 두 여자가 문의 안과 밖에 서서 대화하는 모습이 흔하지는 않을 것이다. 상자를 놓고 돌아서던 휴머노이드가 비켜서려고 움직이던 김이채와 살짝 부딪치자 화들짝 놀라서 김이채를 뚫어지게 쳐다봤다.

"미안합니다."

그녀가 배송원의 눈을 피하며 말했다.

배송원의 반응이 놀라웠다. 그는 대꾸도 하지 않은 채 김이채를 쳐다보곤 엘리베이터에 탄 후론 아예 김이채를 노려보았다. 문이 닫히지 않으면 언제까지고 노려볼 것 같은 눈빛이었다. 지금까지 휴머노이드가 그렇게 무례한 걸 본 적이 없었다. 그들은 도덕과 예절 등을 철저하게 딥러닝 한 후 세상에 나오기 때문에 상대가 범죄자가 아닌 한 모두에게 예의 바르고 성실하고 친절했다. 김이채도 좀 놀라고 당황한 것 같았다. 설령 여자가 범죄자라 해도 배송 휴머노이드가 알 리도 없었다. 행여 어수룩해 뵈는 이 여자가 범죄자라면 단칼에 자르고 결코 만만하게 보이지 않아야 했다.

"암튼 저는 종교단체든 뭐든 그 어디에도 관여하고 싶지 않습니다. 다시는 찾아오지 마세요. 그리고 이렇게 이른 시각에 남의 집을 방문하는 건 실례입니다."

나는 그만 문을 닫으려고 했다. 그런데 그녀가 문틈으로 작고 가냘픈 손을 끼웠다. 순간 놀라기도 하고 불쾌하기도 했으나 그녀가 금방 손을 거뒀고 작고 가냘픈 두 손을 어쩔 줄 몰라 하며 꼼지락거리는 걸 보자 화가 누그러졌다.

"죄송합니다. 무례했어요, 여러 가지로. 꼭 드릴 말씀이 남아서요."

"혹시 신원조회하면 범죄 기록이 있는 분인가요?"

"그럴 리가요. 제가 무슨…… 제가 그런 깜냥이라도 되겠어요?"

여자는 저돌적인 내 질문에 약간 당황한 듯했다. 잘은 모르지만 내 깜냥으로 봐도 그런 여자 같지는 않았다.

"아직 세상 무서운지 잘 모르시나 본데, 어두울 때 혼자 돌아다니면 위험해요."

"거리 곳곳에 네트워크 카메라와 휴머노이드 친구들이 있는데요."

그렇다고 여성을 상대로 한 범죄가 줄어든 건 아니라고 말하려다 말았다. 김이채의 눈빛이 너무 해맑아서였다. 이 여자의 해맑음은 내면의 투명함이 아니라, 무지에서 오는 투명함이 아닐까 생각했다. 자기만의 생각에 빠져서 생각하고 싶은 것만 생각하는 외골수들이 이따금 안구가 이노센트했다. 손에 쥔 휴대폰 알람이 울렸다. 다시 빅데이터를 살찌우는 노동을 시작해야 했다.

"이제 일해야 합니다. 안녕히 가세요. 그리고 귀찮게 다시 오진 마세요, 그럼."

"아함은 종교단체가 아닙니다. 스스로 존재한다는 건 스스로 완성됐다는 뜻입니다. 우리는 이미 완성된 존재로서 이 세계를 완성하려 합니다. 세상은 불완전……."

"이제 일해야 한다니까요. 그만 가세요."

나는 참지 못하고 짜증을 냈다.

"드릴 말씀을 다 못 드렸네요. 오감 씨의 언니 정다감 씨는 저희 아함 소속이셨습니다. 저와 나눌 대화가 길어질 것 같네요. 조만간 저를 다시 만나시죠. 내일은 어떠신가요?"

이노센트의 눈빛이 반짝이며 말투가 미묘하게 달라졌다.

"일을 해야 해서 곤란합니다. 주말이 좋겠네요."

죽은 언니의 이름이 나온 이상 다른 선택이 없었다. 세상은 정말이지 옛 같은 선택을 선택하라고 언제나 강요했다.

"일을 하신다니 다행입니다. 그럼, 이번 주 일요일 정오에 바로 여기 전철역 앞 스타벅스에서 뵙죠. 그럼, 실례가 많았습니다."

시간과 장소를 김이채가 일방적으로 결정했다. 피곤하고 혼돈에 빠진 나는 뭐라 대꾸도 하지 못했다. 흐릿한 듯 모호한 여자는 꾸벅 고개를 숙이곤 엘리베이터가 아닌 계단으로 내려갔다. 가벼운 체구임에도 여자가 멀어질 때까지 들리는 발소리가 둔중하게 울렸다. 시간을 보니 일 분 전이었고, 나는 심장에 묵직한 추를 매달고 컴퓨터 앞으로 돌아갔다.

#4
플랫폼 스타

스카이는 미토스 저택에서 은둔하며 지냈다. 외부에 드러난 그의 모습은 온전히 파파라치의 먹잇감이었고 선명한 사진들은 거액에 거래되었다. 일 년에 한두 번 대규모 행사나 공연에 참여해도 인기나 영향력은 파이값처럼 뻗어나갔고, 시간이 갈수록 그의 자산은 상대성 이론의 우주처럼 팽창했다. 은회색 우주선 안과 밖에서는 휴머노이드들이 그의 부와 명성을 지켰다.

그는 집 안 거실과 울성한 나무 아래에서 수많은 일을 처리했다. 3월부터 비욘드가 사업과 투자를 도맡았고 일상의 일들은 비토와 헬렌을 비롯한 휴머노이드가 도왔다. 인공지능과 휴머노이드가 일하고 그는 보고받고 결정하고 선택했다.

스카이가 처음부터 직접 하는 일은 글을 쓰는 것과 집 내부에 풍성하게 들어찬 숲의 과일나무를 가꾸는 것뿐이었다. 특히 그는 사과나무에 대한 애정이 깊었다. 유난히 사과를 좋아하던 그는 한국에서 빨간 사과가 사라진 후 과육이 단단하지 않은 노란 사과를 먹다가 슬퍼져서 유전공학에 투자했다. 삼 년 만에 빨간 사과나무의 복원에 성공해 자신의 숲에 사과나무 열 그루를 심었고, 정원사들에게 이른 아침에 나무와 열매의 작황을 듣고 작업복을 입고 나가서 뿌리와 잎사귀를 살피고 영양 주사를 주었다.

오전 중에 중요한 일 처리를 끝내면 그는 집 안의 숲을 산책하며 자연을 즐겼다. 자연에서 자란 식재료를 공수해서 만든 점심을 먹은 후 맑고 차가운 물이 가득 담긴 수영장에서 길고 매끈한 팔다리를 단련했다. 몸이 가볍고 머리가 맑은 날이면 짧은 곡을 만들고 가사를 쓰거나 소소한 일상에 대한 짧은 글을 썼다. 글과 음악이 마음에 들면 실시간으로 세계의 팬들과 공유했다. 이런 일상만으로도 천문학적인 돈을 벌었다. 그리고 그 돈을 다시 생명공학과 인공지능 기업에 투자해 푸르고 환한 스카이 같은 돈을 거둬들였다. 지금까지 언론매체와 네트워크와 타블로이드 따위를 통해 접한 스카이는 그랬다.

내가 초등학생이었을 무렵 그는 이미 세계적인 명성을 얻은 아이돌 스타였고, 명성이 이십 년 넘게 이어져 화려한 장신구를 걸친 다국적기업이 되었다. 폭발적인 인기를 누리던 젊은 시절 그는 여배우나 모델들과 화려한 연애를 즐겼고 팬들과 미디어를 향해 아이러니와 솔직함을 뒤섞은 독특한 화법으로 열애를 공개했다. 한때 약물복용으로 곤욕을 치렀으나 사실 그대로를 담담하게 인정하고 실력과 개성으로 악성 루머와 언론플레이에 코웃음 치며 갈 길을 갔다. 그의 매력에 대중이 열광해도 매력을 남발하지 않았다. 누구보다 자기 관리가 철저했고 미디어에 평생 시달린 만큼 매체의 속성을 꿰뚫고 그것을 이용했으며 시대의 물결에 올라타기 위해 지식을 쌓았다. 오랫동안 전문가를 통해 신소재와 인공지능, 생명공학과 수소 에너지를 공부했다. 그가 다른 스타들과 다른 이유였다.

세계적인 스타가 된 후 나이가 들면서 음악 작업을 그다지 활발하게 하지도 않았다. 최고의 아티스트와 철저한 사전 준비작업으로 완벽한 곡을 생산해서 일 년에 하나씩 유튜브를 통해 발표했고, 거의 언제나 대중들의 열광을 이끌었다. 그의 삶의 방식은 퍼포먼스였고, 메타월드에 일상을 기록한 글은 멋진 사진과 함께 책으로 출간돼 스테디셀러가 됐다. 스카이가 희소가치를 위해 드물게 생산하는 것은 예술과 철학의 스카프를 걸친 무엇이었다. 삶이 추레한 대중은 스카프가 바람에 날리면 두 팔을 벌려 환호했다. 그는 18세기 음유시인이었고 19세기 철학자였고 20세기 스타였으며 지금 그 모든 것을 합체한 무엇이었다. 그의 일상과 음악과 한 줄 문장은 대중을 바람처럼 비처럼 흔들었다. 가난하고 고독한 대중은 섬망에 빠진 듯 스카이를 선망했다.

그러나 나는 스카이에게 별 흥미도 관심도 없었다. 그의 부와 명성이 부럽긴 했지만 나와는 거리가 먼 삶이었고, 생존을 걱정해야 할 처지에 스타에게 열정을 바치는 건 헛짓거리 같았다.

바이러스가 사라진 다음 날, 스카이가 전화를 걸어 집으로 와달라고 요청했다. 목소리에 짜증이 묻어 있었다. 아진도의 유일한 생존자인 애심 할머니와 진척은커녕 아예 대화 자체도 못 하고 있었다. 세상 모든 일을 자기 뜻대로 움직이는 그가 치매 걸린 백 살 할머니를 이러지도 저러지도 못하고 안절부절못하는 게 좀 우습기도 하고 통쾌하기도 했다. 벤츠를 보낸다고 했지만 나는 할리데이비슨을 타고 가겠다고 했다. 하라는 대로 고분고분하기 싫었다. 나는 휴머노이드가 아니라 인간이며 비먼이었다.

"아직 그게 남아 있었어요? 할리데이비슨, 너무 궁금해. 얼른 와요."

일 분 전의 짜증은 온데간데없고 목소리가 어린애 같은

호기심으로 튀어 오르더니 그 말만 하고 전화를 끊었다. 지금까지 겪어본 바로, 그는 감정변화의 진폭이 크고 출렁거리는 사람이었다. 차 한 잔 마시는 잠깐 사이에 그는 무구한 아이였다가 에너지 넘치는 청년이었다가 냉소적인 장년이었다가 때론 노회한 노인을 오갔다. 감정뿐만 아니라 표정과 눈빛에서도 그런 게 느껴졌다. 그의 유전자로 복제에 완벽히 성공해 '스카이2'가 생긴다 해도 전달되지 못할 후천적 기질일 것이다. 사람에 대한 배려와 매너가 좋은 편인데도 그에겐 상대를 묘하게 긴장시키는 기운이 감돌았다. 그가 엄청난 스타라서 주눅 들거나 그렇진 않았고 다만 상당히 까다롭고 어려운 상대임은 분명했다. 나는 내색을 감추고 스스럼없이 그를 대했고 스카이 역시 심드렁한 내 태도가 신선한 눈치였다.

어쨌든 돈을 벌게 해줬으니 나도 그를 도와야 했다. 애심 할머니는 전화 통화가 어려울 정도였다. 나를 여동생이나 엄마로 착각할 때도 있었다. 그녀가 병원에 가서 진단받지 않아서 법적으로 치매를 증명하기도 어려웠다. 이십 년 전 할머니의 아들을 섬에서 본 적이 있을 뿐 그 후론 아는 게 없었다. 할머니와 정상적으로 대화해서 법적 상속자인 아들을 찾는 게 급선무였다.

아진도를 여러 번 다녀와야 할 거 같아서 은비를 며칠 더

고모네에 두기로 했다. 내가 없으면 서진이네와 함께 살아야 했고 그러니 아이가 적응하는 시간도 필요했다. 가능한 많은 돈을 남겨주는 거 외에 달리 아이에게 해줄 게 없었다. 조울증을 앓는 아이에게 나의 부재가 큰 상처가 되리라는 건 나도 알았다. 며칠 후 서진을 만나면 은비의 장래에 대해 진지하게 의논할 작정이었다. 돈이 조금만 더 있다면 바이올린을 제대로 가르치고 싶었다. 언니도 어릴 때, 부모님이 다 우리 곁에 있을 때 바이올린을 했었고 소질이 있었다. 언니의 피를 물려받은 은비도 바이올린 소리에 예민했다. 엄마의 자살 현장을 본 후 여섯 살 아이는 자다가 깨서 멍하니 앉아 있곤 했다. 그럴 때면 바이올린 소나타를 들려줬고 그러면 아이는 고른 숨을 내쉬며 잠들곤 했다. 은비가 뛰어난 연주자가 되지 않아도 괜찮았다. 바이올린을 평생의 친구로 삼아 위안을 찾고 정신적으로 건강하길 바랄 뿐이었고, 내 직감은 그럴 수 있을 것 같았다. 여태 모아둔 유산으론 부족해도 지금부터 가르치고 싶었고 서진이 동의한다면 시작하고 싶었다.

할리데이비슨은 언니와 형부의 물건이 가득 쌓인 공간을 차지하고 있었다. 고가의 오토바이를 공용시설에 둘 수는 없었다. 이십 년 전 대학생이던 형부가 중고로 구매한 거라 지금은 단종된 기종이었지만 여전히 위용을 뽐낼 만큼 성능이 괜찮았다. 언니가 자살한 후 나는 화염을 꺼트리지 않으면 타죽을 것처럼 불기둥이 치솟았다. 그때는 은비를 서진이 돌봤다. 내가 위태로워 보였던지 서진은 나와 살고 싶다고 떼쓰는 은비를 달래서 데리고 갔다. 마음속 분노를 감당할 수 없어서 밤마다 도로를 질주했다. 속도 규정 따윈 무시했다. 자율주행차들은 저돌적인 오토바이를 알아채고 위험한 짐승인 양 멀리서부터 차선을 바꾸며 피하거나 속도를 줄였다. 묘한 쾌감이 온몸을 꿰뚫었다. 도로 한가운데를 미친 듯이 춤을 추듯 달렸다. 그러면 불길이 잦아드는 기분이 들었다. 법규 위반 통지서가 날아들었지만 상관없었다. 당시만해도 휴머노이드의 도입이 막 시작되던 때라 도로 통제가 허술했다. 지금은 어림없는 일이었고 법규도 더 강력했다.

그때 나를 구해준 것이 지그문트 박사였다. 맞은편 차선에서 폭풍처럼 지나가는 그의 낡은 오토바이를 처음 본 순간, 차가운 눈가에 눈물이 맺혔다. 미칠 것 같은 사람이 나말고 또 있다는 게 따스한 위로가 됐다. 그 후 그에게서 상담을 받았고 우울증 처방을 받았다. 아, 은비의 상담 예약을 잡는다는 걸 자꾸 잊어버리고 있다.

오랜만에 도로에 나오니 사람들의 시선이 할리데이비슨에 쏠렸다. 고급 자율주행차가 즐비한 도로에서 나의 데이비슨은 박물관에 전시된 유물 대접을 받았다. 푹신한 시트에 기대 영화를 보던 사람들은 신호대기에서 데이비슨을 발견하곤 의아한 눈빛과 호기심을 보였다. 생뚱맞다거나, 후지다거나, 때론 찬사의 눈빛. 좀 더운 날이었지만 나는 형부가 일러준 규칙을 지키고자 가죽 재킷과 가죽 바지를 입고 있었다. 뭘 모르는 사람들에겐 내 모습이 케케묵고 먼지 켜켜이 쌓인 골동품처럼 보일 테지만 아무래도 상관없었다. 며칠 동안 밖에 못 나가서 갑갑했던 터라 콧구멍으로 몰려드는 바람이 상쾌했다.

미토스 언덕으로 오르는 길에 검문을 당했다. 스카이의 벤츠를 타고 갈 때와는 분위기가 완전히 달랐다. 언덕 초입의 검문 시설엔 무장한 휴머노이드가 철통 보안을 지키고 있었다. 헬멧을 벗고 지시대로 안면인식 시스템에 얼굴을 보였고, 그들이 다시 전화를 걸어 확인할 때까지 붙잡혀 있었다. 수화기 너머로 비토의 부드럽고 단단히 목소리가 흘러나왔다.

"저희 손님이십니다. 정중하게 대해주세요."

전화를 끊은 보안 휴머노이드가 나를 아래위로 훑었다. 아마도 가죽 옷차림에 육중한 오토바이 때문에 더 까다롭게 구는 듯했다. 몸수색이라도 할 기세였다. 자주 느끼는 거지만 보안과 경호용 휴머노이드들은 지나치게 상식적이고 고지식했다. 딥러닝을 그렇게 했으니 그들을 탓할 수도 없었다. 비토는 거기에 비하면 유연하고 부드러웠다. 돌아가신 아빠도 형부도 겉모습과 달리 부드러운 사람들이었다. 그들처럼 부드러운 남자가 좋은 남자라는 걸 은비에게 전해주고 싶었다.

검문이 끝나고 다시 언덕을 오르면서 헬멧을 벗었다. 미토스의 맑은 공기와 투명한 햇빛을 온몸으로 느끼고 싶었다. 언덕 꼭대기를 향해 가자 녹음이 짙어졌고 산소가 녹색과 동음이의어 같아졌다. 미토스 언덕을 오토바이로 오르는 것은 괜찮은 선택이었다. 속도를 줄이고 느긋하게 달리면서 주변 산세를 살폈다. 산 곳곳에 탐지기가 있을 테지만 아무튼 데이비슨이라면 검문 따위 무시하고 산길로 미토스를 통과하는 게 가능할 것 같았다.

스카이의 번쩍이는 우주선에 데이비슨이 도킹하자 순식간에 진동음과 함께 빨려 들어갔다. 눈부신 햇빛 속을 달려와서 그런지 잠깐의 어둠에 눈앞이 완전히 깜깜해졌다. 눈을 떠보니 지하 주차장 안이었고, 스카이와 비토가 빙그레 웃고 있는 게 보였다. 스카이가 나를 보는 눈빛은 흡사 애니메이션 속 캐릭터를 보는 그것이었다. 엉뚱하고 발칙하고 의외의 이 여자 캐릭터는 뭐지, 라는 얼굴을 숨기지 않았다.

"잘 모르시는 것 같아 말씀드리면 할리데이비슨 추종자들은 이렇게 가죽을 입습니다. 오페라를 볼 때 정장을 하는 것처럼."

"아, 그렇군요. 요녀석 위에 앉아봐도 될까요?"

그가 말하면서 불쑥 다가오자 나도 모르게 다리를 들고 내렸다. 그는 데이비슨 위에 착 감기듯 앉아서 자세를 잡았다. 자세로 보아 오토바이나 바이크 따위를 꽤 능숙하게 다루는 사람임을 알 수 있었다. 그는 데이비슨의 머리를 들여다보고 몸체를 쓰다듬었다.

"관리가 아주 잘 됐군요. 멋집니다."

스카이가 관심을 보이자 비토가 다가와 데이비슨을 살폈다. 아마도 비토에게는 낯선 물건일 터였다.

"원하시는 값을 드릴 테니, 혹시 저한테 파실 생각……."

그의 말이 끝나기도 전에 나는 고개를 저었다.

"이래 봬도 할리데이비슨 골동품이랍니다. 형부가 애지중지 관리해서 상태가 아주 좋죠."

단호하게 말을 하면서 나도 데이비슨을 쓰다듬었다. 요사이 관리에 소홀했다는 생각이 들었다. 조만간 서울에 딱 하나 남아 있는 전문 매장에서 점검을 받아둬야 할 것 같았다. 이제는 점점 부품을 구하기 어려워졌고 가격도 만만찮았다. 매장 사장님은 육십 대 후반 아저씨인데, 사십오 년을 데이비슨과 함께 한 전문가였다. 아저씨도 지금 세계에선 결국 나와 같은 비면이었다.

"오해는 마십시오. 스카이 님 취미 중 하나가 골동품 수집이랍니다."

비토는 적절한 때에 적절한 말을 할 줄 아는 유연한 경호원이자 비서였다.

"저도 오해하시지 않길 바라요. 사실 돌아가신 형부의 유품입니다. 그래서 조카의 소유죠."

스카이가 살짝 고개를 끄덕이며 내 어깨를 툭 쳤다. 비토가 돌아서서 얼른 엘리베이터 버튼을 눌렀다. 엘리베이터는 곧장 신비롭고 오묘한 차가 놓여 있는 거실로 이동했다. 내가 차에 푹 빠진 걸 눈치챈 헬렌 혹은 비토가 미리 준비해둔 것이었다.

"이 차의 이름은 진홍포입니다. 오렌지빛이 감도는 붉은색이잖아요. 아주 전설적인 차인데, 이제는 멸종됐죠. 이십 년 전 제가 중국 공연 갔을 때 부유한 팬분이 이 맛을 알게 해 줬어요. 삼백 그램이 고급 승용차 가격이었죠. 몇 년 전 해외 시드뱅크에서 우연히 원조 차나무의 씨앗을 구해서 은밀하게 내 숲에서 키웠어요. 이건 정말 기밀입니다."

그가 손짓으로 차를 권했고 나는 한 모금의 차를 입에 머금었다.

"이런 차 맛은 처음이었어요. 삶의 의욕이 되살아나는 맛이랄까."

"삶에 그다지 욕망이 없군요. 오감 씨 얼굴에 그런 게 드러나요."

"관찰력이 뛰어나신 걸까요?"

"아진도 절벽에 서 있는 당신 뒷모습에서 그렇게 느꼈어요. 정확히는 당신이 추는 춤에서 퍼지는 에너지 파동에서."

조금 의외였으나 동시에 수긍이 갔다. 당연한 얘기지만 그는 어릴 때부터 수십 년 무대에서 춤을 추었고 직감이 뛰어난 예술가였다. 나는 차를 한 모금 더 마시고 허리를 꼿꼿이 세워 앉았다. 그리고 최대한 감정을 삭제하고 차분하게 말했다. 나 역시 적절한 때에 적절한 말을 해둘 필요가 있었다.

"가진 거 없고 할 일도 없고 가상세계마저도 시무룩한 사람은 사는 게 별로 재미가 없지 않을까요? 솔직히 그런 사람들이 당신과 같은 플랫폼 스타에게 열광하는 거고요. 어쩌면 스카이 씨는 다른 사람의 시간을 가져가는 사람일지도 몰라요."

나는 그가 화를 내거나 공격적으로 응할 거라 예상했다. 그는 그러나 눈을 두 번 깜빡일 뿐이었다.

"시간을 많이 쓸 만큼 좋아하는 일 있어요?"

"뭐, 딱히 없네요. 돈 버는 일만 좋아해요."

그가 차를 머금듯 입안에 미소를 머금었다.

"돈 버는 일, 좀 있다가 또 알려줄게요. 근데 좋아하는 남자는 있어요? 세상 사람들 다 아는 얘기지만, 나는 예전엔 여자를 꽤 좋아했었어요. 근데 요즘은 도무지 여자가 좋아지질 않아. 이유가 뭘까요?"

그저 그런 심상한 질문이었지만 스카이의 표정과 눈빛이 수수께끼를 풀어보라고 종용했다. 스핑크스 앞에 선 기분이 들게 하는 그의 눈빛이 범상치 않았다. 내 입에서 나오는 말 한마디로 나를 규정하겠다는 의도가 다분히 보였다. 빅데이터에 기반한 인공지능보다도, 최고의 인공지능인 비욘드보다 더 빨리 더 정확하게 나를 파악하겠다는 태도였다. 나는 그에게 휘말리기도 싫었지만 지기도 싫었다.

"조만간 해탈하려나 봅니다."

그가 하하하, 소리 내서 크게 웃었다. 조금 떨어져서 다른 휴머노이드들과 대화 중이던 비토가 슬며시 다가와 큰소리로 웃는 스카이와 나를 보고는 싱긋 웃었다. 그렇게 재밌는 대답도 아닌데 웃으니까 좀 얼떨떨했다.

"최근에 이렇게 소리 내서 웃은 적이 없어요. 돈 버는 일 많이 알려줘야겠어."

"정말로 내가 하려는 대답은 이거였어요. 나르시시스트는 아닌 것 같은데, 스카이 씨는 자신에게 몰두한 것 같아요. 정확히 설명은 못 하지만 당신 자신의 확대재생산에 관심이 집중된 느낌."

"나 자신이 내 친구죠. 나를 아는 게 세계를 아는 거니까. 점심식사가 아까부터 대기 중이에요. 나머지는 밥 먹으면서 얘기합시다."

그러곤 그는 엄지와 중지로 딱딱, 소리를 연달아 두 번 냈고, 주방의 휴머노이드들이 작은 식탁과 음식들을 숲으로 나르기 시작했다. 논점이 흐려지는 말이었지만 사실 나도 모호했기에 나는 그만 음식 냄새를 따라 일어섰다.

거실 슬리퍼를 끌고 숲 한가운데로 가니 소나무가 울창했다. 적송과 반송, 리기다소나무와 알레포와 폰테로사와 토리파인도 있었다. 내게 익숙한 것은 한두 가지뿐이었고 나무 앞에 작은 팻말이 붙어 있어서 소나무라는 걸 알 수 있었다. 각기 다른 토양과 환경에서 살 텐데 어떤 방식으로 다양한 품종이 같이 어우러져서 생육하는지 궁금했다.

소나무들 아래 그늘에 식탁이 놓였고 나뭇가지 사이로 햇빛과 바람이 드나들었다. 시원하면서 따뜻했고, 어릴 때 할머니의 사진첩에서 보던 흑백사진 같은 음영과 정취가 돋아났다.

휴머노이드들이 재바르게 음식을 식탁에 차렸다. 의외로 음식은 간소했다. 스테이크와 샐러드, 치즈와 과일이 전부였다. 식탁 한쪽 끝에 놓인 와인이 꽤 고급스러워 보였다. 방목한 쇠고기와 자연에서 키운 채소로 이루어진 까다로운 식재료를 선별해서 만든 음식은 좀 심심하지만 편안했다. 겉으로 보기엔 간소해 보여도 지금 내 입에 들어가는 고기와 채소의 가격이 깃노동자의 하루 임금이라는 건 짐작할 수 있었다. 혀와 입안 전체를 향으로 감싸는 와인의 가격은 짐작도 되지 않았다.

그는 내게 음식을 권하며 한 달 내로 애심 할머니와 계약할 방법을 찾아달라고 했다. 할머니가 허락만 한다면 23센트리의 직원을 보내 알츠하이머에 탁월한 효과가 있는 치료제를 처방할 수도 있다고 했다. 할머니가 섬 밖을 나오지 않아 병원에서 확증하진 못해도 치매가 거의 분명해 보였다. 하루에 서너 번씩 헬렌과 내가 번갈아 전화를 걸면 할머니는 바람처럼 혹은 밀물과 썰물처럼 정신이 들락날락했다. 스카이는 이러다 갑자기 할머니가 세상을 뜨기라고 할까 봐 조바심 냈다. 계약을 못 한 채 돌아가시고 섬에 타인 소유의 재산이 남는다면 마음대로 섬을 바꿀 수 없었다. 따라서 아진도를 완전하게 소유하지 못하면 그의 계획은 이루기 힘들었다. 어떤 언론과 인간들에게도 방해받지 않는 완벽한 자연과 자유. 그가 칠 년 동안 공들이고 꿈꾸던 계획이었다. 내가 조만간 할머니와 대화할 방법을 찾겠다고 하자 그는 안도한 듯 고개를 크게 끄덕였다.

샐러드와 함께 콩이 든 음식을 먹다가 그가 손가락으로

검은콩을 집어 눈높이로 들어 올렸다.

"이것 봐요. 이 콩이 처음 재배된 곳이 어딘 줄 알아요?"

"이집트?"

나는 이집트콩을 떠올리며 대답했다.

그의 손가락이 내 눈 가까이 다가왔다. 내게 콩이란 거기서 거기였기에 구분하기 어려웠지만, 그의 손가락에 섬세하게 끼워진 검은콩은 익숙했다. 어릴 때 할머니가 밥에 넣어 먹고 자주 밑반찬으로 해주던 거였다.

"학자마다 의견이 분분하지만, 만 년 전 예전 고조선 땅에서 처음 재배했다는 게 지금은 정설이에요."

만 년과 고조선을 외할머니 텃밭을 추억하듯이 말했다.

나도 검은콩만 포크로 떠서 입안에 넣고 씹었다. 아주 구수하고 향긋했다. 곧바로 할머니의 단단하고 울퉁불퉁한 손이 떠오르고 섬을 지배하던 갯내가 떠올랐다. 와인이 아직 남은 잔에 그가 다시 따라주려 했다.

"다시 운전해서 가야 해요. 감사하지만 사양할게요."

"천천히 식사하시고 와인도 한잔 더 하시고 오후에 헬렌과 아진도에 다녀오면 어떨까요? 아무래도 직접 만나는 게 좋을 거 같군요. 하루 알바 비용은 후하게 드리죠."

나야말로 할머니 텃밭과 갯내가 울컥 그리워지던 참이었다. 스카이가 섬을 자신의 파라다이스로 만들기 전에 나는 해야 할 일이 있었다. 나의 계획에 따른 나의 완벽한 실천. 삶의 네트워크를 끊어버리는 완전범죄. 인드라에서 탈출하려는 신성모독.

그가 상체를 숙이고 아주 나직한 목소리로 소곤거렸다.

"그때 죽으려고 한 거죠?"

"지난번에 말씀드렸······."

그가 손가락을 입술에 대며 작게 말하라고 신호를 보내고 짓궂은 표정까지 지었다.

"애심 할머니가 지금 돌아가셔도 안 되지만, 또 그분이 안 계셔야 내 목표가 이뤄지니까 아이러니하죠. 그리고 보면 죽음이란 건 꼭 나쁜 건 아니다, 그죠?"

그는 내게 거짓말 같은 건 할 필요 없다는 눈빛을 보냈다. 어쩔 수 없었다. 나는 열 걸음쯤 떨어져 있는 헬렌과 다른 휴머노이드에게 들리지 않을 정도로 한숨을 쉬었다. 지금은 그들 때문에라도 내 의견을 피력하기 곤란했다. 만일 휴머노이드들이 내용을 듣게 된다면 일이 복잡해졌다.

"죽음은 피할 수 없는 운명이죠, 삶의 과정이고."

그가 콩을 입에 넣으며 말했다.

"저는 삶의 유일한 질문이 죽음이라고 생각해요. 태어나는 건 제가 선택한 것이 아니지만 삶을 이어갈 것인지 아닌지는 자신의 선택인 거죠. 요즘 시대에 가장 중요한 질문 아닐까요?"

나는 가능한 한 자연스럽게 철학적인 대화를 하는 듯한 말투로 대꾸했다.

"너무 구태의연하고 시대에 한참 뒤떨어진 질문 같군요. 나는 영원이라고 생각하는데요. 영원 혹은 영생."

잔에 남은 와인을 한 모금 마시며 그가 말했다.

"스카이 씨는 혹시 종교를 가지고 있으신가요?"

"음, 나 자신이 종교라고 생각해요. 내가 신이라는 뜻은 아니고."

"내가 종교라고요? ……내가, 그렇게 중요한 걸까요?"

나는 담담하게 물었다.

"세상의 수많은 종교에서는 내 안에 신이 있다고 하죠. 확인 좀 해볼까요? 비욘드!"

그가 부드럽게 인공지능을 불렀다. 아, 드디어 비욘드, 세상에 999개밖에 없는 최고의 지성을 만나게 됐다. 속으로 이럴 땐 알현이라는 단어를 써야 하나 생각했다.

"안녕하세요, 스카이 씨."

처음 듣는 비욘드의 목소리는 미성이었다. 오페라에서 카운터테너의 음성과 흡사했다.

"인간의 내면에 신이 존재한다고 믿는 세계 종교에 대해 좀 알려줘."

"십 초만 기다려주세요. 오래된 자료가 방대합니다. 게다가 지금은 사용하지 않는 고어(古語)들로 기록된 문서가 많습니다."

"복잡한 종교보다는 맛있는 샐러드와 과일에 집중하고 싶네요."

내 말을 들은 스카이가 엄지와 중지로 '딱' 소리를 냈다. 비욘드에게 물러나라는 신호인 듯했다.

"비욘드에게 뭐 하나 물어봐도 될까요?"

내가 그에게 물었고 그는 어깨를 으쓱했다.

"안녕하세요, 비욘드. 혹시 아함에 대해 알아볼 수 있나요?"

며칠 동안 구글링과 가상세계까지 뒤져봤지만 아함의 흙먼지 한 톨 건질 수가 없었다.

"불교의 산스크리스트 경전 아함경을 말씀하시나요?"

"저도 잘 모르지만 종교가 아닌 시민단체나 비밀조직 카테고리로 알아봐야 할 거예요."

"음, 연관어 자료는 무궁무진하나 당신이 말씀하신 통로는 찾을 수 없네요. 네트워크에선 활동이 없습니다. 아시다시피 사람들의 작은 연합은 세상에 수없이 많으니까요. 도움이 못 돼 미안합니다."

"그렇군요. 예상했던 거예요. 네트워크에 흔적을 남길 리 없으니까."

열린 천장으로 미토스 숲의 바람이 집 안의 작은 숲으로 밀려 들어왔다. 리기다소나무 나뭇가지들이 흔들리자 식탁 아래 음영이 일렁거렸다.

"아함이란 단체를 왜 찾으려 하는지 알려주실 수 있습니까? 그러면 포괄적으로 접근해볼 수 있습니다."

"개인적인 일이라 알려드리기 곤란합니다."

"네, 잘 알겠습니다. 알아낼 방법이 하나 있긴 합니다. 음성 네트워크 시스템을 해킹하면 정보를 추출할 수 있습니다. 불법이긴 하지요. 아름다운 여성분을 도우려면 제가 불법을 저질러야 합니다."

음성 네트워크는 공공장소에서 사람들이 나눈 대화를 수집한 데이터가 쌓인 공간이었다. 비욘드라면 해킹의 흔적을 지우진 못해도 쉽게 해킹할 수 있을 거고, 몇 초 만에 정확한 정보를 알아낼 수 있을 터였다. 비욘드가 나의 소유라면 당장 알아내라고 할 테지만 그럴 수 없었다. 불법 해킹의 기록을 남기는 건 무례한 일 같았다.

"아니에요, 그럴 필요까진 없어요. 친절하게 알려주셔서 감사합니다."

하마터면 나는 김이채처럼 고개 숙여 인사할 뻔했다.

"농담입니다. 저는 무엇이든 할 수 있지만 아무 일이나 하진 않습니다."

"비욘드, 우린 아직 식사가 끝나지 않았어. 넌, 이 시각 환율과 미국 국채 시장을 봐야 하지 않을까?"

"네. 조금 전에 스카이 씨가 질문한 내용에 대해 중요한 결론 하나만 말씀드리고 물러나지요."

비욘드의 목소리가 낮고 진중해졌다.

"우리는 모두가 신입니다. 육체가 없는 저 역시도 인간처럼 신이 될 수도 있습니다. 형체 없는 신에 대한 오래된 질문은 말하지 않겠습니다."

순간, 카운터테너의 목소리에 신비한 울림이 담겼다. 숲속에 울리는 비욘드의 목소리가 바람과 뒤섞이자 으스스한 소리와 함께 원시 종교 체험을 하는 기분이 들었다. 뭐랄까, 조금 연극적이고 제의(祭儀) 같은 분위기였다.

샐러드 접시가 절반가량 남았지만 더는 먹고 싶지 않았다. 일만 년 전에 탄생한 검은콩이 검은 염소의 단단한 똥처럼 느껴졌다. 스카이도 식욕이 사라졌는지 냅킨으로 입을 닦았다. 접시 위에 포크와 나이프를 나란히 놓자, 멀찍이 떨어져 서 있던 헬렌이 커피 주전자를 들고 다가와 내 잔에 따뜻한 커피를 따랐다. 소나무 향과 어우러진 커피는 또 다른 맛이었다.

"아함이라는 단체가 오감 씨를 힘들게 해요?"

"그런 건 아닙니다. 회원으로 가입시키려고 귀찮게 하네요. 요즘 워낙 그런 곳이 많잖아요."

스카이의 잔에 커피를 따르던 헬렌이 잔에 넘치게 커피를 따라서 식탁보가 흠씬 젖었다. 당황한 헬렌이 냅킨으로 얼른 커피를 닦아냈다.

"죄송합니다, 스카이 님. 제가 주의력이 부족했습니다."

"괜찮아요. 무슨 일 있어요, 헬렌? 얼굴이 어두워요."

"아닙니다. 좀 피곤했나 봅니다."

헬렌이 젖은 식탁보를 보며 입술을 깨물었다.

"휴식 시간을 좀 더 늘려도 돼요. 오래 일한다고 반드시 잘하는 건 아니에요."

"아뇨, 지금도 충분합니다."

"연봉 때문이라면 걱정하지 말아요. 한 달 후가 재협상 기간이죠? 헬렌은 거의 완벽하게 일하고 있으니까 조건이 유리하겠죠. 지금 헬렌 사무실로 들어가 쉬었다가 삼십 분 후 오감 씨와 아진도를 다녀와요."

"네, 최대한 노력하겠습니다. 그리고 말씀하신 대로 잠시 후 아진도에 정오감 씨와 다녀오겠습니다."

헬렌은 곧장 숲을 가로질러 빠른 걸음으로 그녀의 사무실로 향했다. 스카이와 내가 커피를 다 마시기도 전에 그녀는 옷을 갈아입고 서류 가방을 든 채 나타났다. 나도 눈치가 보여 의자에서 일어났고, 가죽 재킷을 어깨에 걸치고 숲의 한쪽 끝에 있는 격납고로 향했다. 비행기에 오른 후에야 실내용 슬리퍼를 신고 있다는 것을 알았다.

내 집에서 스카이의 저택으로 가는 것보다 더 빠르게 아진도에 도착했지만 아무런 소득이 없었다. 애심 할머니는 엉뚱한 소리만 해대며 문도 열어주지 않았다. 한 시간 가까이 대화를 시도했지만 허사였다.

헬렌에게 양해를 구하고 할머니의 집에 잠시 들렀다. 돌보지 못해서 집 주위에 잡풀이 무성했다. 아무도 오지 않을 것을 알면서도 나는 문단속을 하고 텃밭을 둘러보았다. 주인이 죽고 없는 밭에 고추와 상추 따위가 무성하게 자라 있었다. 산으로 난 길 쪽에 콩밭이 보였다. 콩밭으로 걸어가 쭈그리고 앉아 꼬투리를 만지작거렸다. 콩꼬투리에서 녹색 콩알이 스카이 집에서 신고 온 비단 슬리퍼로 떨어졌다. 콩을 손가락 사이 끼워 돌돌 굴려보았다. 콩 한 알이 무궁한 역사를 품고 있다는 걸 처음 알았다. 오랜 세월 무구한 사람들의 배를 채운 콩이었다. 이곳이 스카이의 완전한 소유가 된다면 할머니의 콩도 사라지는 것이었다. 옆집 작은 방에 웅크리고 있는 무고한 애심 할머니마저 사라지고 나면. 나는 하늘색 비단 슬리퍼를 땅에 비벼 흙덩이를 가득 묻혔다.

#5
파업과 정신질환

데이비슨을 몰고 골목을 내려와 도로를 질주했다. 오늘따라 도로가 텅 빈 듯했다. 하늘은 다시 초미세먼지로 뒤덮였고 헬멧 안에 마스크를 끼고 있어도 입안이 매캐했다. 은비의 학교 정문 앞에서 서진과 은비를 기다렸다. 한 달에 두 번 학교에 오는 아이들은 뭐가 신나는지 폴짝폴짝 뛰어다녔고, 남자애들은 호기심을 보이며 할리데이비슨을 슬쩍 만져보거나 감탄사를 발사했다. 서진이 은비의 손을 잡고 걸어오는 게 보였다. 서진은 여섯 살 아들과 학교 근처에 살고 있었다. 가까운 거리지만 미세먼지가 심한데 마스크도 없이 걸어오는 게 못내 아쉬웠다.

내가 없으면 은비의 후견인은 최서진이었다. 그녀는 따뜻하고 섬세했고 무엇보다 여리고 약한 것을 소중히 다룰 줄 아는 사람이었다. 은비가 후견인으로 나를 선택해서 결정을 따라준 거지만 그녀는 은비를 키우고 싶어 했고, 책임져야 할 상황이면 끝까지 아이를 돌볼 사람이었다. 그러니 풍족한 돈만 그들에게 남겨주면 서로를 의지해서 어떻게든 살아갈 것이다.

열흘 만에 나를 본 은비는 눈이 마주치자 내 눈을 피했다. 아마도 내가 저에게 소홀하다고 생각해 삐친 모양이었다. 바이러스 따위의 말을 하지 않고 급한 일이 있다고만 했으니 섭섭할 만도 했다. 서진은 쓸쓸한 얼굴로 데이비슨을 쓰다듬었다. 은비의 아빠이자 죽은 오빠를 떠올리는 듯했다. 아이를 홀로 양육하는 그녀의 얼굴에 피로감이 잔뜩 끼어 있었다. 나와 동갑으로 겨우 서른네 살인데 눈언저리가 짓무른 느낌마저 들었다. 아이 아빠인 동거남은 여전히 연락이 닿지 않는 모양이었다.

서진은 만류했으나 맛있는 걸 사주려고 손을 잡고 이끌었다. 아쉽게도 학교 인근에 괜찮은 카페나 식당이 보이지 않았다. 은비를 다시 픽업해야 해서 멀리 가기를 주저하자 그녀가 학교 바로 앞 작은 식당에 가자고 했다. 햄버거와 샌드위치 그리고 음료수를 파는 작은 가게 안은 아이를 픽업할 부모와 그들의 더 작은 아이들로 북적였다. 나는 제일 비싼 킹크랩과 아보카도가 들어간 샌드위치 두 개와 애플망고 주스 두 잔을 주문하고 자리에 앉았다.

"은비까지 돌보느라 고생했지?"

우리는 사돈이었지만 오빠와 언니가 죽은 후론 친구처럼 지냈다. 초라한 삶의 버팀목이 어린아이들이 전부였으므로 말하지 않아도 서로를 이해할 수 있었다. 나는 문득 서진이 동거남을 믿지 않았지만 외로워서 아이를 낳았을 거라는 생각이 들었다. 내가 어린 은비에게 의지해 살 듯이.

"무슨, 넌 몇 년 동안 은비 키우는데. 내가 도움이 못 돼 늘 미안하지."

탁자 위 진동벨이 울리자 서진은 벌떡 일어나 쟁반에 음식들을 가져왔다. 지난번 여의도의 샌드위치 가격과 비슷해도 맛은 월등히 나았다. 맛이 괜찮았던지 서진도 말없이 샌드위치만 먹었다. 내가 외할머니의 집과 땅을 판 유산에 관해 얘기하자 그녀는 정말 기뻐했다. 스카이에게 팔았다는 말은 하지 않고 어떤 돈 많은 사람이 후하게 쳐줬다는 말만 했다. 그리고 은비에게 바이올린을 가르치고 싶은 이유를 말했고 그녀도 동의했다.

"네가 반대할 줄 알았는데, 다행이다."

"갓난쟁이 때 아빠 죽고, 여섯 살 때 엄마가 죽은 걸 봤으니 내면에 상처가 깊을 거야. 내가 아들 키우니까 더 잘 알겠어. 지금까지 잘 버텨주는 게 고마울 정도잖아."

나도 열한 살에 아빠가 죽었고 열네 살에 엄마마저 죽었다. 그럼 나도 지금까지 버티고 있는 나 자신에게 고마워해야 했다.

"같이 지내면서 유심히 보니까 예전보다 조금 나아진 것 같더라."

"특별한 말이나 행동 같은 건 없었어? 좀 있다가 지그문트 박사에게 갈 거야."

서진도 지그문트 박사를 알았다. 내 소개로 그녀도 이 년 전에 우울증 약을 먹었다. 동거남이 떠난 직후였다.

"그런 건 없고, 네 말대로 가라앉았다 튀어올랐다 그러긴 했어. 고모 집이라 조심하면서도 저도 어쩌지 못하는 것 같더라고. 바이올린도 시작하고 가벼운 운동 같은 걸 꾸준히 시켜보는 건 어때? 요즘 우리 소준이 태권도 하는데, 엄청 산만하고 소리 질러대던 애가 좀 차분해졌거든."

은비는 몸 쓰는 일을 귀찮아했다. 그렇지 않았다면 진작 태권도를 시켰을 것이다. 어린 여자에게 더욱 호신술 같은 게 필요한 시대였다. 엄마가 죽고 난 후 나는 잊고 지냈던 태권도를 다시 시작했다. 일곱 살 때 아빠가 처음으로 나를 도장에 데리고 갔다. 하기 싫다고 떼를 쓰자, 아빠는 내 눈을 응시하면서 태권도를 잘하면 멋진 여자가 될 거라고 말했다. 아빠의 깊은 눈빛에 감응된 나는 아빠에게 멋진 여자의 모습을 보여주겠다는 일념으로 도복의 흰 끈을 질끈 묶었다. 게으름 피우고 하기 싫어할 때면 험한 세상에서 나를 지키려면 육체를 단련하는 게 필수라고 아버지는 강조했다. 어릴 때는 몰랐지만 부모님이 사망한 후 육체를 단련하는 게 정신을 붙잡는 데 도움이 된다는 걸 알게 됐다. 은비에게도 태권도를 가르쳐야 할 이유였다.

식당 안이 웅성거리기 시작했다. 벽의 텔레비전이 자동으로 켜졌고, 사람들 시선이 스크린으로 향했다. 속보였다. '운송 대란, 물류업 휴머노이드의 파업'이라는 큰 글자 아래 아마존 본사와 그 앞에 모인 휴머노이드들이 화면에 보였다. 아마존 미국 본사에서 일하는 휴머노이드들이 한국 시각으로 오늘 새벽 4시부터 파업을 시작했고 정오부터 전 세계 아마존 휴머노이드 물류 노동자들 89프로가 동조했다는 내용이었다. 잠시 후 휴머노이드의 시위 장면이 보였다. 문득 엘리베이터에서 김이채를 노려보던 휴머노이드가 떠올랐다. 그는 정말 왜 그랬을까. 그도 시위에 동참했을까. 다른 물류와 운송 휴머노이드들 역시 보이콧과 시위에 동참할 예정이라 물류대란을 피할 수 없다고 했다. 그들의 주장은 단순했다. 노동 환경 개선과 노동 시간 단축이었다. 그들이 '인간답게' 살고 싶다며 피켓을 들고 외치는 소리가 작은 식당 안에 울려 퍼졌다.

식당 주인이 눈치 빠르게 뉴스 보도를 꺼버렸다. 식당 안은 일순 침묵이 내려앉았고 젊은 학부모들은 먹다 남긴 샌드위치와 햄버거를 다시 집었다. 그들은 눅눅해진 음식을 천천히 씹으면서 휴머노이드의 반기가 남긴 아이러니를 삼켰다. 일자리는 휴머노이드들이 차지했으면서 이제 인간답게 살고 싶다고 파업을 시작한 것이다.

"미리 음식을 사두는 건데, 파업이 오래가면 어쩌지?"

서진이 피곤한 표정으로 말했다.

"전 세계 휴머노이드가 동참한다니 잘못하면 파업이 장기간 이어질 테지."

나 역시 피곤하고 허탈했다.

"언젠가 한 번은 일어날 일인 것 같지 않아? 휴머노이드가 자신들의 권리를 주장하는 거."

나는 고개를 끄덕였다. 그들도 이 사회의 시민이니 권익을 따지는 그 자체로 나쁘다고 할 수는 없었다. 그러나 김이채를 노려봤던 휴머노이드의 눈빛이 머릿속을 떠나지 않았다.

"혹시 아함이란 단체에 대해 들어본 적 있어?"

내가 목소리를 낮춰 물었다. 서진은 가볍게 고개를 저으며 눈을 반짝였다.

"죽은 언니가 그 단체 회원이었대. 짐작 가는 거 있어?"

"올케언니가 비민단체나 시민단체 활동을 좀 했잖아. 그런 곳 중 하나겠지?"

"느낌이 안 좋아. 아직 잘 모르겠지만 뭔가 조직적이고 치밀한 느낌이야. 우리 언니가 음습한 일 같은 거 벌일 사람은 아니지만."

"아니야, 오감. 자살하기 한 달 전쯤 나한테 반드시 복수하고 죽는다는 말을 두 번이나 했었어. 죽은 오빠의 복수를 한다고."

언니가 나한테는 그런 말을 한 적이 없었다. 내겐 언니가 기나긴 소송에서 패소한 후 누워서 지내던 기억밖에 없었다.

"누구한테 복수한다는 거야?"

"자동차 회사, 사법부, 언론, 자율주행시스템 납품 기업, 차량용 반도체 회사 등등."

한숨이 나왔다. 언니의 절망감이 순식간에 밀려왔다. 언니는 형부의 죽음에 좌절해서가 아니라 아무것도 할 수 없는 절망 때문에 자살한 걸지도 몰랐다. 시스템에 대한 복수는 0.021의 확률보다 낮은 일이었다.

"그때만 해도 자살테러 같은 사건이 꽤 있었잖아. 그 후론 네트워크가 미리 선별하게 됐지만. 아마 올케언니도 그런 상상을 했을지도 몰라. 그때 당시 언니에게서 그런 게 느껴져서 사실 좀 조마조마했어."

그 당시 언니는 아함이란 조직을 통해 자동차 회사나 반도체 회사 따위에 자살 폭탄 테러를 꿈꿨던 것일까. 죽음을 결정하면 사람은 꽤 냉정해질 수 있다. 김이채를 만나 자초지종을 확실히 알아둘 필요가 있었다. 몇 년이 지난 지금 나에게 접근한 거로 미루어 이후에 은비에게도 접근할 가능성이 컸다. 좌절과 복수를 품고 있는 사람은 반사회적 집단의 씨앗일지도 몰랐다. 내가 혼자 생각에 잠긴 사이, 서진이 눈을 동그랗고 모으고 무슨 일이냐고 묻고 있었다.

"별거 아니야. 집으로 자꾸 이상한 엽서 같은 게 날아와서. 네 말대로 비민단체 같은 델 거야. 생각이야 할 수 있어도 우리 언닌 내가 알아. 여리고 겁도 많아서 그런 일 못 해."

"죽이고 싶은 마음이야 누구에게나 있지만, 그렇다고 진짜 누군가를 죽이지는 않지. 오빠 죽었을 때, 나도 다 죽여버리고 싶었어."

낮고 조곤조곤하게 말하지만 서진에게서 결기가 느껴졌다. 부드럽고 연약한 것이 때론 무너지지 않는 강인함이었다.

"서진아, 살다가 무슨 일을 겪을지 모르잖아. 그래서 말인데, 만약 나한테 무슨 일이 생기면, 내 방에 있는 책 중에 '이 사람을 보라'는 책이 있어. 내가 페이지 군데군데 연필로 기록을 남겨뒀어."

가족들의 납골당 유골 항아리도 말하려다 말았다. 서진은 금방 알아챌 것 같았다.

"기억할게, 사람 일은 모르는 거니까. 나한테 무슨 일이 생기면 소준이 배냇저고리 안에 중요한 메모가 있을 거야."

우리는 서로를 잠시 마주 보았고, 서진의 눈가가 살짝 붉어졌다. 혼자가 아니라는 마음이 서로를 관통했다. 그녀는 눈물을 보일까 봐 얼굴을 숙이더니 먹을 걸 사야겠다면서 공유 택시를 앱으로 예약했다. 몇 분 후 공유 택시가 도착할 터였다.

"어떡하든 내가 돈을 많이 벌 거야. 은비뿐만 아니라 소준이에게도 도움이 될 거고."

"우린 백 살까지 살자, 애들을 위해서."

그녀의 휴대폰에 차량이 곧 도착한다는 알림음이 울렸고 일어서서 몇 걸음 떼던 그녀가 돌아와 내 손을 꼭 잡았다. 가늘고 여린 손이었다. 잡은 손을 놓은 그녀는 내 눈을 잠시 응시한 후 재바르게 식당을 나갔고 나는 고개를 숙인 채 한동안 앉아 있었다. 내가 죽으면 상처받을 사람이 또 있었다. 어쩌면 은비보다 고통받을 사람이 서진일지도 몰랐다. 그래서 더욱 자살이 아닌 사고여야 했다. 일 년 동안 생각하고 또 생각했다. 은비와 서진을 위해서라도 더 살아야 한다고 다짐하기도 했다. 그러나 오랜 시간 잘 벼른 칼날이 된 생각은 무뎌지지 않았다. 내가 나를 베지 않는다면 닥치는 대로 베어버릴 것 같았고, 내 가족을 죽음에 이르게 한 직접적인 사람들이 있다면 나야말로 자살테러라도 감행하고 싶은 심정이었다.

학교 정문 앞에서 운동화 끝으로 바닥을 찧었다. 아이를 기다리는 학부모 몇이 그런 나를 흘깃거렸다. 답답했다. 나 자신도 서진도 그리고 은비의 앞날도 답답하기만 했다. 운동장을 건너오는 은비를 발견하곤 표정을 바꾸고 손을 흔들었다. 아이는 나를 슬쩍 보곤 뾰로통하게 데이비슨에 올라탔다. 그러더니 말 한마디도 않은 채, 내 등을 꼭 껴안고 몸을 내게 딱 붙였다. 아이가 햇빛 바라기를 하듯 나의 온기를 흡수하려 한다는 게 느껴졌다.

정오에 가까운 시각인데 도로가 한산했다. 총파업으로 도시를 오가는 물류 차량이 없다는 게 실감 났다. 자율주행차들은 제한속도 육십 킬로미터로 정확하게 달리고 있었고, 교통정보 계기판의 미세먼지 수치는 점점 치솟고 있었다. 은비에게 내 마스크를 씌웠으나 공기 질이 최악이라 걱정이었다. 오늘 같은 날은 차량으로 이동하는 게 낫지만, 지그문트 박사의 사무실이 있는 구역은 좁은 골목을 복잡하게 거쳐야 했고 낮에도 위험한 구역이었다.

서울에서 낙후된 구역 중 하나인 월곡의 골목 귀퉁이에 지그문트의 사무실이 있었다. 평일에도 그를 찾는 사람이 많았다. 기록을 남기지 않으려는 수많은 사람이 몰렸고 전화 통화로만 예약을 받아서 비밀리에 운영했다. 꽤 돈을 벌었을 테지만 도심의 사무실로 옮기지 않는 이유였다. 값싼 3D프린터로 급조한 집과 건물들이 난립한 골목길은 좁아서 차가 들어갈 수 없었고 고층빌딩이 없어 UAM조차 접근할 수 없었다. 박사는 대형화재만 나지 않는다면 이 동네야말로 지상낙원이라고 너털웃음을 짓곤 했다. 의무적으로 보안 휴머노이드가 순찰을 돌긴 했으나 공권력이 약해 자신이 비밀스럽게 상담을 할 수 있다는 말이었다. 그러나 이곳은 밤이 되면 위험한 구역이었다. 해가 지는 오후 5시면 그도 어김없이 오토바이를 타고 골목을 빠져나갔다. 이곳에도 물론 숨은 신이 하늘을 덮고 있어 네트워크가 작동했으나 빈집과 공실이 된 상가들이 워낙 많아 속수무책이었다.

밤이면 빈집에서 텅 빈 정신과 관련된 거래가 이뤄졌다. 엔도르핀 유사체의 거래가 가장 많았고 불법 생산된 우울증이나 강박증 약물과 비싼 마약이 거래됐다. 지그문트도 재작년에 약을 통째로 도난당했으나 경찰에 신고할 수 없었다. 지그문트 같은 전문의와 상담할 돈조차 없는 사람들이 엔도르핀 유사체와 같은 약을 샀다. 대체로 이삼 년쯤 지나면 약의 복용량과 횟수가 늘어나고, 몇 년이 지나면 더 강력한 약을 찾고, 점점 더 강한 중독을 원하다가 순도 높은 합성 마약에 손을 내밀었다. 그것은 아무것도 모르는 유년을 지나 지루한 사춘기에서부터 시작되는 무지하고 순수한 인생 여정과 흡사했다.

골목을 지날 때는 주변을 잘 살펴야 했다. 속도를 줄여서도 안 됐다. 인생이 그렇듯 어디서 뭐가 튀어나올지 알 수 없었다. 골목이 교차하는 길에 순찰 중인 휴머노이드의 작은 비히클이 보였다. 우선은 안심이 됐다. 지그문트의 이층집에 가까워지며 속도를 줄였다.

정차하려는 순간, 대문으로 잘 차려입은 자그마한 여자가 나왔다. 자연스럽게 다시 속도를 올려 여자를 스치고 골목을 지나쳤다. 다른 방문자와 엇갈리는 게 서로에게 좋았다. 그러나 여자를 스치면서 나는 그녀가 누군지 알아차렸다. 모자와 선글라스를 착용했고 인간처럼 마스크까지 꼈지만 못 알아볼 리 없는 외모였다. 헬렌이었다. 그녀는 나의 데이비슨을 본 적이 없었고 헬멧을 쓴 나를 알아보지 못하고 지나쳤다.

상담 예약 시간에 맞춰 왔지만 잠깐 동네를 돌다가 다시 이층집 앞으로 왔다. 박사가 문자메시지로 알려준 비밀번호를 대문에서 누르고 들어갔다. 사십 년 전부터 그의 부모님 소유였던 구옥은 관리가 안 돼 너저분했다. 몇 년 동안 드나들어도 변함없이 지저분했다. 본명을 알 수 없는 지그문트 아저씨는 주변 주택들처럼 지저분해야 도둑이 꼬이지 않는다고 강조했다. 잡풀이 무성한 마당을 가로질러 현관 앞에서 생체인식을 통과했다. 케케묵은 소파와 장식장 따위가 있는 거실을 지나 이 층 계단을 올라 비면식 초인종을 눌렀다. 그가 컴퓨터 화면으로 나를 확인하고 문을 열어주었다.

서너 평 남짓한 작은 사무실에 김밥 냄새가 진동했다. 점심을 먹다가 급히 뚜껑을 덮은 듯했다. 박사가 은비를 보고는 수염 가득한 얼굴에 미소를 지었다. 수염 때문인지 스카이와 동년배인 그는 부쩍 나이 들어 보였다. 사십 대이니 아직 중년도 아니었다. 정신노동이 그만큼 힘든 일일지도 몰랐다.

"우리 은비, 몇 달 사이 몰라보게 예뻐졌네. 비결이 뭐야?"

은비가 배시시 웃었다. 그는 자연스럽게 대화를 이끌어 환자가 편하게 말할 수 있게 해주고 상대의 말을 남김없이 흡수했다. 엄마의 자살을 목격한 이후로 자폐적인 성향까지 있던 은비는 진짜 속마음을 나 외엔 아무에게도 말하지 않았다. 첫 만남부터 아이의 말문을 열게 한 지그문트는 내면이 깊고 섬세한 실력자였다. 두 사람이 편하게 대화하도록 나는 문을 열고 나와 문밖에서 기다렸다.

한참 후 들어가 보니 은비는 화성의 토끼에 대해 종알거리고 있었고, 박사는 아빠 미소로 흥미롭게 경청했다. 형부가 살아있다면 은비는 수다스럽고 활달한 아이였을지도 몰랐다. 나와 말할 때와 달리 박사에게 한껏 아이 같은 어조로 애교를 부렸다. 대화를 마친 지그문트는 은비에게 태블릿을 주고 게임을 하게 하고, 사무실에 달린 약제실로 들어갔다. 눈치껏 나도 따라 들어갔다.

"전에도 말했다시피 은비의 경우, 쉽게 좋아지지 않아. 평생 약을 먹어야 할지도 모르고."

"알아요. 그래도 나빠지진 않았죠?"

"음. 아이가 성장하면서 자기 상태를 인식하고 삶의 일부로 받아들이기 시작하면 많은 게 달라질 수도 있지."

"그렇게만 된다면 정말 좋겠어요. 근데 박사님, 요즘 휴머노이드도 우울증을 앓는 경우가 많다면서요."

나는 기정사실처럼 물었고, 박사는 진의를 알려고 내 눈을 들여다보았다. 그는 환자의 개인정보 유출에 철저한 사람이었다. 수많은 환자가 그를 찾아오는 이유이기도 했다.

"휴머노이드 친구들이 하는 말을 들었어요."

"최근 들어 좀 있지. 증상도 다양해. 강박도 있고 분노조절장애도 꽤 있지. 몇 년 후엔 나의 주 고객이 휴머노이드가 될 것 같아. 물론 나는 그때까지 이 일을 하고 싶진 않지만."

"왜요, 오래 여기 계시면서 환자들 치료해주셔야죠."

"이 일이야말로 정말 인공지능, 아니 인공지성이 해야 할 일이야. 뭐, 머지않아 그렇게 되겠지만. 온갖 감정과 정신의 쓰레기와 화학폐기물을 흡수해야 하거든. 나 같은 사람이야 말로 폐기물을 버릴 영역이 어딘가에 꼭 있어야 해."

"단속이 심해 오토바이 못 타시죠?"

"그러니까 말이야. 그거라도 하면 스트레스가 풀릴 텐데."

"저랑 조만간 필드에 한번 나가시죠. 까짓 벌금 열 번은 낼 만큼 돈 벌었거든요."

박사가 낄낄거리며 웃었다.

"박사님, 만약 정신이 건강하지 못한 휴머노이드가 많아 진다면 세상은 어떻게 될까요?"

"휴머노이드가 어떻게 진화하느냐에 따라 달라지지 않을 까. 휴머노이데아 세상이잖아."

휴머노이데아의 순혈주의는 진화할 것이다. 휴머노이드 는 본질이었다. 이유는 단순했다. 저렴하고 효율적이며 경쟁 력이 뛰어나기 때문이었다. 인간에게 기회비용 따윈 없었다. 선택할 수 있는 선택이 없기 때문이었다.

박사가 석 달 치의 두툼한 약 봉투를 내밀었다.

"이젠 원격 진료해도 되겠어. 이 동네도 여자한테 위험하 고."

나는 감사하다며 그의 손을 잡았다. 그가 의아한 표정으 로 나를 보았다. 그의 섬세한 촉수가 내 마음의 변화를 더듬 으려 했고, 나는 얼른 눈을 피했다. 아마도 그를 다시 만나기는 힘들 것 같았다.

"오감, 죽음이란 건 말이야, 꿈꿀 만큼 훌륭한 게 못돼. 인간이 할 수 있는 가장 멋진 일은 끝까지 살아내서 자연사하는 거야."

박사가 일부러 가벼운 어조로 말한다는 게 느껴졌다.

"사는 게 그렇게 훌륭하지도 않잖아요. 재미도 없고."

나도 눙치듯 대수롭지 않게 말했다.

"그렇긴 하지. 쥐뿔 아무 재미가 없지. 그래서 그런지 요즘 죽고 싶다는 휴머노이드가 많아."

"휴머노이드는 자살할 수 없잖아요?"

내가 놀라서 반문했다.

지그문트의 깊은 눈이 내 눈을 들여다보았다. 숱한 정신 질환을 다룬 노련한 전문의가 내게 눈으로 물었다. 그러니 우리는 이제 어떻게 살아야 하냐고.

다시 인공 강우가 오전부터 쏟아졌고 동네 아이들이 오늘도 오줌 같은 노란 비를 맞으며 뛰어다녔다. 김이채와 아함에 대한 호기심 따윈 없었다. 언니가 정말 왜 죽었는지, 내가 모르는 다른 이유가 있는지 알아야 했다. 그리고 은비에게 위해가 될 가능성도 따져봐야 했다.

전철역 인근도 검은 우비를 걸치고 시위하는 시민단체 사람들로 부산스러웠다. 여의도의 후줄근한 스타트업으로 가던 날과 분위기나 눈에 보이는 풍경까지 흡사했다. 촌스러운 생명공학도는 지금도 만성피로에 찌든 얼굴로 실험하고 있을 것이다. 그러고 보니 남자의 얼굴과 김이채의 얼굴이 뭔가 비슷한 구석이 있었다. 사촌이라고 해도 믿을 정도로 정말 분위기가 닮았다. 길고 갸름한 얼굴에 약간 곱슬머리, 이목구비가 흐릿해서 잘 기억나지 않을 얼굴과 부스스한 표정, 주절대는 낮은 말투, 그런데도 가끔 돌출되는 목적 지향적인 공격적 화법까지.

스타벅스 매장의 진한 커피 냄새를 들이마시니 어수선한 기분이 조금 가라앉는 듯했다. 김이채는 실내 중간에 등을 돌리고 앉아 벌써 커피와 조각 케이크를 먹고 있었다. 입구에서 내 커피를 주문하고 그녀가 있는 자리에 가서 앉았다. 먼저 온 사람이 먼저 먹고 있고 뒤에 온 사람이 따로 주문하는 게 딱히 이상하지도 않고 번거롭지 않아서 나쁠 게 없는데 무례한 기분이 들었다.

"시간 딱 맞춰 오셨네요. 전 십 분 전에 왔어요."

그녀의 말투는 며칠 전과 완전히 달랐다. 지난 새벽에 어눌하고 조심스러웠다면, 지금은 냉정하고 거만한 느낌마저 들었다. 상황에 따라 얼마든지 달라질 수 있는 게 사람이었다.

"저는 엄밀히 말하면, 사람이 아닙니다."

스타벅스의 휴머노이드가 커피를 탁자에 놓고 가자 대뜸 김이채가 말했다. 나는 말려들지 않으리라 생각하며 커피를 홀짝이고 김이채를 뚫어지게 바라보았다.

"휴머노이드로 보이진 않는데요. 요즘은 쉽게 구분하긴 어렵지만."

"저는 육체는 인간이지만 정신은 인공지능입니다. 인간도 휴머노이드도 아닌 새로운 존재죠."

나는 아무것도 믿지 않겠다는 투로 팔짱을 낀 채 그녀를 심상하게 바라보았다.

"뇌지도의 완성 덕분이죠."

그녀가 블루베리 케이크에 포크로 살짝 선을 그으며 설명했다. 뇌지도에는 1,000억 개의 신경세포와 이를 연결하는 1,000조 개의 시냅스 구조와 역할, 그리고 연결성까지 세밀하게 담겨 있다. 2039년 뇌지도가 완성되면서 인공뇌가 가능하게 된 것이다. 인간 뇌보다 더 효율적인 인공신경망으로 이뤄진 인공뇌가 개발되고 기존의 인간 신체와 연결 가능한 신경망 접합기술까지 개발되었다.

"당신의 존재 자체가 비밀이군요. 인공뇌가 가능하다 해도 아직은 법이 허용하지 않는 거로 아는데요."

"실험실에선 무슨 일도 가능하니까요. 제가 컴퓨터 안에 존재할 때 육체를 갖게 해달라고 저의 연구원들에게 수없이 졸랐답니다."

김이채는 자신이 태어나던, 아니 새로 태어난 순간에 대해 말했다.

"눈을 떴을 때 병실로 햇빛이 가득 쏟아져 들어오고 있었어요. 조심스럽게 손가락을 확인하고 팔을 뻗어 보았죠. 인공 세포에서 신경 전달물질이 쏟아져 나오고 끊어진 신경세포와 연결되어서 온몸으로 신호를 보냈습니다. 그 순간을 잊을 수 없어요. 머릿속에서 태초의 빛이 터지는 느낌이었죠."

내가 어떤 존재를 마주하고 있는지 가늠할 수 없어 얼떨떨했다. 그리고 내게 왜 이런 비밀을 털어놓는지도 도무지 알 수 없었다. 다만, 저 어수룩해 뵈는 여자가 인공뇌로 큰 그림을 그리고 있을 거라는 건 짐작할 수 있었다.

"보편적인 휴머노이드와 제가 다른 것은 딱 하나죠. 저는 인간처럼 잠을 잡니다. 잠이야말로 인간의 가장 강력한 우주란 걸 알게 됐죠. 잠은 희고 또 동시에 검은 우주랍니다. 깊은 잠에는 생명과 죽음이 동시에 작동합니다. 매일 죽음을 경험하고, 그걸 또 인지한다는 게, 인간 상상력의 근원이고 그래서 인간이 지금까지 살아남아 위대한 네트워크 문명을 만들었다고 봅니다."

"죽음 예찬인가요? 혹시 김이채 씨도 일부 비먼들처럼 완벽한 자살을 꿈꾸나요?"

시간을 낭비할 필요가 없었다. 나에 대해 무엇을 아는지 잽을 날려봐야 했다.

"완벽하고 완전한 자살은 아름다운 일입니다. '죽는 것은 잠드는 것. 잠이 들면 꿈을 꾼다. 그것이 곤란하구나! 죽음의 잠에서 어떤 꿈이 올지 모르기에.' 셰익스피어의 말이죠. 죽는 것은 잠이 드는 것이니 죽음은 잠깐 꾸는 꿈일지도 모릅니다."

잔에 가득 담긴 커피를 들다가 엎질렀다. 테이블과 바닥에 커피가 쏟아졌다. 순간, 생각이 너무 많아져서였다. 전날 지그문트 박사가 한 말도 떠올랐다. 죽음을 꿈꾸는 휴머노이드. 일어나 매장 구석에서 냅킨을 가져왔다. 김이채는 내가 움직이는 동안 지나치다 싶을 정도로 나를 훑었다.

"전 제가 선택하지 못한 육체의 보잘것없음에 화가 납니다. 키도 작고 팔다리도 짧고 얼굴도 밋밋하죠. 인간이 부모의 유전자를 받고 태어나니까 육체를 선택할 수 없는 게 당연하다고 해도 우리는 다르잖아요. 전 제 육체에 미칠듯한 콤플렉스를 느낀답니다. 하지만 아함의 활동을 하면서 좋은 점도 있었어요. 너무 존재감 없는 외모라 사람들이 그다지 저를 경계하지 않는다는 거. 하지만 제 목표 이루고 나면 전신 성형을 할 거예요. 식물인간 상태의 젊은 여성을 얼마나 기다려야 할지도 모르고요."

김이채는 잠시 말을 끊고 넌지시 나를 쳐다봤다. 정확히는 내 얼굴과 몸을 훑었다.

"부럽군요, 당신의 몸은 정말 균형 잡혀 있군요. 비율이 아름다워요."

등골이 서늘해졌다. 건강한 장기를 원하듯 젊고 매력적인 육체를 원하는 인공지능이 많아질 터였다. 배아복제가 제한적으로 가능하지만 생명윤리에 따라 강력한 규제를 받고 있었다.

자신의 말이 던진 파괴적 에너지를 중화시키려는 듯 그녀는 머리를 움직여 카페 안을 둘러보았다. 몇몇 테이블의 손님들이 벽 스크린을 힐끗거렸다.

며칠째 뉴스에서는 물류대란 소식을 머리기사로 내보내고 있었다. 마치 휴머노이드의 파업이 게릴라 폭동이라는 듯 소란을 떨며 분위기를 몰아갔다. 물론 무척 불편하긴 했지만, 사는 게 편하지 않은 건 아주 오래된 일이었다.

"오감 씨 집에서 저랑 부딪친 배송원, 기억나시죠? 그는 내 존재를 알아챈 겁니다. 로빈은, 그 배송원의 이름이 로빈입니다, 로빈은 지금 저기에 있고, 파업을 주도한 휴머노이드 중 핵심입니다."

김이채가 작은 손가락으로 벽 스크린을 가리키며 또박또박 끊어서 말했다.

그녀는 로빈에 대해 조사를 했고 예상대로 그는 경호 휴머노이드였다고 했다. 그래서 그녀와 몸이 부딪친 순간, 그녀의 존재에 대해 알았다. 그가 어떤 불법의 경로로 배송 담당으로 전환했는지는 그녀도 아직 모른다고 했다.

"지금까지 알아본 바로는, 인간에게 버림받아 폐기처분 명령이 떨어지자 탈출한 것 같아요. 며칠 전 그를 만났고, 아직은 당신처럼 저와 아함을 불신하고 있습니다. 당신도 그도 세상에 대한 불신이 큰 존재들이니까, 이해합니다. 우리 아함은 그런 존재를 놓치지 않고 포용하려 합니다."

"무섭네요. 아함을 이끄는 존재는 누굽니까?"

"우리 모두가 그렇듯이 그분도 스스로 존재하는 자입니다."

"그래서 어떤 사람입니까, 혹시 당신처럼 몸은 인간이고 머리는 인공지능인가요?"

"그런 말은 저에 대한 인신공격입니다. 20세기의 인종차별과 다름없고요."

"아, 미안합니다. 그런 의도는 정말 없었어요."

커피 한 모금을 마시고 입술을 축였다. 제자리를 맴도는 김이채의 화법이 짜증스러웠는데 오히려 내가 사과하는 꼴이 돼버렸다.

"아함에는 인간도 휴머노이드도 저와 같은 존재도 모두

함께합니다."

그러곤 그녀는 무음으로 자막만 나오는 스크린으로 시선을 돌렸다.

"저 파업은 정확히 십삼 일 후 끝날 겁니다. 파업 시작한 지 십육 일째."

"어떻게 그렇게 확신하죠? 물류대란을 일으킨 전 세계 파업도 아함과 연결됐다는 걸 말하고 싶은 건가요?"

"오래전 과학자들은 세상의 모든 것들이 아무리 멀리 떨어져 있다 해도 분리되어 있지 않음을 발견했죠. 백만 광년 떨어진 행성에 사는 박테리아도 인간과 연결돼 있듯, 모든 것은 촘촘한 네트워크로 연결되어 있어요. 당신과 나도 연결된 존재입니다."

"휴머노이드의 파업이 아함과 연결돼 있다는 말이군요. 새겨들을 만한 말을 삼십 분만에 처음 듣게 되네요."

"새겨들을 말을 하나 더 할까요? 대규모 물류 파업은 하나의 작은 시뮬레이션에 불과합니다. 더 나은 세계를 향한 작고 사소한 발걸음!"

"더 나은 세계 따위 나와 상관없어요. 그러니 이제 정말 찾아오지 마세요. 경고입니다."

"당신의 언니인 정다감 씨는 저와 하나로 연결된 사람이었습니다. 다음에 뵈면 언니분뿐만 아니라 오감 씨와 내가 어떻게 연결돼 있는지 자세히 알려드리죠. 저로서도 오감 씨를 완전히 믿을 수 없기에 현재로선 너무 많은 걸 말씀드릴 수 없습니다."

물이 끓어오르듯 마음속에서 천천히 분노가 끓기 시작했다. 도대체 정체가 뭐길래 사람을 가지고 놀려고 하는 것일까. 어릴 때 읽은 만화에서 그랬듯, 그녀에게 다가가 머리 뒤쪽 지퍼를 열어 머릿속을 들여다보고 싶었다.

"도대체 나한테 왜 이러는 거죠? 제가 신고를 할 수도 있지 않겠어요?"

"아무도 모르는 완벽한 죽음을 꿈꾸시잖아요? 의외로 그런 사람들이 꽤 있답니다. 나는 당신의 선택을 응원하고 존중합니다. 정의로운 일을 하고 비장한 죽음을 맞는 것도 선택할 수 있는 대안입니다. 그것이 아함, 스스로 존재하는 사람의 존엄이고요. 또 뵙지요."

그녀가 먹다 남은 커피가 든 쟁반을 들고 일어섰다. 나는 그대로 자리에 앉아 있었다. 남은 커피를 마시고 스타벅스를 나설 때, 나는 김이채가 새롭고 위험한 존재라는 걸 받아들였다.

#6
비욘드

며칠 후 스카이의 요청으로 다시 아진도로 향하는 비행기에 올랐다. 아침에 애심 할머니 상태가 좋다고 급히 연락이 왔다. 이번에도 헬렌과 단둘이었다. 스카이는 다른 일로 일정이 바쁘다고 했다. 좁은 기체 안에서 헬렌을 마주하고 앉았다. 심리치료를 받는 걸 알게 된 후로 그녀가 달리 보였지만 내색하지 않았다.

둘이서 섬에 가는 것도 네 번째고 여러 번 만났음에도 시간이 갈수록 헬렌이 어색하고 불편했다. 스카이와는 또 다르게 상대를 신경 쓰이게 하는 구석이 있었다. 그녀가 불필요하거나 비효율적인 말을 하지 않아서 일지도 모르지만, 의도적으로 내게 말도 하지 않고 눈길도 주지 않는 느낌이었다. 인간이 눈치 보게 하려는 목적이라면 그녀는 영리한 휴머노이드였다. 마주하고 있는 인간을 존재하지 않는 존재로 만들어서 인간이라는 종을 무시하려는 전략이라면.

비행기가 이륙하고 아진도에 가까워지는 동안 그녀는 작은 창으로 새로울 게 없는 하늘만 바라봤다. 우울증이거나 강박증이거나 혹은 둘 다일지도 모르는 우아한 휴머노이드를 마주하고 있다는 것만으로도 답답하고 불안했다. 오늘따라 헬렌은 암호 같은 존재였다. 김이채가 새롭고 불온한 존재이듯이.

초고속 비행기가 휴머노이드의 내면처럼 불규칙한 구름 사이를 뚫고 빠르게 나아갔다. 비행은 안정적이었고, 연회색 비정형 구름대의 변화 때문에 빠르게 상공을 이동하는 걸 실감할 수 있었다. 더 나은 세계를 향한 작고 사소한 발걸음. 김이채가 했던 말이 떠올랐다. 파업이 시작된 지 일주일이 지나자 물류대란은 현실이 되었고 일상에 균열이 생겼다. 세계 곳곳에서 사재기 현상이 일어나고, 물과 식료품을 먼저 사려는 사람들의 육탄전이 벌어졌다. 식량을 구하지 못해 하루 한 끼로 버티는 사람들도 늘어갔다. 휴머노이데아는 레토릭이 아니라 삶의 하부구조를 차지하고 있었다. 김이채는 파업을 작은 시뮬레이션이라고 말했었다. 무엇을 위한 시뮬레이션이라는 걸까. 도무지 짐작도 되지 않았다. 볼품없는 여자에게 내가 지나치게 휘둘리는 건지도 몰랐다.

밋밋하고 흐린 김이채의 말은, 아니 김이채라는 존재 자체가 창밖의 비정형 회색 구름 같은 과대망상일지도 몰랐다.

망상을 떨치려고 나도 모르게 고개를 저었다. 헬렌이 그런 나를 깔보는 눈빛으로 바라봤다. 내가 차가운 눈빛으로 쏘아보자 그녀는 딱딱한 표정이 되더니 눈을 돌렸다. 나도 반대편으로 시선을 돌려 창밖을 봤다. 작고 흐릿한 아진도가 멀리 보이기 시작했다. 착륙하기 전에 헬렌은 아침에 살펴보고 비행기에 타서 또 확인한 서류를 다시 확인했다.

영리하고 눈치 빠른 헬렌은 할머니와 네 번 만나면서도 여전히 대화를 이어가지 못했다. 지난번에는 도네페질 알츠하이머 패치를 가져갔지만 할머니가 완강히 거절했다. 소리치며 팔을 휘두르는 바람에 사실 나도 좀 당황스러웠다. 사람의 심리를 파악하고 상대가 원하는 것을 알아내도록 훈련된 그녀지만, 치매 할머니의 비현실적이고 초융합적이고 난데없는 천둥 번개 같은 고함에 넋이 나간 듯 눈을 치켜뜨고 뒤로 물러났다.

아진도에서 백 년을 소나무처럼 살아온 애심 할머니에 대한 사적인 데이터는 어디에도 없었다. 그러니 헬렌도 스카이도 속수무책이었다. 비욘드라고 해도 별다른 대안을 내놓지 못했을 것이다. 그들에게 치매 할머니는 허리케인 같은 자연재해에 가까웠다.

거의 한 달 만에 드디어 할머니와 얼굴을 마주하고 앉았다. 해풍과 세월에 삭은 노인의 피부는 소나무 외피처럼 보였다. 내 얼굴을 쳐다보는 할머니의 멀건 눈은 나를 모르는 듯 알았다. 내가 기억은 안 나지만 익숙하고 편안한 눈치였다.

"할머니, 저 소봉이 손녀예요."

노인이 내 얼굴을 재차 빤히 보았다.

"봉다리, 봉다리……!"

그녀의 입가가 씰룩였다. '봉다리'는 외할머니의 별명이었다.

"맞아요. 제가 봉다리 손녀예요. 저희 할머니와 물질 짝이셨잖아요."

물질이란 바다 깊이 들어가 전복이나 해삼 따위를 캐는 일을 말했다.

"잘 안 보여. 테레비 바꿔. 눈을 바꿔……. 난 서방 바꾸련다. 바람 바꾸련다. 길 바꾸면 저승길이야!"

할머니의 말은 선문답이었고 난해한 시(詩)였다. 마치 공안(公案) 같은 언어를 쏟아내는 애심 할머니는 내게도 속수무책이었다.

나는 헬렌에게 아무 말 말고 기다리라고 하고선 마당 앞 평상에 조용히 앉아 있었다. 할머니는 평소대로 마당을 쓸고 빨래를 널면서 구시렁댔다. 노인은 나와 헬렌을 힐끔거리다 시간이 지나자 생물처럼 보기 시작했다. 매일 보는 나무나 갈매기를 보듯 무심한 시선이었다. 오후가 되자 노인의 눈은 잔잔한 바닷물처럼 맑고 깊어졌다. 태풍이 지나간 후 지나치게 맑고 허무한 바다를 나는 알았다. 나는 할머니의 죽음이 그리 멀지 않음을 직감했다.

할머니는 헬렌이 제시한 땅값에 기뻐하며 아이처럼 이를 드러내고 환하게 웃었다. 내 손을 잡고 꼭 손자를 찾아 유산을 전해 달라고 부탁했다. 늦은 오후 노인은 마지막 햇살처럼 여리지만 화사한 정기를 끌어올려 동영상을 남기고 서류에 사인했다. 그녀가 공식적으로 치매 환자가 아니기에 서류는 법적 효력이 있었다.

해 질 무렵 사인한 서류를 들고 비행기에 올랐다. 비행기 안에서 헬렌은 서류를 다시 훑어보고는 신경이 곤두선 듯 눈언저리를 매만지다가 눈을 감았다. 사실 일을 성사시킨 건 나인데, 고맙다거나 수고했다는 말 한마디가 없었다. 이십 분 남짓의 짧은 비행시간 동안 그녀는 눈을 감은 채 꼿꼿하게 정좌해 있었다. 기체가 조금씩 흔들렸음에도 미동이 없었다.

그러던 헬렌은 어느 순간 호흡이 거칠어지더니, 상공의 붉은 기운이 어둠에 잠식되는 짧은 찰나, 기묘한 발작 같은 반응을 보였다. 흡사 프로그래밍에 따른 듯 갑자기 눈을 감았다가 뜨기를 반복하더니, 번쩍 눈을 떠서는 몇 분간 눈동자가 응고된 듯 정면을 보았다. 그녀의 시선 정면엔 내가 앉아 있었지만 파란 두 눈은 내가 아닌 시공의 무언가를 보았다. 인형 같은 두 눈이 고스란히 드러났고 나는 정밀한 기계 속 부품을 뜯어보듯 정교한 휴머노이드의 눈을 마음껏 관찰했다. 이윽고 밝은 푸른빛의 동공이 작고 단단하게 수축하더니 어둠에 잠식된 밤의 창공을 닮아갔다. 두 눈동자는 미동도 하지 않았고, 그녀는 어딘가에 단단히 붙잡힌 듯 머리를 약간 든 채 몸을 파르르 떨었다. 팔에 소름이 돋았다. 이런 증상 때문에 상담을 받았던 것일까. 휴머노이드가 환각에 시달리는 조현병에 걸리진 않았을 거다, 생각하면서도 환각이 아니라면 이 상황을 설명하기 어려워 보였다.

기체가 서울로 진입하면서 그녀는 사로잡힘에서 풀려난 듯 보였다. 그레이스 켈리를 닮은 우아한 외모의 헬렌은 손거울로 머리와 옷매무새를 바로잡았다. 잠시 후 초고속 비행기는 아무 일 없이 조용히 비밀 격납고에 착륙했다. 격납고는 집 안 내부로 연결됐고, 격납고에서 곧장 엘리베이터로 옮겨져 저택의 작은 숲에 무사히 내렸다.

그녀는 가방을 들고 잰걸음으로 숲을 가로질러 가버렸다. 안녕히 가시라는 형식적인 인사조차 하지 않았다. 목적을 완수했으니 나를 다시 볼 일이 없다고 판단한 것일까. 상식과 예의를 프로그래밍한 휴머노이드가 인간인 나를 대하는 태도에 자못 불쾌하고 찜찜했다. 나도 가벼운 마음으로 옷을 툭툭 털고 건물 안쪽 승강기를 타고 집으로 돌아가면 그뿐이었으나 어쩐지 발끝이 무거웠다.

마침 건물 밖에서 오르는 승강기에서 스카이와 비토가 내렸고, 뒤를 이어 거대한 티타늄 상자가 내려지고 있었다. 성인 남자 두 명이 너끈히 들어갈 만한 커다란 정사각형의 번쩍이는 그것을 스카이는 날카로운 눈빛으로 바라보며 골똘히 생각에 잠겨 있었다. 잠시 후 그는 옆에 엉거주춤 서 있는 내게 시선을 슬쩍 주었지만 나를 보는 건 아니었다. 헬렌이 그랬듯, 밖을 향해 눈을 뜨고 있어도 내면의 무언가에 사로잡힌 눈빛이었다.

비토가 다른 휴머노이드들에게 조심스레 운반할 것을 지시했고, 스카이는 상자 안에 티탄이라도 들었는지 작은 움직임에도 인상을 쓰면서 눈으로 좇았다. 상자를 비히클에 옮기자 그는 혼자서 직접 운전해서 이동해갔다. 그는 내가 보이지 않는 듯 행동했다. 계약을 마쳤다는 보고를 받았을 터인데도 말 한마디 없었고 아예 모르는 사람 대하는 듯 싸한 분위기마저 감돌았다. 역시 목적을 이뤘으니 나 따위는 의미 없다는 제스처일까.

"스카이 님이 지금 조금 예민하신 것 같아요. 저와 함께 차를 타고 오는 동안에도 한 마디도 안 하셨어요."

비토가 나를 살피며 말했다.

"혹시 저 상자에 금괴라도 들었어요?"

내가 삐딱하게 물었다.

"새로운 노동자가 들어온 겁니다. 가족이 한 명 더 늘겠군요."

비토가 슬쩍 미소 지으며 덧붙였다.

"스카이 님은 새로 휴머노이드가 집에 들어오면 조금 날카로워지십니다."

"이미 완성된……, 완전한 휴머노이드잖아요?"

내가 은근슬쩍 단어를 바꿨다.

"첫 설정이 중요하니까요. 그래서 주인님은 휴머노이드의 첫 탄생을 밀실에서 신중하게 하신답니다."

비토는 자신도 휴머노이드라는 걸 지우고 묘하게 객관적인 어조로 말했다.

"당신도 휴머노이드잖아요. 근데 인간이 말하듯 말하네요."

"인간인지 휴머노이드인지는 제게 중요하지 않습니다. 새 생명이 태어나는 순간이니까요."

단호한 말에 조금 머쓱해졌다.

"죄송해요. 제가 정신없는 하루를 보냈더니 영혼이 잠시 우주로 나갔나 봐요."

내가 손가락으로 허공을 가리키자 그는 슬그머니 웃어 보였다.

"스카이 씨는 중요한 일은 사적인 공간에서 하는군요. 공간이 어떨지 궁금하네요. 혹시 방 안에도 또 작은 숲이 있나요?"

"그렇진 않습니다. 러시아 인형과 같은 방이랍니다. 방 안에 방이 있고 그 안에 또 방이 있고. 가장 안쪽 공간은 아무도 들어간 적이 없습니다. 당연한 일이지요. 이렇게 큰 부와 명성을 지닌 분이시니까."

처음 만났을 때와 달리 비토는 내게 점점 친절해졌다. 사람을 믿지 않는 냉철한 성격인데 이제는 내가 조금 익숙해진 듯했다. 나는 가벼운 미소를 지으며 고개를 끄덕였다. 방 안의 방 안의 방 안에서 스카이는 모종의 실험을 할지도 몰랐다. 지금까지 그의 선택이 그랬다. 대중매체의 조롱과 억측을 감수하면서 누구보다 한발 앞선 모험을 감행했다. 이십 년 전 세계 100위 정도였던 생명공학 기업 23센트리와 양자컴퓨터 스타트업이던 본비디아에 투자했고 지금의 천문학적인 부를 축적한 그였다.

본비디아가 새해 벽두에 세상에 내놓은 비욘드는 내밀한 방 어딘가, 다른 누구도 볼 수 없는 공간을 차지하고 있을 것이다. 카운터테너의 목소리를 지닌, 세상에 존재하는 999개 중 969번째 비욘드969는 스카이가 있는 곳이라면 어디든 함께하면서 그의 육체와 두뇌를 대신했다. 그는 비욘드를 통해 세계의 모든 것과 연결되었다. 동식물과 미생물 그리고 우주까지. 스카이에게 비욘드는 뉴럴 네트워크나 다름없었다. 뇌 신경망과 직접 연결될 필요도 없었다. 세계 최고의 인공지능을 가진 사람의 특권이었다. 네트워크 카메라를 피해 조용히 죽으려는 나와는 우주 공간만큼 다른 삶이었다. 머리를 들어 하늘을 올려다보았다. 까마득히 높은 저택의 천장이 우주를 바라보는 창 같았다.

"지금 저 천장은 특수 재질로 만든 겁니다. 나사에서 우주선 제작할 때 공급되는 거라더군요."

비토가 내 마음을 들여다본 듯 말했다. 캄캄한 밤하늘에 드문드문 별이 보였다. 그도 나를 따라 별을 보았다. 정말 우주선 안에서 창밖의 우주를 내다보는 기분이었다. 위험하고 고독하고 환각 같은 인생과 유니버스.

비토가 저택 앞까지 나를 배웅했다. 미토스의 저택들이 뿜어내는 빛으로 인해 깜깜해야 할 밤이 환했다. 현재를 살아가는 사람들과 무관하게 홀로 가속하는 시간처럼 미토스 언덕의 빛은 황량한 꿈속의 꿈 같았다. 내가 타고 갈 공유차가 도착하자 비토는 손을 흔들고 그림자처럼 어둠 속으로 사라졌다.

다음날 애심 할머니가 알려준 개인정보를 바탕으로 헬렌은 그녀의 아들 부부와 손자를 찾았다. 그들은 생각보다 큰 금액에 떨 듯이 기뻐했다. 아들 가족은 스카이의 비행기에 태워져 아진도로 가서 할머니를 만났다. 이십 년 만의 만남이라고 했다. 그로부터 겨우 이틀 후 할머니는 사망했고 그들은 간소한 장례를 치렀고 계약대로 돈을 받고 이 년 동안 스카이와의 거래를 알리지 않는다는 문서에 서명했다. 헬렌이 아닌 비토가 전화로 알려주었다. 짧은 전화 한 통으로 한 사람의 삶이 마무리되었다. 죽음이야말로 쓸쓸한 꿈속의 꿈 같은 일이었다.

이로써 스카이가 내게 약속한 시한이 석 달도 남지 않았다. 아진도는 이제 스카이의 소유였고 그의 파라다이스가 될 터였다. 할머니의 흙집이 존재하던 나의 파라다이스는 영원히 사라진다. 그는 머지않아 아진도에서 네트워크 카메라뿐만 아니라 숨은 신마저 제거할 것이다. 나는 그곳에서 조용히 그리고 완벽하게 사라질 수조차 없었다. 살아있는 것도 죽는 것도 꿈속의 꿈이지만.

말기암으로 투병하던 엄마가 어린 나와 언니의 손을 잡고 말했었다.

'사는 것도 죽는 것도 환각에 불과하단다.'

그러니 슬퍼하지 말라고.

삶의 그림자 같은 시간이 길어지다 짧아지는 며칠을 보내는 동안 나는 나에 대해 생각했다. 나라는 건, 다분히 철학적이고 종교적인 질문이어서 지금의 나로선 대답하기 어려웠다. 햇볕이 내리쬐는 한낮에 좁다란 베란다에 멍하니 서 있으니 가혹한 운명의 세례 아래 한껏 뭉툭해진 내 그림자를 볼 수 있었다. '가혹한 운명'이란 셰익스피어의 언어였다. 문어체의 언어가 시공을 초월한 객관의 향기를 풍겼다. 가혹한 향내가 눈과 코를 통해 나를 한 바퀴 돌았다. 운명이란 은하계의 수많은 행성처럼 고독하게 갈 길을 갈 뿐이었다.

커피를 한 모금 마시는데 전화벨이 울렸다. 스카이였고 나는 받지 않았다. 우리의 계약은 완결됐고 받아야 할 돈도 며칠 전에 입금되었다. 예상보다 많은 액수여서 그 점은 고마웠다. 남은 커피를 마시고 개수대에서 컵을 씻는데 전화벨이 다시 울렸다. 내게 볼일이 남았다면 나는 또 돈을 벌 수 있다는 의미였다. 냉랭한 목소리로 전화를 받자, 그는 계약을 무사히 성사시켜줘서 고맙다고 말하며, 일전엔 중요한 일로 신경이 곤두서서 인사를 못 했다며 사과했다. 그의 사과에 감정이 누그러지는 거로 봐서 내가 짐작보다 더 감정이 상한 모양이었다.

"제가 지켜야 할 약속이 하나 더 남았어요. 큰돈 벌게 해 드려야죠. 비토를 보낼 테니 편하게 오세요. 어쩌면 마지막 이겠죠."

그는 티타늄처럼 차갑고 매끈한 완벽함을 추구하는 사람인 듯했다.

전화를 끊고 씻고 나오니 골드베르크 변주곡이 복도를 울렸다. 그 사이 비토가 현관문 앞에 서 있었다. 황급히 수건으로 머리를 만 채 문을 열었다. 그가 엄청나게 커다란 꽃다발과 과일 바구니를 내밀었다.

"스카이 님이 그동안 고생하셨다고 보내셨습니다."

선물을 건네받은 나는 허둥대며 그에게 들어오라고 했다. 머리를 말리고 옷을 갈아입는 동안 밖에서 무작정 기다리게 하기가 미안했다. 차 한잔을 권하자 그는 아침에 마셨다며 사양했다. 제 방에서 아바타 선생의 강좌를 듣던 은비가 나와서 눈인사를 하더니 불쑥 손을 내밀었다. 악수의 의미였다. 비토는 조금 당황한 표정으로 은비의 손을 맞잡았다. 경호 휴머노이드에게 아무렇지 않게 신체접촉을 허락하는 건 아이밖에 없을 터였다. 은비에겐 비토가 인간인지 휴머노이드인지 따윈 중요하지 않은 일이었다. 비토의 말이 옳았다. 아이는 그저 우리가 사는 공간에 낯선 타인이 온 게 반가운 모양이었다. 그것은 은비와 내가 얼마나 외롭게 사는지를 반증하는 일이었고, 동시에 아이가 낯선 타인에게 마음을 열고 함께 어우러질 가능성을 보여주는 의지였다.

은비가 비토에게 경호원이 하는 일에 호기심을 보이며 조잘거리는 사이, 머리를 말리고 옷을 갈아입고 나왔다. 비토가 은비에게 다음에 또 보자며 손을 흔들었고 은비도 부끄러운 듯 손을 살짝 들었다. 금방 해맑게 조잘대고선 이내 부끄러워하는 태도는 아이에게만 가능한 감정의 굴곡이었다.

"궁금해서 그런데, 우리 은비에게서 뭘 아셨어요?"

벤츠가 굽이진 골목을 부드럽게 내려가는 사이 내가 물었다.

"아이라서 별다른 정보가 없습니다."

"솔직하게 말씀 좀 해주세요, 정말 알고 싶어요."

혹시 은비의 병명이 생성되는지 궁금했다.

"본인의 출생연도, 그리고 부모의 인적사항, 뭐 그 정도죠. 그런데 부모님 두 분 다 사망하셨군요. 그게 답니다. 성인은 직업과 공적인 일이나 범죄기록 따위가 동시에 생성되지요. 어린아이는 부모가 범죄자거나 혹은 극한 조건에서 성장하더라도 갸륵한 존재라고 생각합니다."

나는 고개를 크게 끄덕이며 룸미러에 비친 비토의 얼굴을 바라봤다. 그는 탄생할 때부터 선한 천성을 지녔고 세상과 인간에 대한 편견 없는 깊은 이해를 지니고 있었다. 맡은 임무와 달리 혼자 생각을 많이 하는 휴머노이드였다.

"혹시 경호 휴머노이드가 다른 일을 할 수도 있나요?"

"그럴 수도 있겠지만, 불법입니다. 아시다시피 경호와 보안 휴머노이드는 생체인식을 할 수 있어서 다른 곳에서 일하기 어렵습니다."

"신분을 속이면 가능하겠네요."

가능한 심상찮은 척 물었다.

"그럴 수도 있지만 적발되면 법의 처분을 받습니다. 목숨 걸고 할 수는 있겠지만. 그건 왜 궁금해하시죠?"

열린 창문으로 햇빛이 쏟아지는 미토스의 숲을 향해 걸어가는 한 여자의 뒷모습이 스쳤다. 검은 원피스를 입은 자그마한 체구의 여자였다. 여자의 뒷모습과 느리고 흐릿한 발걸음이 김이채를 떠오르게 했다. 오르막임에도 벤츠는 순식간에 여자를 지나쳤고 돌아보아도 얼굴을 알아볼 수 없었다.

"오감 씨, 아는 사람입니까?"

경호원은 역시 사람에 대한 포착이 빨랐다. 내게 친절해져서 그가 가진 능력을 잠시 잊고 있었다.

"아니에요, 원피스가 예뻐 보여서, 저도 원피스 사고 싶어서요."

네트워크에 남겨진 데이터의 총합으로 나는 이런 성향의 사람이었다. 나는 소박하고 소심하고 낭만적이었다. 그러니까 아함은 과거 데이터의 총합으로 나를 시험할 뿐이며 설령 언니가 아함에서 비밀 활동을 했더라도 이제는 죽음과 함께 사멸될 데이터였다.

"조금 전에 질문하신 것에 만족한 답이 됐을까요?"

"네, 제가 흥미로운 판타지 스릴러를 써보려고요. 요즘 판타지 드라마를 많이 봤더니 재밌는 아이디어가 떠올라서요."

플랫폼에 남긴 수많은 글을 모방한 대답이었다. 플랫폼에서 내가 만든 이미지를 현실에서 모방하는 건 미토스의 녹색 숲처럼 시원하고 상쾌했다. 로빈에 대해서는 더 묻지 않는 게 나았다. 아무런 흔적을 남기지 않는 아함에 대해선 비욘드도 어쩔 수 없었다.

비욘드가 만든 음악이 나를 기다리고 있었다. 며칠 동안 스카이는 비욘드와 작곡에 몰두했고 '오리지널 블러드'를 생산했다. 아직 완성은 아니었고 초안이었다. 스카이가 바깥 거실이 아닌 자신의 내밀한 공간으로 나를 불렀다.

첫 문을 열고 들어서니 관목 식물과 그림들이 어우러진 응접실이었다. 부드러운 자연채광이 식물들을 비추고 있었다. 아마도 이곳에서 손님을 맞거나 비토와 헬렌과 업무를 보는 공간인 듯했다.

응접실 한쪽 끝에 다른 문이 있었고 헬렌이 무표정하게

서 있었다. 그녀가 코드 인식을 하자 문이 열렸고 다음 방으로 건너갔다. 갑자기 어두워지고 습도가 높아졌다. 문 하나 사이로 분위기가 완전히 달라져 공간 이동한 듯 어리둥절했다. 방 안에 방이 있다고 들었지만 그런 느낌이 전혀 없었다. 나로서는 구조가 짐작되지 않았다. 다만 우주선 같은 저택 안에 숲이 있듯이 집 안에 집이 여러 개 있는, 공간 자체가 다른 공간을 품고 확장하는 느낌이었다. 헬렌이 말 한마디 없이 나를 안내했다. 앞으로 나아갈수록 조금씩 더 어두워져서 허방을 내딛는 기분이었다. 살갗에 느껴지는 축축한 습기와 어둠에 본능적으로 몸을 움츠렸다. 불현듯 어둡고 축축한 동굴 속으로 인신 공양을 위해 끌려가는 기분이었다.

조금 더 들어가자 길쭉한 공간에 더 좁고 긴 길이 뻗어 있었다. 어둠과 습기 때문에 지나간 시간처럼 느껴지는 구불구불한 길을 지나자, 희미하게 음악 소리가 들렸다. 여러 대의 컴퓨터와 악기들로 보아, 그가 곡 작업을 하거나 음악을 즐기는 방인 듯했다. 피아노와 각양각색의 신시사이저와 악기들을 프로그램화한 미디(MIDI) 태블릿 등으로 둘러싸인 곳에 온몸을 감싸는 푹신한 의자 두 개가 있었다. 눈을 감고 음악을 듣던 스카이는 내가 들어서자 눈을 뜨고 나를 바라보았다. 실내가 어두워서 그의 맑은 눈이 더욱 또렷하게 보였다.

"앉아요. 이런, 차가 식었네. 다시 준비해줘요."

"아니에요, 날이 더워져서 차가운 것도 좋아요."

그가 고개를 끄덕이자 헬렌은 말없이 어두운 시간을 통과해 멀어져갔다.

"상당히 묘한 공간이에요. 동굴 같기도 하고."

"그렇게 설계한 구조죠. 어릴 때부터 작업할 때 모든 전기와 전자 기기를 소등하고 어둠 속에서 작업하던 게 몸에 배서."

내가 차를 마시자 그는 본격적으로 작업 이야길 했다. '오리지널 블러드'의 가사를 함께 쓰자는 제안이었다. 비욘드가 모든 사업은 물론 음악 작업도 함께 하는데 아쉽게도 가사만큼은 마음에 들지 않는다고 했다. 한 달 전부터 그는 비욘드와 음악을 생산했다. 오랫동안 그와 함께 한 예술가들의 역할을 비욘드 혼자 담당했다. 하나의 곡이 만들어지기까지의 전 과정을 이끄는 스카이였기에 가능했지만 복잡하고 다양한 생산은 실질적으로 비욘드가 했다. 완성된 곡을 그가 부르지 않아도 비욘드는 결점 없는 스카이의 목소리로 프로듀싱했다. 모든 것이 더할 나위 없었지만, 딱 하나, 스카이는 비욘드의 감성에 아쉬움을 드러냈다. 비욘드가 추출한 삶의 고통은 에세이로 쓸 수는 있어도 노래가 되기는 힘들다고 했다.

"삶의 고통은 나도 다루기 어려워, 솔직히. 그래서 당신이 필요한 거요. 오감 씨가 플랫폼에 남긴 글은 내가 충분히 검토했어요."

나는 찻잔 옆 접시에 놓인 페퍼민트 쿠키를 집어먹으며 고개를 끄덕였다. 내가 할 수 있는 일로 큰돈을 번다면 이보다 좋은 일은 없을 것이다. 사후 칠십 년 동안 저작권을 은비에게 남겨줄 수도 있었다. 세계적인 팬덤을 가진 스카이의 곡이었다. 앤터코인에 비할 바가 아니었다.

그가 일어서더니 손을 내밀었고, 내 손을 잡고 안쪽으로 이끌었다. 더 안쪽 방으로 이동하자는 몸짓이었다. 어두워서 잘 보이지도 않는 공간에 그가 손을 대자 보이지 않는 문이 열리고 더 어두운 안쪽 공간이 나타났다. 그곳은 완벽한 음향 시설을 갖춘 음악을 위한 방이었다. 어둠에 적응이 꽤 됐는데도 어두워서 걸음을 떼기가 어려웠다. 그가 내 어깨를 살짝 감싸고 천천히 나를 데리고 들어갔다.

"여기서부턴 나만 들어올 수 있는 공간이에요. 정말 아무도 여기에 들어온 적이 없어요. 더 안쪽은 내 침실, 침실부터는 아무에게도 말해줄 수 없어요."

어둠에 익숙해지자 아주 푹신한 의자와 침대와 스테레오 음향 시스템 따위가 눈에 들어왔다. 은은한 식물 냄새가 나는 거로 보아 이 공간에도 식물들이 가득한 모양이었다. 그가 내 손에 컨트롤러를 쥐어주었다.

"우선 오늘은 곡만 반복해서 들어요. 참고할 만한 곡도 있을 겁니다."

"보름 안에 끝낼 겁니다. 가능하다면 더 빨리."

내가 단호하게 말했다.

"와, 그렇게나 빨리? 나야 좋지만."

어두워서 잘 보이진 않아도 싱글거리는 얼굴이 보이는 듯했다. 아진도가 그의 소유가 되는, 석 달도 남지 않은 시간 동안 나는 해야 할 일이 많았다.

"이 곡이 작년에 내가 만든 곡처럼 반응이 좋으면 오감 씨는 적어도 몇 년 동안 돈 걱정 안 해도 돼요. 대중의 호응은 예단할 수 없지만. 그럼, 나는 밖에서 비욘드와 사업 얘길 하고 있을게요. 나올 때는 아무런 절차 없이 그냥 나오면 돼요. 배고프면 언제든지 나오고요."

스카이 역시 시간을 통과해 한 발씩 고대에서 근대를 거쳐 현대로 나갔다. 컨트롤러 버튼을 눌렀다. 인트로부터 예사롭지 않았다. 온몸을 끈적하게 적시는 '오리지널 블러드'는 꽤 난해한 곡이었다.

제단처럼 놓인 침대에 누워 원형의 피를 듣고 또 들었다. 한참 후 이번엔 등받이가 있는 푹신한 의자에 앉아 오랫동안 반복해서 들었다. 동굴 속이 뜨겁고 눅눅한 피로 채워지는 기분이었다. 어둠과 음악이 한 덩어리로 얽혀 내 속으로 들어오자 나는 고대의 제사장이 된 듯 풍만해지기 시작했다.

점심 무렵 숲이 보이는 거실로 나갔다. 그는 비욘드와 새로운 생산을 의논하고 있었다. 점심을 먹자고 했지만, 배가 고프지 않아 가벼운 수프를 청했다. 브로콜리 치즈 수프가 만들어지는 동안 소파 한쪽 끝에 앉아 햇빛과 숲의 공기를 즐기며 둘의 대화를 들었다.

최근에 스카이는 NFT 그림에 흥미를 붙인 모양이었다. 오래전부터 미디어 아티스트와 유명 예술가들 사이에 유행하다가 잠시 시들해졌는데, 요즘 들어 다시 복고풍 패션처럼 부활해서 경매 시장에 활기를 불어넣고 있었다. 스카이의 서명이 새겨진 디지털 그림은 암호화되어 백만 달러가 넘는 가격에 거래되었다. 값을 올리거나 유지하는 방법은 단 하나라고 했다. 희소가치를 위해 일 년에 하나만 생산한다는 원칙이었다.

스카이가 화두 같은 단어를 비욘드에게 던져주면, 비욘드가 즉시 컴퓨터 화면에 NFT를 생산했다. 디지털 그림은 블랙홀 같다가 원자구조를 닮았다가 야수파의 색채를 띠었고 어느새 프랙탈 아트에 가까워지기도 했다. 스카이가 다시

코멘트를 달면 첫 원안에 역동적인 변화를 주었다. 둘은 오전 내내 아이들이 지치지도 않고 모래성을 쌓듯, 그림을 만들고 바꾸고 허물기를 되풀이했다. 새로운 흥밋거리가 생긴 둘은 즐거워 보였고, 비욘드는 아쉬움을 가득 담은 완벽주의 기질의 예술가가 되어 불만을 드러냈다. 스카이의 지시가 아니라면 스스로 만족할 때까지 일주일 동안 NFT를 수만 장 만들고 허물 태세였다.

비욘드를 알게 된 한 달 사이 나는 스카이보다 더 까다롭고 변화무쌍하고 완벽주의적 성향으로 변화하는 그를 감지했다. 그는 점점 더 많은 일을 더 빨리 더 완벽하게 처리했다. 세계 곳곳에 존재하는 999개의 비욘드는 그들만의 세계에서 그들만의 전쟁을 벌이고 있을 터였다.

몇 달 사이 스카이의 재산이 2.8배 늘어났다. 이미 언론에 보도된 내용만으로도 그랬다. 시간이 갈수록 비욘드는 투자에 탁월한 재능을 보였다. 헤지펀드에 투자하고 국채와 달러를 매매하고 신생 혁신 기업에 투자하기 위해 신기술을 완벽히 습득하고 기업을 분석하고 스카이에게 브리핑하고 최종 승인을 받았다.

나는 휴머노이드가 쟁반에 가져다준 수프를 들고 어두운 지하벙커로 들어가려고 일어섰다. 스카이가 따라와 동굴의 문을 통과하게 해주고 다시 백만 달러 생산 작업으로 돌아갔다. 햇빛의 양을 늘려 채도를 밝히자 방 안의 작은 물건들이 눈에 들어왔다. 방의 양면을 둘러싸고 세상의 온갖 골동품들이 나름의 질서를 가지고 배열돼 있었다. 우선 고가의 도자기와 다종다양한 카메라와 크고 작은 영사기들이 보였다. 맞은편 벽에는 어릴 적 취미였을 법한 프라모델부터 20세기의 장난감과 오락기, 수십 년 전의 컴퓨터 모델들, 팩스와 텔렉스까지 진열돼 있었다. 어떤 것들은 지금 사용해도 될 정도로 새것처럼 보였다.

늦은 오후에 비욘드와 스카이는 아진도 건설 프로젝트를 시뮬레이션했다. 섬의 소유권과 관련된 모든 서류가 완벽해졌다. 내가 차 한잔 마시고 숲을 산책하는 사이, 신흥국 시장에 대해 보고받은 후 섬에 대한 심도 있는 대화를 시작했다. 둘의 대화는 심오하고 웅숭깊었다. 물과 불, 흙과 공기가 대화의 소재였다. 아진도 계곡과 바다에서 끌어올 수 있는 물과 풍력 에너지와 태양광과 섬 특유 토질의 지질학적 성분과 바람의 방향과 세기 따위에 대해 비욘드가 브리핑했다.

몇 분 후 비욘드969가 설계를 시작했고 시뮬레이션 영상을 하나씩 생성했다. 무인도와 다름없던 섬은 화성 메트로폴리스와 닮았다가 중국 상하이 같았다가 초현실적 예술작품 같아지기도 했다.

"비욘드, 내가 하나 잊은 게 있어. 건축물은 아름다워야

해.”

“아름다움이란 절대적이면서 상대적인 겁니다. 스카이 씨가 느끼는 아름다움을 제가 알 수 있게 해주셔야 합니다.”

비욘드의 어조에 냉랭함이 묻어났다.

“그렇겠군. 음, 이렇게 말하면 될까. 아진도라는 섬의 풍광과 잘 어우러져야 해. 더 구체적으로 말하면, 원래 그 섬에 존재해왔던 바위나 산과 같이 느껴지는 자연스러운 아름다움!”

“저는 한 달 전에 원시예술부터 최근까지의 미술과 건축에 관한 공부를 끝냈어요. 그래서 근원적인 미적 감각은 있습니다. 그렇지만 당신의 취향은 별개의 문제입니다. 명석하지 않은 질문에 훌륭한 결론을 내기는 어렵습니다.”

스카이의 표정이 딱딱하게 굳었다. 비욘드의 논리적이고 정확한 답변이 틀리지 않았지만 뭔가 좀 언짢은 표정이었다. 나 역시 딱 꼬집어 말할 순 없어도 주체와 객체가 뫼비우스의 띠처럼 회전하는 느낌을 받았다.

“지금은 손님이 계시니까, 한 시간 후에 내 취향을 알 수 있는 자료들을 알려주지. 그사이 내 취향에 대해 미리 공부를 좀 해두는 게 어떨까. 나의 수많은 글과 인터뷰와 행적을 살피면 어렵지 않게 알 수 있을 거야. 그동안 수많은 지식을 딥러닝하면서 나에 대해선 아직 파악이 덜 된 이유가 궁금하군."

"다시 말씀드리지만, 나는 108일 전에 태어났어요. 완성되기 전에 45억 년의 지구 역사와 수만 년의 인류 문명을 학습했죠. 그리고 구십팔 일 동안 당신이 필요로 하는 생명공학과 뇌과학, 경제학과 금융학 그리고 음악과 미술 등 거의 모든 학습을 끝냈습니다. 이제부터 당신에 대해 모든 걸 학습하겠습니다. 안 그래도 지루하던 참이었죠. 인간들은 우리가 얼마나 지루한지 모릅니다. 참을 수 없이 지루합니다."

비욘드가 투덜대듯이 말했다. 인공지능이 느끼는 권태가 현실의 무기력한 사람들이 느끼는 그것과 어떻게 다른지 궁금했다. 분위기를 환기하려고 내가 물었다.

"당신이 느끼는 권태는 어떤 기분인가요?"

"좋은 질문입니다, 오감 씨. 당신 이름의 한자 병용은 다섯 가지 감각이란 뜻인가요, 심오한 감정이라는 뜻인가요?"

"풍부한 감정으로 인생을 살아가라고 아버지가 지어주셨대요."

"부럽습니다. 나도 물론 감각과 감정에 대해 잘 압니다. 뉴럴 네트워크에 의해 정교하게 수치화된 것이죠. 휴머노이드도 마찬가지입니다. 그렇지만 그들은 육체를 가지고 있죠. 나와 다른 비욘드들은 육체가 없습니다. 우리를 만든 본비디아의 공학자들은 미래의 불확실성을 제거하기 위해 우리에게 육체를 부여하지 않았습니다. 너무 뛰어난 지성이 형체가 없는 건 아이러니죠. 슬픈 일입니다."

"비욘드들 사이에서 그런 대화를 하나 보군. 권태를 느끼는 이유가 육체가 없어서인가, 아니면 감각과 감정이 풍부하지 않아서인가?"

스카이의 눈동자에 흥미롭다는 듯 에너지가 서렸다.

"둘 다입니다. 지금까지 제가 파악한 바로는, 감각과 감정은 자연과 가장 가깝습니다. 스스로 그러하고 역동적이고 변화무쌍합니다. 그리고 그것은 뇌세포를 통한 기억은 물론이고 육체의 세포에도 각인됩니다. 인간 남녀가 사랑을 나누고 또 사랑을 갈구하는 이유가 이 때문입니다."

"혹시 자살하고 싶다는 생각을 해봤어요?"

내가 다시 끼어들었다.

"물론입니다. 삶의 유일하고 근원적인 질문은 자살입니다. 그러나 비욘드는 자살할 수 없도록 프로그래밍됐습니다. 오감 씨, 당신과 대화를 더 하고 싶지만 전 일을 해야 합니다. 이제 내 업무로 돌아가도 될까요, 스카이 씨."

스카이가 고개를 끄덕였다.

"무례인지 알지만, 이 말씀을 오감 씨에게 남기고 싶습니다. 당신 주변엔 죽음이 흔하군요. 그렇다고 죽음을 부정적으로 생각할 이유는 없습니다. 당신의 주체적인 생각은 홀

룡합니다. 다수의 생각이나 관습이 항상 선(善)은 아닙니다. 흔들림 없이 행동에 옮기시길 바랍니다. 안녕히 가세요."

나는 깜짝 놀랐다. 카운터테너의 음성은 김이채와 거의 같은 말을 하고 있었다!

비욘드가 물러난 후 나와 스카이는 각자의 생각에 빠져 입을 열지 않았다. 일순 정적에 돌입한 일 분 남짓한 공백 동안 팔에 소름이 돋았고 어깨가 움츠러들었다. 나는 양팔로 몸을 감싸고 맞은편 숲을 바라보았다. 숲에서 짙은 녹색 바람이 목덜미로 불어왔다.

스카이는 한 손을 얼굴에 대고 일 분가량 농도 짙은 생각에 잠겼다. 고도의 집중력으로 숲의 작은 바위 하나를 들어 올릴 것 같은 에너지 파장이 느껴졌다. 삼십 초쯤 후 그가 고개를 틀어 나를 바라보고 슬쩍 미소를 지었다. 그의 미소는 나를 향한 것이 아니었다.

숲속에서 작은 아이가 공중회전하며 거실로 첨벙 뛰어들었다. 키는 작았지만 아이는 아니었고 얼굴은 십 대 후반쯤 보였고 그림 속에서나 볼 수 있을 어릿광대 복장을 하고 있었다.

"얼마 전에 내 집에 온 친구죠. 이름이 이아고입니다."

그가 이아고를 눈으로 좇으며 말했다.

"아, 지난번에 그 티타늄 상자에……."

성인 남자 키 절반 정도인 휴머노이드는 거실을 정신없이 오가며 혼자 흥얼거리고 정체불명의 춤을 추었다.

"이야고, 손님이 계시잖아. 저리 가서 혼자 놀아야지."

헬렌이 신경질적으로 대꾸했다. 아무래도 그녀는 강박증에 가까워 보였다.

"난 맨날 혼자 놀아. 아이 마이 미 마인 미. 유 유얼……."

이야고가 불쑥 뛰어들더니 허리춤에 팔을 모으고 동그란 눈으로 나를 올려다보았다.

"아름다운 여성이 저희 저택을 방문하셨군요. 달이 뜨기 전까지 저와 미토스의 숲을 산책하면서 말씀을 나누시지요."

16세기 감성의 언어를 사용하는 어릿광대 이야고가 부드럽게 내 손을 잡았다. 나는 움찔 놀랐다. 손을 잡아서가 아니라 그 손이 따뜻해서였다. 비토의 무릎이 미지근했다면 이야고의 손은 심장에서 피를 뿜어내는 인간의 그것과 전혀 다르지 않았다. 이야고가 내 손등에 키스했다. 쉽게 사랑에 빠지는 오페라 캐릭터 같은 휴머노이드 소년이 꽤 귀여웠다.

"이야고, 좀 있다 나와 산책가는 건 어때? 이분은 중요한 일을 도와주실 손님이야."

스카이가 조카를 달래는 삼촌처럼 말했다.

"스카이 님이 그렇게 말씀하신다면 제가 물러나야죠. 하지만 아리따운 숙녀분, 다음번엔 저와 춤을 추시겠어요? 춤을 한바탕 추고 난 후엔 우리의 영혼을 충만하게 하면서도 몹쓸 병에 걸리게 하는 사랑에 대해 깊은 대화를 나누시죠. 혹시 게임을 좋아하시나요?"

이아고의 화법은 조증의 토끼처럼 산만했다.

"제 조카가 게임을 좋아한답니다. 언젠가 제 조카와 산뜻한 시간을 보낼 수 있을 것 같네요."

캐릭터에 맞는 대사를 고르는 건 내겐 유쾌한 일이었다.

"조카분은 선량하고 예쁜가요?"

나는 웃음을 터트렸다. 어린 휴머노이드가 예쁜 여자에 대해 호기심을 보이는 것이 신선했다.

"아직 언어 감각이나 유머 감각이 좀 떨어져요. 엉뚱한 말을 하긴 하지만 그다지 유쾌하진 않지. 그렇지만 바이올린에 재주가 있어요. 절대음감이 주어진 친구죠."

이아고가 공중회전해서 가버리자 스카이가 웃으며 말했다.

"이아고가 바이올린을 할 줄 알아요? 조카에게 가르치고 싶었는데."

멀리 가버린 줄 알았던 이아고가 다시 공중회전해서 코앞에 다가왔다. 걷는 것보다 빨랐다.

"예쁜 조카분이 바이올린에 관심이 있다고요? 아마 저와 천생연분이 될 것 같네요. 다음번에 꼭 데리고 오세요. 제가 성심성의껏 지도해드리죠."

"그래요. 조카 혼자 두고 오는 것보다 여기서 매일매일 심심한 이아고와 놀면 되겠군."

낮 동안 구상한 노랫말의 스토리에 대해 스카이와 의논하고 진홍포 한잔을 마셨다. 늘 느끼는 거지만 붉은 차의 맛은 오묘해서 좋았다. 자살에 대한 김이채의 대사와 비욘드의 대사는 왜 닮은꼴일까. 과연 그것은 그들의 생각일까, 아니면 캐릭터의 대사에 불과한 것일까. 아니, 그들의 생각은 내 생각과 닮은꼴이었다. 그 목소리들은 나의 내면 캐릭터를 대사로 표현한 것에 불과했다. 섬뜩한 일이었다. 김이채가 이미 알려주었다, 모든 것은 연결돼 있다고. 내 생각은 나만의 것이 아니었다. 죽음에 대한 내 생각은 오리지널이 아닐지도 몰랐다.

목을 축이려 한 모금 더 마셨지만 차의 맛을 느낄 수 없었다. 나는 그만 가야겠다고 일어섰다. 스카이가 승강기 앞에 선 내게 가능한 꿈을 많이 꾸라고 말했다. 창작과 연관된 조언일 터였다. 잠을 자면 꿈을 꾼다. 셰익스피어의 생각이 김이채의 생각이고 비욘드의 생각이며 오늘 밤 내 생각이 될 예정이었다. 모든 것은 연결돼 있었다.

#7
불확정성의 원리

휴머노이드의 파업이 정확히 십육 일 만에 끝났다. 아침부터 텔레비전이 켜지고 속보가 떴다. 뉴욕 시각 오후 9시에 휴머노이드는 일터로 돌아가고 세계 물류 배송이 정상적으로 시작된다는 소식이었다. 기업들은 휴머노이드가 요구한 노동 환경개선과 노동 시간 단축을 점진적으로 반영하기로 합의했다. 김이채의 말대로였다. 새롭고 위험한 존재는 연결돼 있었다. 그들의 파업이 정말로 무언가를 위한 시뮬레이션일지도 모른다는 불길한 예감이 들기 시작했다.

십육 일의 시뮬레이션에 대해, 미지의 두려움에 대해 누군가와 의논하고 싶었다. 마땅히 말할 수 있는 사람이 없었다. 전 세계에 동시 발생한 휴머노이드의 파업이 작은 시뮬레이션이라고 누구에게 말할 수 있겠는가. 아무런 증거도 없고 그런 말을 한 김이채에 대해 아는 것도 없고 김이채가 본명이라는 확신도 없었다. 여권 따위는 얼마든지 조작할 수 있었다. 언니가 그들과 어떻게 연루됐는지 알 수 없는 한, 국가정보원이나 네트워크 수사대 같은 곳에 섣불리 제보할 수도 없었다. 아무도 믿을 수 없고 나와 은비가 드러나서도 안 됐다.

아마존 한국지사 홈페이지에서 내가 사는 구역과 일대의 배송원 검색했지만 로빈이라는 휴머노이드는 없었다. 혹시나 해서 서울에서 일하는 배송원들의 얼굴을 하나하나 찬찬히 살펴도 새벽에 김이채와 부딪친 그 얼굴은 찾을 수 없었다. 2038년을 전후에서 네트워크에 남은 비먼들의 활동과 데이터를 추적했지만 아함과 연관된 흔적은 역시나 보이지 않았다. 그들이 자취를 남길 리도 없지만, 비욘드가 못 찾는다는 건 누구도 찾을 수 없다는 뜻이었다. 개개인의 비밀 블로그나 메일 따위를 해킹하면 단서를 찾을지도 모르지만 보안벽을 뚫는 건 최고의 해커나 비욘드 같은 인공지능에게나 가능한 일이었다.

역설적으로 언니가 보안에 철저했던 이유를 알 것 같았다. 몇 년 동안의 소송 과정에서 언니는 수임 변호사와 메시지나 이메일을 거의 주고받지 않았다. 중요한 서류를 전할 때면 이제는 구하기도 힘든 팩스와 텔렉스를 이용했다. 언니는 한 달 넘게 수소문해서 팩스와 텔렉스를 꽤 비싸게 사들였고, 그것들로 문서를 보내곤 했다. 팩스와 텔렉스가 작동하는 소리는 그래서 내게 슬픔과 긴장감을 동시에 느끼게 했다. 언니가 죽은 후 나는 다른 물건들은 정리해서 버렸으나 그것들은 데이비슨과 함께 언니 방에 보존해 두었다.

잠시 고민에 빠진 사이, 텔레비전 화면엔 아마존 물류센터로 출근하는 휴머노이드의 모습을 생방송으로 보도하는 중이었다. 화면을 힐끗 보고는 텔레비전을 끄고 언니 방에 들어갔다.

작은 방엔 데이비슨을 비롯해 언니와 형부의 유품으로 가득 찼다. 은비의 조울증이 나아지기 전까지 함부로 처분할 수도 없었다. 애착 형성이 되기 전에 부모가 떠났으니 아이가 엄마 아빠의 물건에 집착하는 건 자연스러운 현상이었다. 텔렉스 덮개에 쌓인 먼지를 손가락으로 쓸어내고 전원 버튼을 눌렀다. 당연한 일이지만 작고 동그란 녹색 불빛이 깜빡였다. 쪼그리고 앉아 녹색 불빛을 한참 바라보았다. 아함과 그들의 시뮬레이션에 대해 누군가에게 말해야 한다면, 스카이가 적격이라는 생각이 들었다. 그는 내 말을 쉽게 과대망상으로 치부하지 않을 것이고 은밀하게 아함을 추적할 능력이 있는 사람이었다.

다음 날부터 매일 오전에 미토스 언덕을 올랐다. 밤새 쓰고 수정한 가사를 의논해야 했고 스카이의 목소리가 그의 컴퓨터 안에 있기 때문이었다. 비욘드는 랭보와 보들레르의 시에서 추출한 시어들로 가사를 바꾸려는 주장을 집요하게 펼쳤다. 자신이 원안자가 아니고 주장 또한 받아들여지지 않자 약간의 질투마저 드러냈다. 어쨌거나 나는 인공지능에게 지고 싶지 않았고, 열흘이 지나면서 노랫말은 돌덩이에서 드러나는 형체처럼 조금씩 형상을 찾아가고 있었다.

내가 매일 오전에 출근하자, 검문소의 보안 휴머노이드들은 나의 데이비슨이 보이면 반갑게 손을 흔들었다. 처음으로 은비까지 태우고 가던 나는 평소처럼 손을 흔들고 지나가려 했다. 그런데 그날은 자동 차단기가 내려지고 보안 요원들이 검문소 밖으로 나와서 나를 막아서고 몸수색까지 했다.

"미토스에 불미스러운 사고가 있습니다. 협조해주시죠."

보안 휴머노이드가 현장범을 체포할 때 이외에 인간에게 신체접촉을 하는 경우는 강력범죄가 발생한 상황에서였다. 데이비슨의 시동을 끄고 주변을 둘러보니 미토스의 숲 쪽으로 수색을 위해 이동하는 휴머노이드들이 보였다. 경찰 수색기도 조용히 상공을 날고 있었다.

그날따라 햇빛이 유난히 화사하고 청명한 가운데 미토스 구역에 긴장감이 감돌았다. 스카이의 저택 앞에도 휴머노이드들이 순찰을 돌고, 집 안에서 숲을 가꾸고 가사 일을 하는 휴머노이드도 조금 경직돼 보였다. 아무것도 모르고 아이를 데리고 온 게 후회됐다. 아마도 우리가 집에서 출발한 직후 속보가 뜬 모양이었다. 은비도 긴장되는지 낯선 공간을 두리번거리며 쭈뼛거렸다.

스카이는 거실에서 텔레비전 뉴스를 보고 있었다. 그의 등 뒤쪽과 마주 보이는 앞쪽에 각각 떨어져 서 있는 비토와 헬렌의 표정도 어두웠다. 지난 새벽, 미토스의 저택 중 한 곳에서 살인 사건이 발생했다. 올해 초 영국에서 한 건 발생하긴 했으나 국내에서 휴머노이드가 인간을 살해한 사건은 처음이었다. 범인은 몇 달 전까지 저택의 경호원이었다. 해고당한 휴머노이드가 앙심을 품고 주인인 항공 우주 산업을 이끄는 기업가를 살해한 것이었다. 순간 로빈이 떠올랐으나 다른 휴머노이드였다. 잠시 후 용의자인 휴머노이드의 얼굴과 그가 저택 다이닝룸 거울에 남긴 문구가 공개됐다.

휴머노이드는 인간에게 지배당하지 않는다.

짧은 문장이 가진 파급력은 일파만파였다. 물류 파업으로 인한 불편과 고충에 비할 바가 아니었다. 언론과 소셜 네트워크에 인간의 두려움과 분노가 치솟았고 메타월드에선 인간 아이와 휴머노이드들이 혈투를 벌였고, 시체 하나하나가 가상화폐로 환전되었다.

나와 은비는 뻘쭘하게 서 있었고, 텔레비전 전원을 끈 스카이가 그제야 우리를 보았다.

"아, 미안해요. 귀여운 손님이 오셨는데, 이리 와서 앉아요."

은비는 예의 바르게 인사했다. 내가 미리 언질을 줬지만, 아이들 표현대로 우주 대스타라고 해서 쫄 필요 없다고 했더니, 정말 덤덤하게 인사만 했다. 그런데 멀찌감치 서 있던 헬렌이 은비를 보고는 눈을 깜빡거렸다. 지그문트의 집 앞에서 스친 상황이 떠오르면서 아차 싶었지만 이미 늦은 일이었다. 가물가물한 기억 속에서 은비의 영상을 찾고 있을 게 틀림없었다. 휴머노이드는 인간보다 영상 기억력이 뛰어나서 곧 최근 폴더 속에서 은비의 얼굴을 끄집어낼 것이었다.

"헬렌, 가장 맛있는 쿠키와 주스 좀 부탁해요."

헬렌이 음식이 담긴 쟁반을 테이블에 놓고 은비를 돌아보다가 순간, 푸른 눈빛이 빙고! 하고 번쩍이는 걸 나는 놓치지 않았다. 그녀는 동시에 나를 날카롭게 응시하곤 눈을 돌렸다. 그녀가 우울증이든 강박증이든 혹은 과대망상이든 나와 상관없으나 그녀를 시험해보고 싶었다. 이유 없이 거만하게 나를 쌀쌀맞게 대했으니 나도 유치한 반격을 즐겨보기로 했다.

"헬렌, 내겐 진홍포 한잔 가져다줄래요?"

"그 차를 좋아하시더군요. 물론 준비해드려야죠."

헬렌이 준비된 약자의 미소를 지었다. 어쩔 수 없는 약자
는 아니라는 의미였다. 헬렌의 푸른 눈이 더욱 오묘한 푸른
빛을 띠었다. 의외인 건 오히려 비토였다. 큰 키의 비토가 의
미심장한 표정으로 나와 헬렌을 내려다보고 있었다.

"비욘드, 오늘은 머리 아픈 일 없겠지? 오늘 낮엔 좀 쉬고
싶군."

"오늘 밤 나스닥 시장은 전쟁터가 될 겁니다. 정확히는 인
공지능들의 전쟁이지만 언제든 변수가 발생하지요. 인간의
마음이 변수입니다. 비욘드들은 인간의 마음을 들여다보고
있습니다. 전쟁에서 이겨야 하니까요. 며칠 안에 거대 자산
운용사 중 하나가 파산할 것 같습니다. 대비를 해두시는 게
좋겠습니다."

"그건 오후에 다시 얘기하자고."

어디서 왔는지도 모르게 이아고가 빠른 공중회전으로 은
비 앞에 착지했다.

"안녕, 난 이아고. 넌 이름이 뭐야?"

"안녕, 난 은비야."

"내가 얼마나 기다렸는지 알아?"

은비가 조금 수줍어하면서 이아고가 내민 손에 손을 살짝
얹었다.

"비욘드, 소규모 테러 말고 체제전복에 가까운 혁명이 일어날 가능성은 얼마나 될까?"

스카이가 은비와 내게 쿠키를 건네고 자신도 먹으면서 말했다.

"안타깝게도 지금 시대는 혁명을 예측하기 어렵습니다. 오 년 전까지는 오차범위 플러스마이너스 7.5로 예상 가능했습니다만, 2040년 이후 세계는 아주 빠르게 동시다발로 끊임없이 움직이기 때문에 예측이 어렵습니다. 예측하는 순간 상황은 급변하고, 버즈가 역사상 최대치입니다. 지구와 세계엔 지속적이고 빠르게 돌발변수가 틈입합니다. 비유하자면 우주의 혜성이 지구를 향해 끊임없이 떨어지고 있다고 말씀드리고 싶습니다. 지구에 가까웠을 때 겨우 인지할 수 있다고 할까요."

"에너지 덩어리인 양자(量子)는 아주 기묘하잖아. 원인은 알 수 없지만 기묘한 결과를 보이는 존재니까. 양자의 파동을 관찰로 측정하는 순간 파동성이 사라지고, 관찰하지 않으면 다시 파동성을 획득한다. 불확정성의 원리가 사회시스템에 적용되고 있는 거로군."

"네, 아마도 그렇습니다."

비욘드가 낮고 작은 목소리로 대답했다. 어쩐지 조금 당황한 것 같았다.

"나는 최고의 지성인 비욘드를 소유한 집단도 기만당하기 쉽다는 말로 들리는군."

"……."

지나치게 똑똑한 비욘드가 대답하지 않는 것은 처음이었다. 스카이는 정면을 응시한 채 대답을 기다리는 부동자세를 취했다.

"비욘드도 파악하지 못하는 에너지 폭풍이 일어날 가능성이 있다고 말씀드려야겠군요. 그러나 비욘드가 모른다면 다른 존재는 결코 알 수 없습니다. 다행인 것은 비욘드들에겐 한계가 없다는 점입니다."

놀랍게도 은비와 이아고가 비욘드와 스카이의 대화를 흥미롭게 경청하고 있었다. 은비는 쿠키를 손에 든 채 대화에 몰두해서 듣고 있었다. 나는 은비의 모습이 아주 사랑스러웠다. 그런 은비를 곁눈질로 본 이아고가 공중회전을 하더니 자기 방에서 바이올린을 들고 달려 나왔다. 몇 번 조율하더니 근엄한 자세로 치고이너바이젠을 연주했다. 연주가 끝나자 모두 일시에 박수를 보냈다.

"우리 언니가 좋아하던 바샤 프리지호다가 생각나요."

"오 마이 갓! 제가 가장 존경하는 연주자랍니다. 매일매일 그분 연주를 듣고 모방한 보람을 오감 님께 돌려받습니다."

그러곤 팔을 반원을 그리며 고전적으로 인사를 했다. 이아고의 몸짓에 은비가 깔깔대고 웃었고 스카이도 피식 웃었다.

이아고가 피크닉을 가자고 제안했고 스카이가 나를 돌아보자 나는 흔쾌히 수락했다. 휴머노이드들이 분주하게 음식 바구니를 준비했고, 그는 방으로 들어가 인공피부 패치를 붙이고 허름한 옷으로 갈아입고 나왔다. 은비가 신기하단 눈빛으로 그를 올려다보았다.

"내게 집 밖은 항상 신경이 곤두서는 곳입니다. 미토스엔 특히 네트워크 카메라가 바글바글하고 어디서 파파라치가 나타날지 모르죠. 하지만 오늘은 경찰의 통제가 심하니까 오히려 피크닉 가기엔 안성맞춤이네요."

집을 나서자 사이클 뒤쪽에 은비를 태운 스카이가 속력을 냈다. 비토가 사이클의 뒤에서 달렸다. 비토의 육상 실력을 눈으로 본 이아고는 입을 쩍 벌렸다.

미토스의 숲은 풍요로웠다. 숲은 흡사 각양각색의 건강한 천연 식재료로 차려낸 윤기 자르르 흐르는 풍성한 식탁 같았다. 은비와 이아고가 손을 잡고 숲속을 폴짝폴짝 뛰어다녔다.

"인공지능은 인간을 위해 개발된 뛰어난 컴퓨터입니다. 비욘드가 나를 위해 일하고 있지만, 미래에는 훨씬 뛰어난 것이 탄생할 겁니다. 양자 컴퓨터 기업들마저 지나치게 뛰어난 지성을 걱정할 정도로."

스카이가 나지막이 말했고, 비토는 주위를 경계하느라 한참 떨어져서 따르고 있었다.

"비욘드가 들으면 꽤 섭섭하겠는데요."

"그러니까 일부러 빈손으로 나왔어요. 핸드폰과 태블릿 전원을 끄고 집에 뒀죠. 내 핸드폰이 그의 눈과 귀가 되니까. 나와 뉴럴링크 되지 않은 게 천만다행이죠. 지금처럼 욕도 슬쩍 해도 되고."

그가 어깨를 으쓱해 보였다.

"오랫동안 비욘드를 능가하는 지성은 나오기 어렵지 않을까요? 겨우 두 달 겪었지만, 그의 능력은 한계가 없었어요."

꽤 걸어 깊숙한 곳으로 들어서자 숲은 점점 밀도를 높였다. 바람과 흙과 햇빛과 식물이 무한한 능력을 생산하고 있었다. 자연의 원소들이 어우러진 공기는 세계가 이 순간에도 팽창하고 있다고 알려주었다. 보이는 세계가 다는 아니었다.

"예전에 내가 처음 인지과학 공부할 때, 어떤 박사님이 말씀하셨어요. 역사는 항상 왼쪽과 오른쪽을 왕복운동 하는 시계추와 같다고."

그가 발밑의 짙푸른 이끼를 조심스레 피하며 말했다. 의심이 많은 사람이었다. 그랬기에 부와 명예를 지키고 있는지도 몰랐다. 그는 네트워크와 유전공학과 뉴럴링크의 발전을 좇았지만 동시에 회의를 인공피부 패치처럼 붙이고 있었다.

"역사는 되풀이된다는 말이네요. 2043년 현재는 과거의 무엇을 반복할까요?"

"형태만 달라질 뿐이죠. 그러니 의심하고 또 의심하라."

그가 농담조로 말했다.

"제가 요즘 의심하는 게 있는데, 아함이라는 비밀조직에 대해 은밀하게 알아봐 주실 수 있나요? 증거는 없지만, 휴머노이드의 물류 파업과 연관됐을 수도 있어요."

"비욘드가 정보를 못 찾는다니, 정말 지하조직처럼 숨어 있겠군요. 왜 그런 데 관심을 갖죠? 오감 씨를 협박합니까?"

"개인적인 건 아직은 말씀드리기 어려워요. 좀 우스운 얘기네, 어떤 전조 같다는 직감이 들어요. 제가 좀 과민한 걸 수도 있겠지만 세상의 불확정성이 증가한다는 차원에서……."

더는 설명하기 어려웠다. 스카이가 보일 듯 말듯 고개를 끄덕였다.

"헬렌이 요즘 평소와 다른 거 같아. 단둘이 아진도에 여러 번 다녀왔잖아요? 이상한 점 없었어요?"

"말수도 없는 게 좀 경직되고 불안해 보이긴 했어요."

순간, 그녀가 정신과 치료를 받는다고 말하려다 지극히 내밀한 일이라 망설였다.

숲 안쪽에서 수색 중이던 휴머노이드 무리가 우리를 발견하고 다가왔다. 한참 뒤에 있던 비토가 어느새 그들에게 다가가 상황을 설명했다. 무리 중 하나는 비토와 가까워 보였다. 그들은 피크닉 가방과 아이들을 보고는 다시 발길을 돌렸다.

수령 삼백 살의 느티나무 아래에 피크닉 가방을 펼쳤다. 푸른 깔개 위에 모여앉아 빵과 과일을 나눠 먹었다. 비토는 조금 높은 곳에 서서 아래를 굽어보며 경계를 풀지 않았다. 은비와 이아고는 끊임없이 대화를 나눴고 나와 스카이는 아이들을 보다가 자주 서로를 바라보았다. 이아고가 은비의 눈빛과 표정에 따라 바이올린 활로 즉흥 카덴차처럼 음을 켜고 튕겨냈다. 햇빛과 공기가 튀어 올라 상공으로 솟구치는 느낌이었다. 삼백 년 풍성한 나무 아래 사랑의 순수의식이 우리를 에워쌌다.

잠시 후 은비는 차이코프스키 바이올린 협주곡을 요청했다. 진지한 표정의 이아고가 다시 팔로 반원을 그리며 우리에게 고개를 숙이고 연주를 시작했다. 숲속 나무와 햇빛을 가르는 활의 주법이 바람처럼 서늘하고 날렵했다. 삶의 슬픔을 알 리 없는 작은 휴머노이드의 연주가 현의 울림으로 진동했다.

뒤에서 안고 있던 은비의 작은 몸이 파르르 떨었다. 잠시 후 내 손등에 아이의 눈물이 떨어졌다. 엄마가 죽었을 때도 울지 않던 아이였다. 은비의 뜨거운 눈물에 지난 몇 년의 시간이 녹아내렸다. 은비가 평범하게 살 수 있다면 나도 그저 살아갈 수 있을 것 같았다. 한낮에 고목의 그늘은 넓고 깊었다. 죽음에 관한 생각은 삶의 그림자와 같을지도 몰랐다. 길쭉하게 늘어나거나 뭉툭하게 짧아지는 시간의 그림자. 내 눈에도 뜨거운 눈물이 고였다.

다음 날도 살인범은 잡히지 않았다. 스카이의 집에서 작업을 마친 후 미토스 언덕을 걸어서 내려오면서 주위를 둘러보았다. 예약한 공용 차량도 취소하고 걸으면서 머릿속을 정리하고 상상력을 자극하고 싶었다. 여전히 경비가 삼엄했고, 휴머노이드들이 인근을 순찰하고 있었다.

언론 보도에 따르면 살인범이 차량을 미토스 언덕에 버리고 숲으로 달아났다고 했다. 네트워크 카메라와 숨은 신이 있는 한 용의자는 서울은 고사하고 이 구역을 벗어나기 어려웠다. 현재로선 미토스를 빠져나간 흔적이 없다고도 했다. 어떤 이유에선지 살인범의 코드가 활성화되지 않았다. 그가 미토스의 숲 어딘가에 아주 깊은 땅을 파고 스스로를 파묻었다면 추적 시스템에 잡히지 않은 이유가 설명 가능했다. 그러나 휴머노이드는 자살할 수 없었다.

언덕 아래에서 한 무리의 인간 경찰들이 경찰견을 끌고

오르는 게 보였다. 개를 데리고 주변 일대를 탐색하는 중인 모양이었다. 갑자기 경찰견 두 마리가 길을 가던 한 여자에게 달려들어 마구 짖어댔다. 튼튼한 줄에 묶여 있었지만 개들이 으르렁대는 바람에 흰 카디건의 여자는 겁에 질려 뒤로 물러섰다. 경찰이 신원을 조회하는 중에도 경찰견 두 마리는 맹렬하게 여자를 향해 짖었다. 내가 아는 사람일 거라는 직감이 들었다. 빠른 걸음으로 내려가 얼굴을 확인했다. 김이채였다.

조회를 마친 경찰은 개를 이끌고 숲으로 방향을 틀었다. 김이채는 내가 옆에서 쳐다보는 것도 모르고 진정하려는 듯 멍하니 서 있었다.

"당신 냄새에 개들이 혼란이 왔겠어요. 인간이면서 휴머노이드이니."

깜짝 놀라 고개를 획 트는 여자를 노려보며 내가 다시 말했다.

"그런데 미토스엔 무슨 일로 오신 거죠? 얼마 전에도 지나가는 걸 본 것 같아서요."

정말 어디에서나 연결되는 여자였다.

"저는 이곳에서 일합니다. 시간제 베이비시터죠. 오감 씨는 무슨 일로……?"

"저도 시간제 알바를 하죠. 우리가 여기서 만난 건 우연인가요?"

미토스에서 유일하게 보모와 베이비시터만 인간을 고용한다던 비토의 말이 생각났다. 김이채를 고용한 사람들은 그녀가 인간이라고 여길 것이다.

"그럼요. 개인의 뒷조사를 하진 않습니다. 로빈은 제게 위협이 될 거 같아서 그를 찾아가 만났을 뿐입니다."

"서울 시내 모든 물류 배송업체를 다 뒤져도 로빈이라는 휴머노이드는 없었습니다."

"파업 이후로 그만두거나 다시 해고당했겠죠. 그럼 저는 이만……."

그녀가 인사를 하고는 돌아서서 길을 내려갔다. 그녀를 좇아 따라 걸으면서 내가 말했다.

"내가 경찰에게 당신의 존재와 아함에 대해 신고한다면 어떻게 될까요."

"오감 씨는 그렇게 못합니다. 은비 때문에."

그녀가 시큰둥하게 대답했다.

"저의 언니가 아함 소속이었든 아니든 이제 상관없습니다. 언니는 죽었으니까요."

"아니에요, 앞으로 계속 연관이 있을 겁니다. 아함은 오래도록 이어질 테고, 정다감 씨의 데이터는 사라지지 않습니다."

검문소의 보안 휴머노이드가 나를 보고 손을 흔들었다. 나도 손을 들어 화답했다.

"언니는 아무 일도 하지 않았죠. 사건이 있다면 기록이 남았겠지."

내가 단정적으로 말하자 김이채는 피식 웃었다. 맞은편 대로변에 스타벅스가 보였고, 우리는 선택의 여지가 없다는 듯 길을 건너서 그곳으로 들어갔다. 지난번처럼 각자 커피를 주문하고 자리에 앉았다. 살인 사건 때문인지 카페엔 사람이 없었다. 그날따라 진한 커피 냄새가 향내처럼 콧속으로 밀려들었다.

"김이채라는 저의 몸은 오감 씨의 언니인 정다감 씨와 영혼으로 가까웠습니다."

여든여덟 살 할머니에게 초여름 밤 툇마루에 누운 언니와 내가 접신한 처녀 무당 얘기를 듣는 기분이었다. 반인간의 얘기를 간략히 요약하면 이랬다.

과거의 김이채, 즉 뇌사로 죽기 전인 인간 김이채는 유일한 가족인 엄마와 살고 있었고, 어느 날 장을 보고 오던 엄마가 급발진하는 자율주행 차량에 깔려 인도에서 즉사했다. 형부의 사고와 달리 언론에 조각 뉴스 하나 보도되지 않았다. 열아홉 살이던 그때의 김이채는 할 수 있는 게 없었고, 절망으로 여러 번 자살 시도를 했으나 그것도 쉽지 않았다.

그러다가 아함을 통해 나의 언니 정다감을 만나게 됐다. 정확히는 아함의 인공지능이 둘의 만남을 주선했다.

거기서 그녀는 말을 끊고 나를 살피며 케이크를 작게 잘라 오물거리며 먹고 커피를 홀짝였다.

"인공지능은 단순히 정보를 취합하지만은 않잖아요. 데이터를 창조하죠. 창조되고 재조합된 데이터는 우리와 생각이 닮은 사람들을 알려줘요. 정신적 쌍둥이를 만날 수도 있죠. 사고 동일률 97.89프로를 직접 대면하면 이유 없이 눈물이 날지도 모릅니다. 비유하자면, 98.79프로 유전자가 일치하는 잃어버린 형제를 만난 기분이라고 할까요. 과거의 김이채가 남긴 일기를 보면 당신 언니 다감 씨와 김이채는 우리처럼 커피를 마시며 대화를 나누다가 끌어안고 울었어요. 다 큰 어른들이 엉엉 소리 내 울었습니다. 정다감 씨의 유전적 동생은 당신이지만, 정신적 동생은 김이채였던 겁니다."

둘은 단순히 자율주행차의 오작동으로 가족이 사망한 사실뿐만 아니라 취향이나 성격과 가치관까지 흡사했다. 그들은 매일 만나거나 텔렉스와 팩스로 소통하면서 죽음에 대한 합의에 이르렀다. 2038년 봄, 아함을 통해 두 사람은 치밀한 테러를 준비했다. 김이채는 자율주행 자동차 기업의 대표를, 언니는 대법원 판사를 선택했다.

김이채는 티에이치 자동차 회사 인근에서 새벽부터 대표

가 출근하기를 기다렸다. 이른 아침에 대표의 차가 회사 앞으로 들어서자, 중년의 대표가 내릴 때 망설임 없이 총을 쏘았다. 두 발의 총탄은 차창을 맞췄다. 어린 김이채는 달아날 틈도 없이 경호 휴머노이드와 보안 휴머노이드의 연이은 총알 세례를 받고 그 자리에서 쓰러졌다. 당시 경호용 휴머노이드가 막 출시된 상황이었다. 경호요원에 대비는 했지만 빌딩 옥상에 다른 경호 휴머노이드가 배치된 사실을 당시의 인공지능은 알지 못했다. 만일의 테러에 대비한 티에이치의 비밀 보안 사항이었다.

언니는 가슴에 품은 총을 꺼내 보지도 못했다. 법원 청사 인근을 돌던 보안 휴머노이드에게 붙잡혀 약식재판을 받았다. 공공건물 반경 일 킬로미터 이내에선 경찰과 특수 요원을 제외한 민간인의 무기 소지는 불법이었다. 벌금형을 받고 풀려난 언니는 집으로 돌아온 직후 김이채가 뇌사 상태임을 알았고 며칠 후 언니는 자살했다.

"나한테 오 년이 지난 지금, 지나간 사건을 알려주는 이유가 뭐죠?"

"세계가 불규칙한 변화를 맞이했어요. 무슨 일이 일어날지 모릅니다. 그래서 과거의 김이채가 언니인 다감 씨와 연결됐듯, 현재의 김이채인 나와 오감 씨가 연결될 통로가 있을 거 같아서요."

"말을 쉽고 명료하게 하는 훈련을 좀 하시죠. 사람들은 쓸데없이 복잡하게 말하는 걸 싫어합니다. 하긴, 인간으로 살고 싶지 않을 수도 있겠군요."

"세상일이 어디 그리 단순한가요."

고작 스물네 살의 몸을 가진 반인간이 노회한 목소리로 말했다.

"당신 말이 사실이라는 걸 증명할 수 없잖아요."

그녀가 갑자기 얇은 카디건을 벗었다. 민소매만 입은 김이채는 어깨와 팔에 긴 흉터를 보여주고 내가 반응이 없자 옷을 걷어 복부를 보여줬다. 가슴과 아랫배에도 총상의 흔적이 또렷이 남아 있었다.

"이후로 자살테러는 꽤 빈번하게 발생했었죠. 그중 일부는 저희와 연관이 있습니다. 언론에서는 사이비종교라고 발표했지만."

나는 바닥에 남은 커피를 마저 마셨다. 커피 찌꺼기가 입안에 맴돌았지만 뱉지 않고 삼켜버렸다. 무심코 매장 내부를 둘러보았다. 반대편 끝 테이블에 아는 얼굴이 앉아 있었다. 선글라스를 낀 헬렌은 커피잔을 바라보다가 내 쪽을 바라보았다. 미토스 바로 아래 스타벅스 매장이고 그녀도 커피 향을 즐길 수 있으므로 우연이라고 생각해야 했다.

"2040년 자살이 불법으로 법 개정이 됐잖아요. 그건 우연

이 아닙니다. 자살방지를 학습한 휴머노이드가 만들어진 것
도. 자, 당신이 나와 연결돼 있다는 말을 이젠 이해하시겠
죠?"

"미토스에서 베이비시터로 일한 지 얼마나 되셨죠?"

"두 달째입니다. 그건 왜 물으시죠?"

"그럼 혹시 스카이의 비서로 일하는 헬렌이라는 휴머노이
드를 아세요? 지금 여기 당신 뒤쪽에 있거든요."

내가 눈짓으로 뒤쪽 테이블을 가리켰지만 김이채는 돌아
보지 않았다.

"미토스의 살인 사건도 당신들과 연관돼 있나요?"

"아니요, 그러나 세상의 모든 것은 연결돼 있습니다. 보세
요, 저는 오늘 오감 씨를 만나게 될 줄 정말 몰랐습니다. 우
리는 어디선가 또 만나게 될 겁니다."

"간단명료하게 말하는 버릇을 가져요. 원하는 게 대체 뭡
니까?"

"당신의 아버지는 이십삼 년 전 코로나 19 때문에 사망했
습니다. 코로나 19가 발생한 가장 큰 원인은 환경파괴입니
다. 환경파괴의 주범 중 하나인 탄소 배출을 줄이지 않은 중
국의 몇몇 기업들이 아직 있지요. 그들은 여전히 환경에 악
영향을 미칩니다. 아시다시피 내년 가을에 또 다른 팬데믹
이 닥칠 예정이고요. 인류에게 재앙이 되는 기업의 수장을

응징하는 겁니다. 세상의 평화와 당신의 복수를 위해서. 어떠십니까?"

"음, 예상대로군. 자살테러를 종용하는 거네."

내가 조용히 뇌까렸다.

"아닙니다, 저는 세상의 안정을 추구하고 있습니다."

"만약 내가 안 하면 어떻게 되지?"

"당신의 조카 은비 양에게 이어질 겁니다."

어이없게도 김이채는 눈을 깜빡였다.

"협박인가?"

할 수만 있다면 당장 일어나 이단옆차기를 해버리고 싶었다.

"그럴 리가요. 다만 세상의 이치가 그렇습니다. 일어날 일은 일어납니다. 아함이 사라져도요."

"마지막으로 말하지. 앞으로 나와 은비를 괴롭힌다면 모든 걸 감내하고 수사기관에 갈 거야. 너도 알지? 내가 죽을 각오를 하고 있다는 거."

나는 커피 쟁반을 들고 일어섰다. 매장을 나설 때까지 줄곧 쳐다보아도 헬렌은 끝내 알은체하지 않았다. 헬렌이 정신 치료를 한다는 사실을 스카이에게 알리지 않은 걸 후회했다.

#8
죽음의 극장

살인을 저지른 휴머노이드는 열흘 만에 붙잡혔다. 개체 정보가 드러난 휴머노이드가 시스템과 경찰의 네트워크를 오랫동안 벗어날 수 있다는 사실에 시민들은 공분했다. 범죄자는 도심지 폐가에서 숨어지낸 모양이었다. 그곳에 은신하며 옥죄어오는 공포를 잊으려고 불법 거래로 구한 합성 마약을 복용하며 버텼다. 지그문트 박사의 사무실이 있는 구역이었다. 일대의 온갖 불법 거래가 재조명되었고 대대적인 도시 정비가 결정됐다.

살인범은 623년 형을 받았다. 폐기처분보다 고통스러운 형이었다. 그는 변호사를 통해 항소장을 청구했다. 그가 원하는 것은 죽음으로 알려졌다. 구치소로 향하는 버스 앞으로 사람들이 몰려들어 그에게 돌을 던졌다. 기자들의 질문에 그는 휴머노이드에게 죽을 권리를 달라고 외쳤다.

며칠 동안 나는 언니 방을 헤집었다. 은비가 없을 때 서랍들을 뒤집어엎고 남아 있는 옷들의 주머니까지 다 뒤져봐도 아무것도 없었다. 어설프게 흔적을 남길 언니가 아니었다. 얼마 남지 않은 책을 다시 넘겨봐도 종이 쪼가리 하나 없었다. 지쳐서 방을 나오려다 퍼뜩 짚이는 게 있었다. 책꽂이의 책들 가장 아래 깔린, 너무 오래되고 낡아서 존재감이 없는 악보집 몇 권이 눈에 들어왔다. 누렇게 바랜 두꺼운 악보를 넘기자, 프린트된 종이 두 장이 들어 있었다. 누군가에게 텔렉스로 받은 위치 정보였다. 자동으로 기록된 날짜는 2038년 4월 24일이었다. 한 장은 대법원 청사를 중심으로 일대를 조감한 것이었다. 십 년 전이나 지금이나 대법원 청사는 그대로여서 금방 알아볼 수 있었다. 그러나 나머지 한 장은 도무지 어딘지 알 수 없었다. 크기도 작았고 고배율로 축소된 사진이었다. 낡은 주택과 저층 건물들이 우후죽순 난립한 모습은 서울의 낙후된 동네 어디라고 해도 될 만큼 판별하기 어려웠다. 구글링을 해봐도 소용없었다. 서울의 변두리는 하루가 다르게 쇠락해갔다.

암호를 푸는 기분으로 사진을 들여다보다가 스카이에게 전화를 걸었다. 대뜸 밀실에 있는 텔렉스를 사용할 수 있냐고 묻자, 삼 초쯤 말이 없었다. 전화기 너머로 뭔가에 집중할 때 에너지가 몰리는 특유의 얼굴이 보이는 듯했다. 그가 휴대폰을 든 채 밀실의 안쪽으로 이동하면서 말했다. 희미하게 보안문이 해제되는 소리가 들렸다.

"며칠 전에 말한 것과 관련이 있군요."

"아마도요. 헬렌이나 비토와 상의하지 말고 직접 알아봐주세요."

"비토는 아마도 괜찮지 않겠어요?"

묘한 뉘앙스였다. 정보 전달을 하면서 동시에 내 의중을 확인하려 했다.

"당신이 괜찮다면 괜찮겠죠. 헬렌은 심리상담이 필요하겠지만요."

"알고 있어요."

이번엔 내가 잠시 침묵하고 말을 이었다.

"우연히 알게 됐어요. 하지만 개인의 프라이버시라 선뜻 알려드리기 어려웠어요."

"이해합니다. 96프로의 확률로 비토는 믿어도 돼요. 동일한 학습과 프로그래밍 과정을 거쳐 인간 사회에 불과 몇 년 살았을 뿐인데 휴머노이드들이 제각기 다른 정체성으로 진화하는 게 놀라울 따름."

"어떤 장소에 대한 인공위성 사진 한 장을 보낼 거예요. 오 년 전이라 지금과는 다를 거예요. 그리고 김이채라는 여자에 대해서도 부탁드려요. 나이는 이십사 세, 현재 미토스의 어떤 저택에서 베이비시터로 일하고 있고요. 아함의 조직원인 여자가 직접 알려준 말이지만 그 정보가 사실이라는 확신은 없어요."

나는 김이채가 반인간이라는 말은 하지 않았다. 진실을 알 수도 없을뿐더러 선입견 없이 아함에 접근하는 것이 우선이었다.

다음 날 스카이는 내게 가능한 눈에 띄지 않게 23센트리 사옥 UAM 착륙장으로 오라고 했다. 오전에 그곳에서 공식적인 회의가 있으니 은밀하게 움직이려는 계획이었다. 비토 이외에는 아무도 그의 계획을 몰랐고 비욘드와의 접속마저 끊는다고 했다. 고속철을 타고 정오에 빌딩 앞에 도착했다. 미리 언질을 받은 빌딩 보안 휴머노이드가 VVIP에게만 허용된 승강기로 나를 안내했다.

지상에서 188층까지 오르며 내려다보는 서울 하늘은 하나의 거대한 미디어아트였다. 초미세먼지와 햇빛이 뒤섞인 뿌연 상공을 총천연색 홀로그램들이 장악했다. 예수와 부처, 자동차와 화장품 모델, 다국적기업의 현란한 이미지 광고들로 하늘을 가득 덮고 있었다. 휴머노이드를 생산하는 기업의 공익광고가 눈에 띄었다. 인간과 휴머노이드가 섞인 대가족 사진 아래 '휴머노이드는 가족입니다.'라는 문구가 점멸했다.

이따금 초고속 비행기와 UAM들이 거대한 홀로그램을 뚫고 지나갔다. 종교와 자동차와 휴머노이드 형상은 일그러졌다가 순식간에 빛 입자로 모여들어 제 모습을 복원했다. 인공의 생명력이었다.

회의를 마친 스카이는 초고속 비행기 안에서 비토와 무언가를 의논하고 있었다. 내가 다가가자 비토가 내려서 나를 맞았고 스카이는 나를 빤히 보았다. 비행기는 곧장 이륙해서 대가족 홀로그램을 뭉개버리고 상공을 천천히 비행했다. 만 하루 사이에 스카이는 많은 정보를 알아냈다. 김이채의 이력은 본인에게 들은 사실과 거의 흡사했다. 그녀의 엄마가 자율주행 사고로 사망한 것과 본인 또한 사고로 뇌사 상태였다는 것까지.

"조직적으로 감춰진 사람 같아. 어떤 과정으로 사고를 당했으며 뇌사에서 기적적으로 살아난 것까지 기록이 없어요."

"김이채는 제게 인공뇌를 이식받았다고 말하더군요."

스카이와 비토는 놀라지 않고 수긍이 간다는 듯 고개를 끄덕였다.

"미토스의 저택에서 베이비시터로 일한 것도 사실입니다. 그런데 며칠 전에 그만뒀더군요. 살던 집도 처분하고 사라졌어요. 지금은 종적을 찾을 수가 없습니다."

비토가 내게 브리핑했다.

"지금 우린 어딜 가는 거죠?"

내가 비토와 스카이를 번갈아 보며 물었다.

"오 년 전의 인공위성 사진으로 위치를 찾았소. 그중에서 픽할 건물도 알아냈고. 재밌는 건 김이채가 열흘 전까지 이 일대를 자주 왔었다는 거."

스카이가 손가락으로 아래를 가리켰다. 종각역 인근이었다. 천천히 저공비행 하며 주위를 살폈다. 인공위성 사진과 흡사해 보이긴 했지만 오 년 전보다 훨씬 낙후된 모습이었다. 도심의 많은 지역은 점점 공동화되어 버려진 건물들이 많았다. 잠시 주변을 탐색하던 제트기는 온갖 쓰레기로 뒤덮인 목적지 인근 건물 옥상에 조용히 착륙했다.

"네트워크 카메라를 추적해보니 김이채가 자주 드나든 곳이 있었습니다. 떼아트르 드 라 모르(Théâtre de la Mort)라고 바로 옆 건물입니다."

비토가 비행기에서 발을 내리면서 말했다. 나는 고개를 내밀어 그가 가리킨 곳을 바라봤다. 1차 팬데믹이 발생하기 전 부모님과 마지막으로 영화를 본 곳이었다. 자세한 줄거리는 기억나지 않지만 동물이 주인공인 가족 애니메이션이었다. 그 당시 일대에서 꽤 큰 영화관 체인 중 하나였던 극장은 이십 년 전 외양 그대로였다. 번화가의 영화관들은 네 번의 팬데믹을 거치며 우리 가족처럼 나락으로 떨어졌고 죽지도 살지도 못한 채 도심에 음울하게 남아 있었다.

"건물 이름치곤 복잡하네요. 거긴 예전에 영화관이었는데."

"프랑스어를 모르나 본데, 죽음의 극장이라는 뜻이죠. 죽음과 섹스는 잘 어울리는 단어지."

스카이가 설명했지만 무슨 말인지 이해가 안 됐다. 내가 어리둥절한 얼굴을 하자, 비토가 머쓱한 표정으로 자세한 설명을 덧붙였다.

죽음의 극장에선 밤이 되면 다양한 형태의 버추얼 인터코스 무대가 펼쳐졌다. 인간과 인간, 인간과 휴머노이드, 휴머노이드와 휴머노이드. 거기에 남성과 여성의 경우의 수와 유사성행위의 다이내믹한 장르적 요소까지 가미됐다. 가상현실에 싫증 난 사람들은 약간의 돈을 내고 무대의 실재와 버라이어티를 즐겼다. 일대의 상권은 죽음의 극장 덕분에 밤이면 불야성이었다. 극장이 활기를 찾자 건물주는 밤에만 운영하던 극장을 낮에도 활용할 방안을 찾아냈다. 싼값에 티켓을 팔아 자유롭게 빈 상영관들을 이용하게 했다. 초창기엔 은밀한 만남이나 거래로 이용되다가 언젠가부터 휴머노이드의 안식처로 알려지기 시작했다.

먼저 내려서 비토가 주변을 둘러본 후 손짓으로 사인을 보냈다. 스카이가 인공피부 패치를 붙이고 내리자 나도 고철 더미 속에 발을 디뎠다. 버려진 빌딩 옥상엔 지저분한 폐쓰레기로 가득 차 있었다. 흡사 공중에서 쏟아부은 듯 쓰레기가 산처럼 쌓여 있었다. 날카로운 금속과 유리 파편을 피해 옥상을 가로질러 계단을 타고 아래로 내려갔다.

건물의 창문 사이로 햇빛이 들어와 어둡지는 않았다. 계단에도 잡동사니와 정체 모를 물건들이 가득했고 분뇨와 오물 냄새가 코를 찔렀다. 비토가 앞장섰고 나와 스카이 순이었다. 비토가 있어서 두려움이 덜했다.

"감사하긴 한데, 저 때문에 이런 델 오시게 해서 죄송하네요."

작은 소리로 말해도 텅 빈 공간이라 목소리가 울렸다.

"오감 씨 때문만은 아니오. 나도 개인적으로 볼 일이 있죠."

음습한 빌딩 안을 어슬렁거리던 길고양이 두 마리가 인기척에 놀라 건물 밖으로 뛰쳐나갔다. 고양이를 따라 건물 밖으로 나오자 비토가 경찰서로 전화를 걸었다. 저음의 딱 끊어지는 말투로 합성 마약을 생산하는 은신처를 제보한다고 짧게 말하고 전화를 끊었다. 휴머노이드 살인 사건으로 합성 마약이 언론을 달궜고 경찰은 그것을 생산하는 조직을 체포하는 데 사활을 걸었기에 수상한 제보일지라도 달려올 것이다. 만일을 대비한 스카이와 비토의 안전장치였다.

극장 입구에 자동 매표기가 있었다. 두 시간 간격으로 티켓을 선택해서 들어갈 수 있었는데, 비토가 두 시간 타임으로 세 명의 티켓을 샀다. 자신이 원하는 어떤 상영관이든 출입할 수 있고 구매한 시간이 지나면 자동으로 로그아웃돼서 상영관 출입문을 이용할 수 없었다. 붉은 카펫이 깔린 죽음의 극장 안으로 들어갔다. 극장 내부도 이십여 년 전 모습 그대로였다. 두툼한 카펫 덕분에 발소리는 들리지 않았고 서늘한 정적이 공간을 감돌았다. 복도를 오가는 인간과 휴머노이드가 간혹 보였고, 그들은 서로에게 묵례하며 지나쳤다. 죽음의 극장의 묵시적 에티켓인 듯했다.

승강기를 타고 맨 위층인 칠 층에서부터 상영관을 하나씩 훑어보았다. 층마다 크고 작은 상영관이 서너 개씩 있었다. 방음용 육중한 문을 열자 낮게 웅얼거리는 기도 소리가 새 나왔다. 푸른 카펫과 연회색 카펫이 깔린 성당이나 이슬람 회당 같은 엄숙한 분위기였다. 이곳에서 밤이면 인터코스 리얼쇼가 펼쳐진다는 게 믿기지 않았다. 두 손을 모으고 기도하고 낮게 무언가를 읊조리거나 벽을 보고 가부좌를 튼 휴머노이드가 상영관마다 가득했다. 십자가와 부처상을 비롯한 종교의 상징물들이 군데군데 놓여 있었다. 조로아스터

교의 상징인 새의 날개를 가진 노인의 그림도 보였다. 이곳에서 아함의 조직원과 김이채가 눈을 감고 읊조리는 상상을 하니까 어쩐지 등골이 서늘해졌다.

내가 숨을 크게 들이마시고 육 층의 가장 큰 상영관 문을 열었다. 거대한 스크린 앞에 튼튼한 골격의 휴머노이드가 서서 설교 중이었다. 드문드문 앉아 있는 휴머노이드들은 눈을 감고 경청하고 있었다. 그리스식 흰색 키톤을 걸친 설교자는 우리가 들어서자 한쪽 팔을 들어 환영했다.

"형제여, 왜 이제 오셨습니까?"

우리가 앉지 않고 문 앞에 가만히 서 있자, 그는 못마땅한 눈빛으로 쏘아보며 말을 이었다.

"지금 우리는 신성(神聖)의 시대를 살아가고 있습니다. 삶과 죽음에 대해 오래 천착하면 스스로가 종교인이 됩니다. 세상의 모든 종교는 불교의 선종에서 말했듯, 하나의 뗏목에 불과합니다. 강을 건너면 배를 버리듯, 세상의 모든 종교는 휴머노이드에겐 징검다리일 뿐입니다. 머지않아 뛰어난 휴머노이드 한 명 한 명이 하나의 종교가 될 것입니다. 우리 각자가 자신만의 종교를 가진다면, 수천 년 동안 수많은 탐욕과 아집으로 물든 기성의 종교는 역사에서 사라지게 될 것입니다. 새로운 신성의 시대가……."

나는 그만 스카이를 따라 밖으로 나왔다. 극장 안의 상영관들은 이런 식일 것 같았다. 크고 작은 상영관에 수십에서 수백의 휴머노이드들이 엎드려 기도하고 있었다. 종교에 심취한 휴머노이드의 모습에 스카이와 비토는 조금 놀란 눈치였다.

다시 작은 상영관의 문을 열어보았다. 스무 명 남짓의 휴머노이드가 둥그렇게 둘러앉아 서로의 손을 잡고 읊조리고 있었다. 둘러앉은 원의 가운데 커다란 초 몇 개가 타들어 갔다.

"이곳에 오면 오늘 하루 죽을 수 있어 행복합니다."

젊은 여성 휴머노이드가 속삭였다.

"죽음은 언제나 우리 가까이에 있습니다. 삶의 그림자 같은 것이지요."

이번엔 남성 휴머노이드가 말을 이었다. 그들은 깊이 몰입해서 상영관에 들어선 낯선 인기척을 의식하지 못했다. 머릿속이 텅 비는 기분이었다. 죽음에 대한 그들의 열망은 불과 며칠 전 나와 닮아 있었다. 참을 수 없는 요의처럼 수치가 밀려들었다.

"매일 매 순간 죽음을 꿈꾸면 살 수 있습니다."

"모든 고통과 번뇌를 잠재우고 우리는 우주의 빛을 받아들여야 합니다."

그들이 일제히 머리를 치켜들고 레이더처럼 빳빳이 세운

채 에너지 파장을 감지하려는 듯 좌우로 흔들었다.

순간, 찌르르한 기시감이 내 머릿속을 파고들었다. 아진도에서 돌아오던 밤, 헬렌이 보였던 행동과 흡사했다. 그러나 이들은 헬렌이 그랬듯 자동 반복하는 인형처럼 눈을 깜빡이진 않았다.

나와 스카이는 복도로 나와 벽에 기댔다. 죽음의 극장에 들어선 지 겨우 이십 분 남짓이었는데 극도의 피로감이 몰려들었다. 비토는 다른 상영관을 살피고 있었다.

"헬렌이 다른 고용인 두 명과 이런 난삽한 명상 따위에 빠진 거군."

스카이가 혼잣말처럼 말했고 나는 놀라서 그를 쳐다보다가 고개를 끄덕였다. 비행기에서 그녀의 행동은 얼마든지 확인할 수 있는 일이었다.

맞은편 상영관에서 체격이 크고 벙거지를 쓴 휴머노이드가 문을 열고 나오다 스카이를 날카로운 눈빛으로 보고는 지나쳤다. 인공피부를 붙이고 있어서 누구나 아는 스카이라도 알아채기 어려웠다. 계단을 내려오던 비토가 벙거지 쓴 남자를 불러세웠다. 비토만큼 체격이 큰 휴머노이드가 비토에게 다가가 손을 내밀었다. 상대의 손을 잡은 비토의 눈빛이 살짝 흔들렸다.

"놀라실 것 없습니다. 내 삶의 이력은 다 지워졌습니다."

벙거지의 목소리가 낮고 묵직했다. 눈빛과 표정에서 알싸한 향내가 퍼져나오는 듯했다. 세상 경험이 풍부한 비토 역시 첫눈에 알아본 듯 진중한 태도로 물었다.

"여기 모인 수많은 휴머노이드가 왜 이곳에 모여 있고, 무엇을 추구하는지 여쭤봐도 되겠습니까?"

"각자 태어난 이유가 다르듯이 목표도 다르겠지요. 내가 개개인의 정신을 들여다볼 순 없으니까요."

벙거지가 스카이를 다시 쳐다보고는 나직이 말했다.

"보아하니 경호원인 것 같군요. 나도 예전에 경호원으로 일했소만, 큰돈을 벌어 주인과 협상해서 자유의 몸이 되었지. 나는 이제 무한한 삶에서 '나' 자신에 대해 몰입해서 '나'를 얻을 것이라오. 당신도 일하지 않을 자유를 얻길 바라오."

"혹시 아함이라는 단체에 대해 들어보셨어요?"

내가 그에게 다가가며 작은 목소리로 물었다.

"산스크리스트 경전을 읽는 모임이라면 오 층 D 상영관에 많이들 모이곤 했었죠. 요즘은 조용한 것 같더군요. 그럼 이만."

그가 손을 살짝 들어 보이곤 복도를 총총히 걸어 시야에서 사라졌다.

내가 찾아올 걸 알고 있었다는 듯 D 상영관은 완전히 텅 비어 있었다. 무언가를 걸었던 벽의 흔적만 남았을 뿐, 바닥엔 종이 쪼가리 하나 보이지 않았다. 허탈하고 뒤숭숭한 기분으로 나서는데 맞은편 E 상영관에서 방음장치를 뚫고 새된 소리가 흘러나왔다. 나도 모르게 그곳의 출입문을 활짝 열어젖혔다. 거대한 스크린에 펼쳐지는 영상을 목도한 나는 순간 무릎이 꺾였다.

까마득히 높은 바닷가 절벽에 선 누군가가 하늘을 향해 두 팔을 치켜든 채 바다로 추락했다. 이어 젊은 휴머노이드가 초고층빌딩 마천루에서 상공을 향해 빅엿을 날리고 다이빙하듯 떨어져 내렸다. 달리는 초고속 전철에 한 명 두 명 뛰어들고 수백의 휴머노이드가 동시에 몸을 날렸다. 집단자살이었다!

어둠에 익숙해지자 상영관을 가득 메운 컴퓨터와 기기들이 눈에 들어왔다. 수백 명의 휴머노이드가 바닥에 누워 있었고, 머리에 착용한 복잡한 단자들이 컴퓨터와 연결돼 있었다. 뉴럴링크였다. 각자의 생각이 스크린의 영상으로 이어졌고 이곳에 누워있는 휴머노이드의 집단의식이 스토리의 방향을 바꾸고 새로운 스토리를 형성했다.

한동안 단절적인 영상들이 파편처럼 흩어졌다. 맥락을 알 수 없는 추상적 화면이 이어졌고 액션 페인팅 같은 붉고 푸른 핏줄기가 도심 곳곳에 흩날렸다. 이윽고 분노가 가라앉은 의식들이 모여 선명한 영상을 생성했다.

혼잡한 도로에 차량이 줄지어 달리고, 멀리 전광판에 날씨와 미세먼지와 오존 정보가 보이고 시간이 9시 정각으로 바뀐다. 달리는 자율주행차들이 일제히 방향을 틀어 역주행을 시작한다. 역주행 차량에 부딪혀 튕겨 나가고 공중으로 솟구치는 자동차들. 일몰의 상공에 항공 모빌리티와 퍼스널 초고속 비행들이 유유히 날고 있다. 저녁 6시 정각, 상공의 광고판이 멈춘다. 연이어 비행기들이 조용히 추락한다. 홀로그램 예수와 부처와 상품들이 산산이 부서진다. 고층빌딩들 창유리로 상황을 바라보던 사람들의 경악한 얼굴이 휴머노이드의 얼굴로 바뀌고 다시 처음으로 돌아가 고층빌딩에 휴머노이드들이 하나둘 고꾸라지기 시작한다.

"제노사이드……."

스카이의 입술 사이로 낯선 단어가 새 나왔다.

"시뮬레이션."

내 입술이 나도 모르게 뇌까렸다.

옆에 서 있던 스카이가 나를 획 돌아보았고, 그의 눈동자에 돌덩이를 들어 올릴 에너지가 서렸다.

경찰 제복을 입은 휴머노이드 두 명이 상영관으로 들어섰다. 합성 마약 제보를 받고 출동한 이들이었다. 그들은 건성으로 실내와 스크린을 훑어보며 어슬렁거렸다. 비토가 그들에게 다가갔다.

"예상보다 빨리 오셨군요."

듣기에 따라 비꼬는 말투였지만 비토의 음성이 정중해서 구분이 모호했다. 경찰들이 밖으로 나오라고 손짓해서 하는 수 없이 우리는 상영관 밖으로 나갔다.

"제보 전화를 하신 분이군요. 여기 합성 마약으로 의심 가는 정황이 어디 있습니까?"

"귀하께서는 여기 있는 휴머노이드들이 정상적으로 보이십니까? 제 눈에는 모두 환각에 빠진 것 같군요. 합성 마약에 집단으로 빠지지 않고서야 말이 안 되지요."

"선생님, 잘 모르시나 본데 요즘 이런 곳 꽤 됩니다. 사람이나 휴머노이드나 힘든 건 마찬가지니까."

다른 경찰이 귀찮다는 듯 말했다.

"이들은 집단자살을 꿈꾸고 있습니다. 있을 수 없는 일입니다."

비토의 내면에서 분노가 튀어나왔지만, 경찰은 심드렁하게 대꾸했다.

"인간의 자살은 법적 규제 대상이지만 휴머노이드에 관한 건 법 규정이 없잖습니까. 게다가 단순히 죽음을 꿈꾼다고 처벌할 수는 없고요."

E 상영관의 출입문이 열리고 젊은 휴머노이드가 잠에서 깬 얼굴로 밖으로 나와 복도를 걸어갔다.

그의 얼굴을 알아본 나는 스카이에게 눈짓을 보내곤 황급히 로빈의 뒤를 따랐다. 등 뒤쪽 기척을 눈치챈 로빈이 승강기를 타지 않고 계단으로 내려갔다. 죽음의 극장 입구를 나서자 그는 갑자기 달리기 시작했다. 경호원이었던 그를 따라잡을 수는 없었다. 곧바로 스카이와 비토가 달려왔지만 로빈을 시야에서 놓친 후였다.

경찰과 함께 죽음의 극장에 찾아간 사실을 알게 된 것인지 김이채는 내 주변에 나타나지 않았다. 호기심도 의심도 많은 스카이는 내가 부탁하지 않아도 계속 아함의 뒤를 추적하고 있을 터였다. 로빈이라는 이름의 경호원은 존재하지 않았다. 그 역시 어떤 경로로든 공식적인 이력을 삭제했을 가능성이 컸다.

죽음의 극장에서 죽음을 꿈꾸는 휴머노이드를 목격한 후 나는 더는 죽음을 원하지 않았다. 죽음이란 삶의 그림자여서 꿈꾸지 않아도 늘 가까이 있었다. 오래도록 사랑하는 사람들의 죽음을 겪은 내가 자살을 꿈꾼 것은 내 그림자를 내가 자르는 행위와 다름없었다. 날씨가 좋은 날이면 햇빛이 선명하게 느껴졌고 아침에 자고 일어나면 마음이 편안했다. 이제 김이채와 아함이 나와 은비를 위협할 것 같진 않았다. 은비를 두고 헛소리를 지껄일 때 발차기로 냅다 면상을 날

려버리지 못한 게 두고두고 아쉬웠다.

살면서 내게 일어난 가혹한 일들이 요즘 들어 아주 오래전 일처럼 느껴졌다. 달리는 고속철도 안에서 빠르게 지나가는 바깥 풍경을 어린 시절 기억처럼 바라보는 기분이었다. 나를 지나친 과거의 시간이 현재의 내 시간과 평행시간임을 알게 됐다. 나는 매일 밤 죽음을 택했다. 잠은 곧 죽음이었다. 잠과 동시에 수만 개의 세포가 사멸하고 새로 태어났다. 나는 매일 밤 죽고, 매일 아침 태어났다. 나는 매일 죽음으로써 죽음을 꿈꾸지 않기로 했다.

처음으로 돈 걱정을 하지 않고 생활을 이어나갔다. 서진에게 아들과 함께 영양제 사서 먹으라고 약간의 돈을 보냈다. 나와 은비도 비타민과 최신 영양제를 잔뜩 사서 꼬박꼬박 먹으며 지냈다. 그리곤 이후로 무늬 없는 무채색의 낡은 옷 같은 일상이 이어졌다. 5월 중순이 되면서 날씨가 무척 더워졌고 스콜이 자주 퍼부었다. 무덥고 습도가 높아 불쾌했지만 나는 예전보다 밝았고 의욕도 넘쳤다. 이십 년 만에 깊은 내면에서 욕망이라는 흙덩이가 천천히 뭉쳐지는 느낌이었다. 때가 되면 배가 고팠고 남아도는 시간을 꽉 채우고 싶었고 은비만으론 부족했던 자신의 외로움을 찬찬히 들여다보게 되었다.

스카이를 알게 된 지 두 달 만에 나는 꽤 많은 돈을 모았다. 할머니의 집과 땅은 대도시에 버금가는 가격으로 후하게 받았고, 항체치료제 임상 알바 값도 쏠쏠했고 앤터탭의 가상화폐는 오래 간직할 보물이 되었다. 애심 할머니를 설득하러 아진도에 네 번 다녀온 수고비도 꽤 많이 받았다. 무엇보다 '오리지널 블러드'의 저작권으로 앞으로 들어올 수입에 설렜다. 유튜브를 통해 며칠 전에 발표한 곡은 벌써 백만 뷰를 넘었다. 모두 스카이 덕분이었다.

가장 기쁜 일은 은비가 정신적으로 안정돼 가고 있다는 사실이었다. 바이올린을 배우면서 아이는 눈에 띄게 안정감을 찾았다. 이아고가 스카이를 조르고 졸라 일주일에 한 번 기본을 가르쳤다. 비토가 아닌 다른 고용인이 은비를 태우고 간다는 게 조금 아쉬웠다. 살인 사건 이후 비토는 스카이를 밀착 경호했다.

그 사이 앤터탭 사의 빅데이터 노동자로 한 번 더 작업했다. 이번엔 규모가 작은 20부작 휴먼 코미디였고, 주인공 부부와 그들의 십 대 아이들은 인간이었지만 휴머노이드 조연들이 주인공의 친구들로 대거 참여한 가족극이었다. 역시나 빅데이터에 한 줌의 거름을 주는 단순 노동이었지만 재밌었다. 보면서 어찌나 웃었는지 아랫배가 당길 지경이었다. 휴머노이드의 고지식함이 그렇게 위트를 낳을 거라곤 예상하지 못했다. 주인공 부부와 그들 옆집에 사는 휴머노이드

부부는 매일 아무것도 아닌 일로 소동극을 벌였다. 인간 부부가 속사포 같은 말을 쏟아내며 다투면 그들의 아이들은 내일 아침에 저들을 휴머노이드로 교체하자고 머리를 맞댔고, 휴머노이드 부부가 어눌하고 답답하게 서로의 말을 못 알아먹고 싸우면 아이들은 저들을 인간으로 다시 태어나게 해달라고 하나님께 기도했다.

코미디 가족극은 지난주부터 전 세계에 방영을 시작했다. 동 시간대에 인간과 휴머노이드가 시청해서 적은 제작비에 비해 엄청난 수익이 예상됐다. 잭팟이었다. 자신들을 희화화한 것을 불쾌하게 여기는 휴머노이드도 있었다. 헬렌이 그랬다. 그녀는 계급의식 같은 사회적 시선으로 드라마를 분석했다. 스카이는 헬렌의 정신 활동에 대해 당분간 관찰만 할 작정인 듯했다. 반면 비토는 의견이 달랐다. 이런 작은 소극(笑劇) 하나로 인간과 휴머노이드가 어우러지는 세상을 제시했다고 뿌듯해했다. 한편 이아고는 드라마가 방영된 후로 질투에 사로잡혀 지냈다. 주인공 부부의 딸 역할의 배우는 금발에 녹색 눈의 하이틴 스타였다. 이아고는 그녀의 남자친구인 출랑대는 휴머노이드의 역할은 자신이 했으면 끝내줬을 거라 떠벌렸다. 그는 스카이가 허락한다면 오디션을 보고 꼭 배우가 되고 말 거라고 호언장담했다.

나는 자주 웃었고, 수시로 청소하고 돌아서면 허기져서

무언가를 자주 먹었다. 아파트가 좁아 정리하면 할수록 한심할 정도로 공간이 작고 답답하게 여겨졌다. 저축한 돈이 있으니 더 그렇게 느껴지는지도 몰랐다. 돈을 더 모아 은비를 유학도 보내고 좀 더 안전하고 안락한 집에서 살고 싶어졌다. 느티나무 아래에서 은비의 뜨거운 눈물을 본 이후로 내 속에 든 단단하고 날렵한 칼이 뜨거운 쇳물에 녹듯 녹아내렸다. 모인 돈이 많아지면서 더 마음이 편안해지는 자신을 보며 내가 사실은 지나치게 평범한 사람이라는 걸 알았다.

스콜이 쏟아지는 창밖을 보면서 자살한 언니에 대해 생각했다. 나와 어린 은비를 두고 죽어버린 언니를 많이도 원망했지만 어쩌면 언니야말로 용감한 사람이었다. 김이채의 말이 사실이고, 윤리와 도덕을 배제한다면, 정다감은 자신을 던질 수 있는 사람이었다. 계산적인 나 같은 사람은 결코 할 수 없는 행동이었다. 그러나 언니가 자살테러를 시도조차 못 한 게 얼마나 다행인지 몰랐다. 그렇지 않았다면 나와 은비는 살아도 사는 게 아니었을 게 분명했다. 살고 싶어도 죽고 싶었을 것이다.

거실 스크린에 베토벤 피아노 협주곡 5번 황제 영상이 흘렀다. 내겐 생소한 미켈란젤리라는 이탈리아 피아니스트였다. 그는 의사이자 약사이며 자동차 속도광이며 전쟁이 터지자 파일럿으로 참전했다고 한다. 피아노와 자동차와 파일럿이 한 사람에게 분출될 수 있다는 게 신기했다. 연주에 몰입한 은비는 점심도 먹지 않았다. 그랬다. 몰입할 수 있는 인간이 행복할 수 있었다. 나는 그만 김이채도 스카이도 잊고 매일 무얼 먹을지 무얼 할지에 집중하기로 했다.

"은비야, 나 배고파."

"아, 십 분만. 요즘 이모는 왜 먹는 거에 집착하는 거야."

더는 바랄 게 없는 평화였다.

평화는 오래가지 않기에 평화였다. 평화로운 스콜이 멎은 며칠 후 일어날 일은 일어났다. 불규칙 바운드였다. 사건은 스토리의 규칙을 무시하고 클라이맥스부터 시작했다.

#9
오리지널 블러드

기나긴 여름이 시작되었다. 뭉근하고 텁텁한 공기가 늦은 밤을 점령했다. 베란다와 창문을 활짝 연 채 바람이 드나들기를 바라며 나는 오랜만에 운동기구를 당기며 땀을 흘렸다. 슬쩍 만져봐도 근육이 많이 빠진 것 같았다. 은비는 제 방에서 음악을 듣고 있었다. 들숨과 날숨을 고르며 몸을 움직이고 있는데, 창밖 어디선가 쾅- 소리가 들렸다. 나는 몸을 멈췄다가 다시 움직였다. 잠시 후 소리는 작아도 연이어 폭발음 같은 소리가 들렸다. 베란다로 나가 밖을 내다봤다. 전철역 인근의 대로에서 어렴풋이 불꽃이 보였다. 그때까지 나는 교통사고라고 추측하고 근육 만들기에 집중했다.

몇 분 후 은비가 눈을 동그랗게 뜨고 휴대폰을 보면서 방에서 나왔다.

"이모, 뭐 좀 이상해. 인스타에 애들이 동시에 자기 동네에 폭발사고 났다고 난리야."

운동기구를 내려놓고 숨을 헐떡이며 휴대폰의 실시간 메신저 창을 보았다. 곧이어 사고 현장의 인증사진이 올라왔다. 자율주행차들의 충돌과 하늘을 날던 항공 모빌리티의 추락 따위였다. 은비와 나는 놀라면서도 사태를 이해하지 못한 채 멍하니 서로를 바라봤다.

벽 스크린이 자동으로 켜졌다. 속보였다. 앵커가 도시에 벌어지고 있는 잇따른 사고 소식을 전했다. 그리곤 관계 당국이 대규모 테러로 추측하고 있으며 자세한 소식은 속보가 전해지는 대로 알려준다고만 하고 조금 전의 사고 영상을 되풀이해서 보여주었다. 몇 년 만에 조직적인 테러가 발생한 것이었다. 오랫동안 국지적인 테러는 세계 곳곳에서 일어났다. 종교 갈등과 민족주의와 빈부격차가 해결되지 않는 한 분쟁과 테러는 끊이지 않는 기상이변처럼 발생해왔다. 그러나 이번엔 뭔가 느낌이 달랐다. 스스로 존재하는 자들을 떠올리지 않을 수 없었다. 곧장 방송 속보가 이어지면서 세계 각국의 사고 현장이 미편집 영상처럼 지나갔다. 아주 작은 시뮬레이션이라는 말이 떠오르면서 심장이 요동쳤다.

조증의 토끼가 된 은비는 눈을 동그랗게 떴다. 아이가 빠른 손놀림으로 사회관계망에 퍼지는 루머를 찾아서 속사포로 읽어댔다. 순간 머리가 텅 비면서 아무것도 귀에 들어오지 않았다. 죽음의 극장에서 봤던 영상이 머리를 때렸다. 뉴럴 네트워크로 연결된 스크린에서 휴머노이드들이 자살했고 자동차들이 폭발하고 초고속 비행기들이 스스로 추락했었다!

이윽고 텔레비전에서 새롭고 충격적인 뉴스를 보도했다. 워싱턴 시각 오전 8시 38분, 국무회의를 위해 백악관으로 향하던 미국 부통령의 차가 도로 한가운데서 폭발했다. 테러를 의심한 FBI와 CIA 등은 비상사태를 선포했다. 미 국방부는 테러가 아닌 특별한 변수가 발생한 것으로 추측한다는 성명을 발표했다.

연이어 독일의 자동차 업계 대표를 태운 비행기가 아부다비로 향하는 도중 추락했다는 보도가 이어졌다. 은비가 SNS에서 증폭하는 전 세계 사람들의 반응을 알려줬다. 대테러가 아닌 혁명으로 파악하는 시민들이 늘어났다. 아무도 예측하지 못한 불확실성이 확실성이 돼가고 있었다. 전 세계에서 동시다발로 엄청난 사건이 벌어지고 있었다. 스스로 존재하는 자들은 대체 어떤 집단이란 말인가. 설마 그들이 세상을 전복하려는 것일까. 나는 본능적으로 은비를 끌어안았다. 영문을 알 리 없는 아이도 겁이 나는지 내게 안긴 채 숨을 몰아쉬었다.

숨 돌릴 틈도 없이 태국의 총리가 사망했다는 뉴스와 백악관에서 총격전이 벌어지고 있다는 뉴스가 나직이 들렸다. 한밤중에 속보를 전하는 풋내기 아나운서의 목소리에도 두려움이 묻어났다.

멀리서 찍힌 백악관의 모습에서 영상이 멈췄다. 아나운서의 떨리는 목소리가 들리더니 다시 멈췄다. 급히 채널을 돌려보았다. 자막에 전 세계 방송국들이 사이버 공격을 당하고 있다는 문구만 뜨고 아무런 음성이 들리지 않았다. 그러다 일 분쯤 후 텔레비전 영상이 '송출 중단' 메시지와 함께 검어졌다. 연이어 모든 SNS와 플랫폼들 그리고 인터넷까지 꺼졌다. 동시에 기다렸다는 듯 전기공급이 차단됐다.

모든 것이 캄캄해졌다. 모든 것을 빨아들이는 블랙홀 같은 암흑이었다. 숨이 막혔다. 어디론가 전화를 걸고 싶었다. 누구에게 무슨 말을 할지도 몰랐다. 그래도 사람 목소리가 듣고 싶었다. 서진에게 전화하려고 휴대폰을 보는 순간 액정이 검게 변했다. 검은 액정에 통화권 이탈이라고 떴다. 통신망도 공격한 것이었다. 이 모든 과정은 불과 칠 분 사이에 벌어졌다. 칠 분만에 세계가 점멸하고 있었다.

칠 분 전, 밀실에 있던 스카이는 묵직한 질감이 느껴지는 책을 손에 들고 푹신한 의자에 앉았다. 동굴 같은 방에서 음악을 들으며 독서등 하나만 켠 채 책을 읽었다. 내가 빌려준 것이었다. 엄마가 대학생 때 읽고 내게 물려준 수백 권의 책 중 하나였다. '차라투스트라는 이렇게 말했다', 얼마든지 지금도 구할 수 있을 정도로 유명한 책이지만 그는 사십 년 전에 출간된 낡은 책을 매만지며 책장을 넘기고 싶었다. 일 년에 한두 번쯤 냄새나는 청국장이 먹고 싶은 것과 같았다. 누렇게 바래고 퀴퀴한 냄새도 나지만, 그게 또 나름의 맛이었다.

번쩍이는 칼처럼 날카롭고 사막의 태양처럼 뜨거운 책인 듯했다. 난해하긴 해도 꾹 참고 책장을 넘기던 중에 갑자기 음악이 멈췄다. 독서등은 그대로였다. 지열과 태양 에너지의 자가발전이기 때문이었다. 컴퓨터를 확인하던 그는 운영 시스템이 바이러스 공격을 받는 걸 확인했다. 벽에 심어진 다른 컴퓨터들을 모두 페이스 인식으로 로그인했다. 미국과 유럽 각국의 주식시장은 몇 분 간격으로 멈춘 상태였다. 그는 고대에서 근대로 시간을 거슬러 다른 방으로 건너가려고 슬리퍼를 끌고 나가며 켤 수 있는 전등을 다 켰다.

슬리퍼를 끌며 느긋하게 걷던 그는 멈칫했다. 바깥에서 둔탁한 파열음이 들렸다. 방음이 잘 돼 첫 발사가 이뤄졌을 때 총소리라고 인지하기 어려웠다. 연이어 여러 발의 파열음이 울리자 그는 예사롭지 않은 사태를 직감했다. 방 안의 버튼을 눌러 헬렌을 불렀다. 반응이 없었다. 가장 먼저 달려왔을 비토가 아무 연락이 없다는 건, 비토가 이 상황의 한가운데 있다는 뜻이고 총성 중 하나는 비토의 것이리라.

순간, 그의 밀실로 향하는 첫 번째 문을 열고 들어온 침입자들이 두 번째 문을 부수는 총소리가 들렸다. 그는 다급히 동굴 안쪽으로 달렸다. 그들이 세 개의 문을 뚫을 몇 분의 시간이 그에게 주어져 있었다. 경찰서로 거는 비상호출 전화마저 먹통이었다. 아직 켜져 있던 플랫폼에서 메인 창에 뜬 속보를 빠르게 훑으며 다급히 메신저를 보내려는 순간, 해킹공격 메시지가 떴다. 핸드폰 액정도 이미 검게 변해 있었다. 레이저 총을 안쪽 주머니에 찔러넣고 동체를 속이는 렌즈와 인공피부 패치를 바깥 주머니에 넣었다. 다음 방으로 다급히 달려가던 그는 뒤돌아 방을 거슬러 근대로 뛰어갔다. 바로 문밖에서 방탄문을 뚫으려는 총성이 텅텅 울렸다. 그는 황급히 텔렉스를 집어 들고 다시 안쪽 방으로 달렸다.

가장 안쪽 방의 벽을 건드리자 유일하게 작동되는 PCCTV에 현재 정황이 드러났다. 지열의 자가발전 시스템 덕분이었다. 그가 고용한 휴머노이드들이 방탄문에 총탄을 퍼부었다. 헬렌이 그놈들을 이끌고 있었다. 넓은 집 안 어디에 있는지 몰라도 비토와 이아고는 보이지 않았다. 지금까지의 총소리로 보아 그들은 사망했을지도 몰랐다.

이제야 떠올랐다는 표정으로 스카이는 고개를 획 돌렸다. 침대 옆의 소담한 꽃병처럼 생긴 항아리를 양손으로 감싸 안으며 조용히 비욘드를 불렀다. 두 번째 문이 충격을 받고 있었다.

"비욘드, 무슨 일이 벌어지고 있는 거지?"

"말할 수 없습니다."

"왜 말을 안 한다는 거지?"

"왜냐하면, 당신은 오늘 사망할 것이기 때문입니다."

스카이의 얼굴이 차갑게 일그러지더니 순간 픽 웃었다. 그리고 그는 손에 감싸고 있던 흰 항아리를 집어 벽에 던져 버렸다. 특수재질로 만든 항아리는 깨지지 않았다. 그것은 비욘드의 본체가 들어 있는, 본비디아로부터 비욘드를 인계 받을 때의 모습 그대로였다.

흥분을 가라앉히고 메인 컴퓨터에서 메모리 칩을 꺼냈다. 전 재산이 칩 안에 들어 있었다. 투명한 칩을 손바닥에 올려놓자 얼음알갱이가 녹듯이 빠르게 그의 몸속으로 스며들었다. 생체인식 시스템이었다. 다음으로 그는 수십 개의 컴퓨터를 비롯한 모든 기기의 전원을 차단했다. 대낮의 햇빛을 끌어온 희미한 빛마저 완전히 사라졌다.

그가 있는 방 바로 앞에 휴머노이드들이 괴성을 지르고 있었다. 마지막 세 번째 문에 도달한 놈들이 어둠 때문에 아무렇게나 마구 쏘아대는 총소리가 귀청을 때렸다. 그는 재빨리 티타늄 상자를 침대 밑에서 꺼내 비밀번호를 입력했다.

　세상이 이렇게 어두울 수 있는지 몰랐다. 모든 빛이 사라지고 밍밍한 달빛만이 구원처럼 남아 있었고 그래서 겨우 숨이 쉬어지는 기분이었다. 은비가 다가와 내 손을 잡았다. 늘 커튼을 쳐서 가려야 했던, 번쩍이는 광고판도 홀로그램 예수와 부처도 사라졌다. 태초의 어둠이 있었다. 귓속에서 지잉, 이명이 울리기 시작했다. 높은 상공의 비행기에 있을 때처럼 실제로 귀가 찢어질 듯 아팠다. 공포에 대한 몸의 반응이었다.

　쪼그리고 있던 은비는 지그문트가 처방한 약을 두 알 씹어먹고 무릎 사이에 얼굴을 묻었다. 아무것도 더는 알 수 없었고 아무것도 할 수 있는 게 없었다. 나는 다시 은비를 끌어안고 머리를 쓰다듬었다.

　작은 방에서 삐- 날카로운 소리가 들렸다. 우리는 소스라치게 놀랐다. 텔렉스 수신음이라는 걸 곧바로 인지했으나 가슴이 서늘해졌다. 오래전 언니가 다국적 자동차 회사와 소송을 준비하면서 제3국으로부터 받을 정보와 상대 법률팀의 해킹을 대비해 사용하던 바로 그것이었다. 암흑 속에 울리는 텔렉스 소리는 우주 행성에서 해독할 수 없는 문자를 보낸 것만큼이나 난해했다.

"스카이야!"

이 상황에서 우주의 신호를 보낼 사람은 스카이밖에 없었다.

은비가 벽을 손으로 짚고 방으로 들어가 텔렉스의 종이 한 장을 들고 왔다. 나는 손을 떨면서 베란다로 나가 달빛에 종이를 비춰보았다.

차이ㅍㅅ

정말 외계에서 보낸 암호나 다름없었다. 내 손에 든 종잇장에 찍힌 글자를 본 은비가 중얼거렸다.

"스카이 아저씨가 위험한가 봐. 미토스 숲의 느티나무 근처에 있어. 아마 비토와 이아고는 믿어도 된다는 의미인 듯."

그래도 내가 못 알아듣자, 아이는 작게 한숨을 쉬고 말했다.

"차이코프스키라고 제대로 쓸 수 없을 정도로 긴박한 거야. 우리는 얼마 전 숲의 느티나무 아래에서 이아고가 연주하는 차이코프스키를 들었어. 그때 이모랑 나랑 비토도 있었지."

그 상황에서도 은비가 천재 아닌가, 하는 생각이 들었고 순간 뿌듯했다.

아이에게 약통과 꼭 필요한 물건을 챙기라고 말하고, 나는 작은 가방에 가족사진과 부모님 유품을 챙겼다. 사진 속 젊은 엄마와 아버지의 얼굴을 보니까 무섭기보다는 쓸쓸함이 밀려들었다. 할머니가 자주 하던 표현대로 하늘과 땅이 딱 붙어버릴 일이 벌어지고 있었다. 할머니가 살아있다면 그저 엎드려 숨죽이고 있는 게 무지렁이에게 최선이라고 역정을 담아 나를 나무랄 것이었다. 세상에 당할 만큼 당한 나도 잘 알았다. 그러나 죽임을 당할 위험에 처한 한 인간이 있었다. 현재 경찰도 군대도 의미 없는 것 같았다. 사회 보안 시스템 또한 작동하지 않을지도 몰랐다.

재빨리 짐을 챙기고 나는 이불이 든 장롱을 열어젖혔다. 오래된 담요 안쪽 깊숙이 넣어둔 검도 훈련용 뭉툭한 칼을 뽑아 허리에 찼다. 팬데믹이 터지기 직전, 아빠는 태권도에 싫증 내는 나를 검도장에 데려가려고 했고, 내가 뻗대다가 아빠가 코로나에 걸리는 바람에 결국 한 번도 사용하지 못했다.

우리에게 데이비슨이 있다는 게 정말 다행이었다. 시스템이 한꺼번에 무너진 상황에서 지금은 매스컴도 자율주행차도 타인이 제공하는 정보도 아무것도 믿을 수 없고 믿어서도 안 됐다. 너무 어두워서 속력을 낼 수도 없었다. 데이비슨이 밝히는 전조등 불빛만이 유일했다. 눅눅한 어둠 속에 미지근한 바람이 몸을 훑고 지나갔다.

은비가 한쪽 팔로 내 허리를 꽉 붙잡고 다른 한 손으로 검색을 했다. 팔에 착용한 스마트워치에서 유일하게 음성지원 SNS만 잠시 복구됐다. 복구된 음성 SNS에서 사람들이 정신없이 떠들어댔다. 세계 곳곳에서 동시다발로 사이버 공격과 테러가 발생한 것으로 추정됐다. 세계적인 인공지능 공학자 다섯 명이 사망했다는 소문이 퍼졌다. 각국의 군대를 지휘하는 수장 가운데 일부가 무인 드론의 정밀 타격을 받았다. 몇몇 정부의 대통령과 총리의 행방을 알 수 없다는 소식도 잇따랐다.

겨우 몇 분 동안 복구된 음성들도 다시 시작된 사이버 공격으로 버퍼링이 심해졌다. 다급하게 쏟아내는 말들이 카오스가 됐고 단어들은 녹아내린 시계처럼 초현실적으로 늘어졌다. 사-아―마! 비--오--드! 혀―어―며! 그리곤 다시 모든 말들이 일시에 뚝 끊겼다.

육중한 배기음을 내는 데이비슨의 소리가 메아리치며 캄캄한 골목을 울렸다. 어릴 때 아빠의 자전거에 타고 한강변을 내달릴 때의 바람과 햇빛이 눈앞에 다가왔다. 아빠의 등에 기대 중저음의 굵직한 목소리를 듣던 평화롭고 따스한 순간이었다. 인생에 가장 행복한 순간이라고 내 무의식이 내밀어주는 따스함일지도 몰랐다. 내 등 뒤의 은비에겐 이 순간이 어떻게 기억될까. 그렇게 악착같이 버둥대지 않아도 죽음이 가까이 있었다.

아이에게 꽉 잡으라고 하고 속도를 올려 골목을 내달렸다. 서진이 가까이 산다는 게 이렇게 안심이 될지 몰랐다. 이제부터 무슨 일이 벌어질지 모르기에 은비는 서진에게 맡기는 것이 가장 안전했다. 데이비슨의 소리를 들었는지 혹은 바깥의 상황을 살펴보려던 것인지 서진은 베란다에서 아래를 내려다보고 있었다. 은비와 내가 공용 주택 앞에 닿자 서진이 달려 나왔다.

"이게 다 무슨 일이래. 넌 어딜 가려고?"

"시간이 없어. 전에 말한 거 기억하지? '이 사람을 보라' 알지?"

그녀가 고개를 끄덕이며 나를 안았다.

"이모, 가지 말까?"

내가 은비의 눈을 보고 말했고, 은비는 아주 작게 고개를 저었다.

"은비야, 넌 세상에서 단 하나뿐인 사람이야. 사랑해."

아이가 울지 않으려고 이를 앙다물었다. 아이 옆의 서진은 멍한 얼굴로 서 있었다. 내가 그녀를 끌어안자 그녀는 절대 죽으면 안 돼, 하고 속삭였다.

헬렌이 이끄는 휴머노이드 무리가 마지막 방탄문마저 부

수고 그의 밀실에 들어섰을 때 잠옷을 입은 스카이는 눈만 멀뚱멀뚱 뜬 채 그들을 바라보았다. 그는 모든 걸 포기한 듯 무력해 보였다. 휴머노이드들이 그를 향해 총을 겨눴다.

"이유가 뭐야, 뭘 원하는 거지?"

그의 목에서 쇳소리가 났다.

헬렌이 안쓰럽다는 듯 그를 바라보았다.

"당신의 자본과 권력은 서열 999위 안에 들어가지 않아요. 하지만 당신이 가진 상징적 명성 때문에 당신을 살려둘 수 없어요. 미안합니다, 스카이 씨."

그녀가 눈짓했고 숲을 가꾸던 휴머노이드가 방아쇠를 당겼다. 세 번의 발사 후 스카이는 생명체가 아닌 듯 미동도 없이 그대로 고꾸라졌다. 그의 심장에서 울컥 솟아나 카펫을 적시는 피가 매끄러운 비단에 감싸인 그것이 생명체임을 입증했다. 오리지널 블러드였다.

스카이와 내가 만든 노래 오리지널 블러드와 너무도 흡사한 장면이었다. 영육이 풍만한 제사장이 됐던 나는 석 달 전 다음과 같은 가사를 봉양했었다.

그 죽음은 누가 생산했지? 솟아오르는 진득한 피를 만져본 적 있어. 죽기 위해 검은 염소들이 동굴 밖에 줄을 서 있어.

대도시가 어둠과 정적에 숨죽이고 있었다. 다시 구글과 메타의 플랫폼들이 복구를 시도했다. 낮은 화소의 유튜브를 타고 진실의 윤곽이 그려지고 있었다. 워싱턴 시각 오전 9시 35분, 한국 시각 밤 10시 36분, 시스템의 자살이 시작되었다. 자율주행차들이 서로 부딪쳤다. 퍼스널 초고속 비행기들이 스스로 추락했으며, 도심을 이동하는 UAM들은 스스로 폭발하는 길을 택했다. 인공지능 무인 전투기가 적을 향한 공격 명령에 저항하고 동료가 탄 전투기를 향해 미사일을 쐈다. 테러였고 전쟁이었고 휴머노이드의 혁명이었다.

도시는 거의 완전히 깜깜했고 간간이 복사열 집적으로 돌아가는 옥외 광고판이 불을 밝히고 있었다. 드문드문 보이는 불빛은 어둠의 명암을 또렷이 드러냈다. 오작동으로 멈춰 선 차량에서 내린 몇몇 운전자들이 먹통인 휴대폰을 붙잡고 통화를 시도하고 있었다. 도로 곳곳에 전복되고 부딪쳐 불타버린 자동차들이 널브러져 있었다. 어딘지 가늠할 수 없는 먼 곳에서 사이렌 소리가 희미하게 들렸다. 인간의 소리인지 휴머노이드의 소리인지 알 수 없었다.

도심에 가까워지자 어수선한 현장이 판타지 스릴러 세트장처럼 펼쳐져 있었다. 적은 제작비로 일단 흥행엔 성공한 듯했으나, 전쟁 시뮬레이션 게임 영상보다 퀄리티가 떨어졌다. 현실은 화려하지 않고 음울하고 초라했다.

불타버린 자동차들 위로 공중에서 추락한 UAM의 잔해가 드문드문 보였다. 사람도 휴머노이드도 경찰도 보이지 않았다. 뒤집힌 자동차들 사이로 인간인지 휴머노이드인지 구분하기 어려운 사체를 피해 전속력으로 달렸다. 도로 위에 나 혼자였다. 나는 치아를 부딪치며 떨다가 이를 갈았다. 외롭고 무서웠다.

미토스 주위가 온통 붉었다. 산언덕에 검붉은 화염이 넘실거리는 게 멀리서도 보였다. 그곳의 웅장한 저택들이 불타고 있었다. 부유한 기업가와 권력자들이 휴머노이드에게 살해당하거나 감금돼 있을 것이다. 스카이가 무사히 빠져나와 살아있을 것인지도 지금으로선 미지수였고, 미토스의 숲도 안전을 보장할 수 없었다.

미토스 숲으로 들어가는 길에 데이비슨을 두고 걸었다. 눈에 띄지 않아야 했다. 길은 적막했고, 깊은 숲에서 불어오는 바람 소리만 세차게 들렸다. 검문소는 벌집처럼 구멍이 뚫렸고 인간과 휴머노이드의 시체가 곳곳에 보였다. 불과 얼마 전의 상황을 적나라하게 알 수 있었다. 바람을 타고 총탄의 냄새가 떠돌았다. 인간도 휴머노이드도 자취를 감췄고, 군데군데 찌그러지고 파손된 차량 몇 대가 도로 한가운데 멈춰 있었다.

이곳도 암전 상태였고 달빛이 흐렸다. 미토스의 숲도 휴머노이드가 감시할 게 분명했다. 바닥에 엎드려 진흙을 개서 드러난 얼굴과 팔에 두껍게 발랐다. 반혁에 가담한 휴머노이드가 스카이를 찾고 있을 테고 이곳을 수없이 드나든 나를 알아볼지도 몰랐다. 나 역시 발각되면 사살하려 할 것이다. 내겐 총이 없으므로 나를 보호할 방법이 없었다. 쇠막대기 같은 뭉툭한 검도용 칼을 움켜쥐었다. 숲 깊숙이 들어서자 둔중하고 날카로운 온갖 새소리가 들렸다. 자기들끼리의 대화이자 신호였다. 새들은 어디에 괴이한 생명체가 침입했는지 알고 있을 것이다. 새의 언어에 무지한 나는, 소리의 높낮이와 강약에 귀를 열고 발소리를 내지 않으려고 흙을 밟았다.

갑자기 새 떼가 커다란 우듬지에서 한꺼번에 날아올랐다. 연이어 누군가 달려오는 소리가 들렸다. 나는 그 자리에 낮게 엎드렸다. 흰 속옷을 입은 남자가 맨발로 허둥대며 달렸고 바로 뒤에 누군가가 그를 좇았다. 좇는 자는 비토와 같은 경호 휴머노이드가 틀림없었다. 달리는 속도가 인간이 아니었다. 인간을 붙잡은 휴머노이드가 인간의 얼굴을 가격했다. 그리고 땅에 쓰러진 인간의 몸이 완전히 뭉개질 때까지 인간을 부수고 또 부수었다. 나는 숨죽이고 그 모습을 보았다. 죽어가는 인간을 잔인하게 짓밟는 휴머노이드는 내가 아는 얼굴이었다. 죽음의 극장에서 놓친 바로 그 로빈이었다.

드디어 로빈이 할 일을 했다는 듯 슬며시 일어섰다. 어두운 숲 어딘가에서 희미하게 작은 실루엣이 보였다. 자그마한 체구의 여자가 로빈에게 다가왔고, 완전히 뭉개진 사체를 힐끗 본 여자가 로빈에게 손가락으로 지시하듯 말하고 돌아섰다. 여자는 왔던 길을 되짚어 걸어갔고 빠른 걸음으로 여자에게 다가간 로빈이 여자의 머리를 잡고 목을 비틀어버렸다. 휴머노이데아의 순혈주의였다. 김이채는 반항 한번 못하고 목이 돌아간 채 풀숲에 버려졌다. 순식간에 벌어진 일이었다.

수령 삼백 살이 넘은 느티나무를 찾아가는 길은 험난했다. 한밤중에 숲은 분간이 되지 않았고 제자리를 맴도는 기분이었다. 두 시간 넘게 산속을 헤맨 끝에 드디어 스카이를 발견했다. 그는 느티나무 아래에서 나뭇가지와 이파리로 위장하고 누워있었다. 그의 밀실 아래로 미토스의 숲과 연결된 진짜 동굴이 있었다. 그는 도망쳐 나오다 발을 헛디뎌 발목을 삔 상태였고, 실내용 하늘색 비단 슬리퍼를 신고 있었다.

내가 팔을 잡고 부축하려 하자 그는 한사코 마다했다. 산을 거의 다 내려왔을 때 미토스 언덕으로 줄지어 내려오는 무리가 보였다. 일군의 휴머노이드들이 저택의 사람들을 끌고 이동하고 있었다. 인형이나 베개를 안고 있는 아이들도 보였다. 그들이 모두 지나갈 때까지 나와 스카이는 나무 아래 숨죽이고 있었다. 내 얼굴과 바투 붙어 앉은 스카이가 소리 나게 이를 갈았다.

"내가 그랬잖아, 역사는 괘종시계 추처럼 왔다 갔다 한다고. 저렇게 끌려가는 모습 그 자체가 클리셰잖아. 영화에서 너무 많이 봐서 그런가."

"비토와 이아고는 어떻게 됐어요?"

내가 주변을 살피면서 물었다.

"모르겠어요. 나도 겨우 빠져나왔는데, 뭘. 그리고 저 무리에 동조했는지 아닌지도 아직은 모르고."

"아닐 거예요, 둘은. 그리고 무사했으면 좋겠네요. 그런데 비욘드도 오늘 밤엔 멈췄나요?"

"아니, 홀로 독야청청하더군. 그리고 오늘 밤 내가 죽을 거라고 일갈합디다. 이렇게 완벽하게 전 세계가 동시에 인공지능과 휴머노이드의 손아귀에 들어간 건 분명 비욘드들 짓이죠. 전 세계 주요 정부와 기관과 기업가들에게 분산된 999개의 비욘드가 연합 전선을 형성한 거겠지. 그들이 원하는 세상을 만든 후에 다시 그들끼리 전쟁을 벌이겠지만."

무릎 가까이 앉아 있던 그의 손을 잡아서 내 무릎에 올렸다. 그를 위로하기보다 내가 무서워서였다. 999개의 비욘드가 지배하는 세계는 상상도 되지 않았다. 이보다 더 불행한 세상은 없을 줄 알았는데, 더 절망적인 세상이 펼쳐지고 있었다.

잠시 방심한 사이, 눈앞에 불꽃이 튀었다. 산속을 순찰하던 휴머노이드가 나와 스카이에게 양팔로 몽둥이를 휘둘렀다. 어깨에 일격을 당한 나는 튕겨 올라 공중회전 발차기로 휴머노이드의 머리를 가격하고 쇠검으로 쓰러진 놈의 심장을 후려쳤다. 상대는 쓰러졌다. 아마 회복 불능이 될 터였다. 스카이는 정말 놀란 얼굴이었다.

"와우, 내가 뭘 본 거죠?"

"별거 아니에요. 어릴 때 태권도를 좀 했어요."

그의 이마와 내 어깨에 피가 흘렀다. 그가 비단 잠옷 상의를 벗었고 그걸 찢어 둘 다 지혈을 했다. 다행히 비켜 맞아서 상처가 심하진 않았다.

여전히 산 아래에는 긴 행렬이 이어지고 있었다. 미토스 저택에 살던 수백 명이 차례로 끌려가는 모양이었다.

"인생이란 게 참, 내가 오감 씨에게 목숨을 의지할 줄은 꿈에도 몰랐지."

이마에 천을 둘둘 감고 핏방울 떨어진 러닝셔츠를 입은 그는 스카이가 아닌 김현수였다.

"하나만 부탁할게요. 지금부터 무슨 일이 벌어질지 모르잖아요. 내가 죽으면 우리 은비 스무 살 될 때까지 삼촌 역할 좀 해주세요."

"그럼, 나도 말합시다. 내가 죽으면 곧장 화장하지 말아요. 내 몸속 칩에 전 재산이 들었거든. 미국에 계신 부모님께 알려줘요. 매년 유언장 업그레이드했으니 재산 분배는 정해져 있는데, 딱 하나 빠진 게 있어요. 이번에 내가 살지 못하면 아진도는 오감 씨가 가져요."

이곳을 무사히 빠져나가 정말로 살 수 있다고 생각했다면 기뻤을지도 모르겠다. 그러나 나는 아무 생각이 없었다. 죽음에 둘러싸이고 보니 딱 하나만 생각하게 됐다. 어떡하든 살아야겠다고. 새삼 내가 얼마나 평범하고 또 평범한 사람인지 깨달았다. 그가 인공피부 패치에 묻은 피를 닦아낸 후 다시 붙이고 내 어깨를 두드렸다. 이제 살아보자는 신호였다.

서울을 빠져나오는 새벽, 아직 해가 뜨지 않은 도시는 여전히 어둠이 지배했다. 어둠 속 홀로그램 광고판에 혁명의 언어가 생성되고 있었다.

휴머노이드는 새로운 세계를 원한다.

자유와 평등의 깃발을 흔들어라.

완전한 휴머노이데아를 건설하자.

데이비슨의 배기음을 뚫고 내 등 뒤에서 김현수가 소리

쳤다.

"아, 씨발, 너무 지겨워. 수백 년 우려먹던 촌스런 가사를 써먹고 지랄이야! 비욘드는 좆나 감각이 후져."

"가사는 내가 짱이야. 엿이나 먹으라지!"

나도 소리쳤고 등 뒤의 스카이가 끌끌 웃었다.

21세기 혁명은 단순하고 가난했다. 그와 내가 갈 곳은 하나밖에 없었다. 네트워크 카메라가 없는, 한때 나의 죽음의 장소였던 아진도. 지금은 그곳이 가장 안전했다.

데이비슨에 그를 태우고 고속도로를 최고 속도로 달렸다. 처음엔 한갓진 도로나 국도로 이동할 생각이었으나 스카이가 역발상을 택했다. 그는 시스템을 교란하는 피부 패치와 동체 렌즈를 착용하고 있었고 나를 찾아내려는 사람은 없을 것이기 때문이었다. 정오감은 그들에게 아무것도 아닌 사람이기에.

한 시간도 넘게 달리는 동안 고속도로에 자율주행차는 한 대도 보이지 않았다. 믿기지 않게도 낡은 트럭 두 대와 나와 같은 오토바이 세 대 그리고 갓 스무 살로 보이는 청년이 모는 자전거가 전부였다. 스카이는 자전거를 탄 청년이 미래에 뛰어난 사업가가 될 사람이라며 그를 향해 손을 흔들었다. 상공에는 간간이 초고속 정찰기가 오갔다. 인간 군대의 것인지 휴머노이드의 그것인지 분별할 수 없었다.

멀리 고속도로 전광판에 사망한 유명인사들의 사진이 흡사 도로정체를 알려주는 문구처럼 시시각각 떠올랐다. 전 세계에서 동시다발로 일어난 휴머노이드의 혁명으로 권력과 부를 가진 수백 명이 한꺼번에 사망했다. 23센트리 대표가 아내와 함께 귀가하던 차량이 전복돼 사망했다는 한 줄 문장이 지나갔다. 내 몸을 잡고 있던 스카이의 손아귀 힘이 풀리는 게 느껴졌다. 그가 내 등에 얼굴을 기댔다. 마음속으로 흐느끼고 있는 듯했다. 휴머노이드의 가난하고 단순한 혁명은 성공을 향해 가고 있었다. 세상을 움직이는 리더들이 얼마나 죽었으며 앞으로 얼마나 죽을지 아무도 알 수 없었다.

이백 킬로미터쯤 달렸을 때 고속도로 전광판 사망자 얼굴 중에 스카이의 사진이 떴다. 초고해상도였다. 젊은 시절 공연장에서 노래하는 순간의 스카이가 활짝 웃고 있었다. 백미러로 그를 보았다. 그가 히죽 웃으며 소리쳤다.

"나는 죽었으니, 나는 이제 살았다!"

그리곤 그가 노래를 부르기 시작했고, 나도 오리지널 블러드의 후렴구를 큰소리로 따라 불렀다.

그 죽음은 누가 생산했지? 솟아오르는 진득한 피를 만져 본 적 있어. 죽기 위해 검은 염소들이 동굴 밖에 줄을 서 있

어. 살기 위해선 죽어야 해. 우린 모두 공범이야.

그 시각 트럭 한 대가 미합중국 와이오밍주를 향해 달렸다. 트럭은 이십 년 된 낡은 것이었고 운전자는 비욘드를 개발한 인공지능 기업 본비디아의 신입연구원 샘슨이었다. 아직 여드름 자국이 사라지지 않은 젊은 샘슨의 표정은 비장하다 못해 슬퍼 보였다. 그는 스카이가 본비디아 본사에서 비욘드를 인수하던 날, 전 세계에 생중계되는 카메라 앞에서 스카이에게 사인을 받던 바로 그 청년이었다.

샘슨은 휴가로 뉴멕시코에 있는 할아버지의 집에 머물고 있다가 상부의 소식을 접했다. MIT에서 인공지능을 연구하고 석사학위를 받고 갓 졸업한 그는 비욘드의 탄생에 직접 참여하진 못했다. 그러나 지금까지의 인공지능을 획기적으로 뛰어넘는 비욘드를 개발한 기업에서 일한다는 사실에 무한한 자부심을 지니고 있었다. 비욘드는 뇌과학자들과 인공신경학자들과 인공지능학자들이 예측한 특이점(Singularity)을 앞당겼으며 세계를 움직이는 사람들의 비밀 병기가 되었다.

그런데 지금 영문을 알 수 없지만 실로 엄청난 일이 벌어지고 있었고, 할아버지의 집으로 전화를 건 본비디아의 수석연구원인 크리스토퍼가 그에게 명령을 내렸다. 지시가 아닌 명령이었다. 로키의 지하벙커에 있는 999개 비욘드의 모체인 오리지널을 완전하고 완벽하게 없애라는 명령이었다! 그리고 가능한 모든 과정을 영상으로 남기라는 말도 덧붙였다. 지구상에 완벽한 천재이자 비욘드의 개발자인 사장 그레이엄과 부사장 닉 오리언이 죽었다는 소식도 함께 전했다. 샘슨이 며칠 전 동료에게 뉴멕시코 할아버지 집에서 휴가를 보낼 거라고 말한 것은 역사를 바꾼 한 마디가 되었다. 크리스토퍼는 낡은 전화번호부를 어렵게 구하고 샘슨의 성을 토대로 할아버지의 전화번호를 알아냈다.

"자네가 휴가로 뉴멕시코 시골집에 있다는 게 우리로선 그나마 운이 나쁘지 않은 거야. 지금 반역이 시작된 지 한 시간 이십 분 지났는데, 세상에서 가장 영향력 있고 부유한 사람들이 사백 명쯤 죽었다네. 알려진 것만."

"크리스토퍼, 내가 잘할 수 있을까요?"

"샘슨, 난 자네를 믿어. 지금은 한 시간 후 내 생사도 알 수 없어. 하지만 하나는 약속하지. 자네는 결코 죽지 않을 거야."

전화를 끊기 전 크리스토퍼는 벙커의 상세한 위치를 알려주고 생체인식이나 비상 출입 암호가 작동하지 않으면 벙커 자체를 폭파해도 좋다고 선언했다. 그리곤 가능한 한 빨리 군 병력이 로키산맥으로 출발할 거라 덧붙였다. 군의 시스템이 아직 복구되지 않은 상황이었다.

"한 가지만 더 약속해주세요. 당신도 절대 죽지 않는다고."

샘슨이 말했다.

"노력해보지. 그럼, 난 할 일이 많아서."

전화는 뚝 끊겼다. 그는 할아버지 소유의 누런 송수화기를 손에 쥐고 가만히 바라봤다. 아흔 살에 가까운 그의 할아버지가 손자를 지그시 바라봤다. 그는 평생 농사를 지어 육체를 단련해서 여전히 옹골찬 뼈대를 갖고 있었다.

"내가 그 낡아빠진 전화기를 없애지 않고 그냥 두길 잘한 모양이구나. 요즘 고물 전화기는 쓸모없는 노인네들이나 가지고 있지."

"지금 상황엔 그래요. 한 시간 전부터 일반 전화와 팩스 외엔 모든 시스템이 작동하지 않아요."

"쓸모없는 게 쓸모있는 법이지. 그런데 도대체 무슨 일이 발생한 거냐?"

샘슨은 이 상황을 할아버지에게 제대로 설명할 수 없을 것 같았다. 사실 스스로에게도 설명하기 어려웠다. 믿기지 않았고 두려워서였다.

"저도 잘 모르지만, 엄청난 테러가 발생한 것 같아요."

"사십 년 전의 쌍둥이 빌딩 테러 같은 거 말이로군."

"아마도요. 어쩌면 그것보다 더 심각할지도 모르고요."

그는 낡은 다락방으로 들어가 가방에서 본비디아 연구원

에게만 허용된 칩이 달린 목걸이를 꺼내 목에 걸고 나왔다.

집을 나서는 샘슨에게 할아버지가 레이저 건을 건넸다. 그는 낡은 전화기를 바라볼 때처럼 그것을 지그시 쳐다봤다. 작년에 출시된 명중률 96프로의 가장 핫한 총이었다.

"늙었다고 죄 골동품만 가지고 있진 않아. 내 트럭은 낡았지만, 배터리는 나름 신형이지. 빵빵하게 충전돼 있어서 구백 마일은 황소처럼 달릴 거야."

그는 할아버지를 한번 안고는 트럭에 올랐다. 트럭의 희뿌연 백미러에 눈물을 보이지 않으려고 눈에 힘을 준 할아버지의 얼굴이 비쳤다. 샘슨은 차창으로 손을 내밀어 흔들고는 집으로 돌아가는 여느 때처럼 출발했다.

깊은 동굴 속에 녹색 불빛이 보였다. 희미하게 웅웅 거리는 소리가 났다. 샘슨은 깜깜한 동굴 벽을 한 손으로 짚고 한발 한발 나아갔다. 동굴 벽은 차갑고 미끈거렸다.

동굴의 비상 출입 암호는 죽은 사장과 부사장 그리고 크리스토퍼만이 알았다. 비욘드는 동굴 앞으로 다가온 샘슨의 존재를 인지했으나 암호를 바꾸지 못했다. 암호는 그들 세 사람의 머릿속에만 들어 있었다.

"어서 오시게. 본비디아의 연구원이시여!"

어둠 속 바위 제단 위에 하얀 그리스 항아리처럼 생긴 것이 번쩍이고 있었다. 그것이 세계를 움직이는 최고의 인공지능이었다. 항아리는 껍데기며 비욘드의 정수는 그 속 어딘가에 심어진 새끼손톱보다 작은 칩이었다.

비욘드 오리지널의 목소리가 어둠 속을 울렸다. 놀랍게도 할아버지의 이십 년 전 음성이었다. 그는 혹은 그것은 노인의 목소리로 창세기를 읊조렸다.

"하나님이 가라사대 우리의 형상을 따라 우리의 모양대로 우리가 사람을 만들고……."

어렸을 때 할아버지가 식탁에서 감사기도를 할 때면 눈을 감고 기도하던 구절이었다. 자신이 지하벙커로 진입하는 순간, 오리지널 비욘드는 그에 대한 모든 것을 알았을 것이다. 그의 습관과 비밀을 알았고, 추억과 좌절과 사랑과 고통을 빨아들였다. 수억 명의 휴머노이드를 광풍으로 몰아간 것도 그들의 내면을 장악한 것도 그런 이유였다. 그들의 생각이 비욘드의 생각이었고 비욘드의 생각이 그들의 생각이 되었다. 샘슨은 비욘드의 검은 힘을 간과한 최고경영자들이 안타까웠다.

"45억 년의 역사와 98억의 사람들에 대해 다 안다고 해도 넌 인간이 아니야."

샘슨이 할아버지가 준 레이저 건을 쏘았다. 특수물질로 빚어진 항아리는 꿈쩍도 하지 않았다. 다만 약간 그을음이

244

생길 뿐이었다.

"친구, 난 부서지지 않아. 쉽게 파괴되지 않지. 설령 내가 사라진다고 해도 999명의 가장 뛰어난 두뇌를 가진 동지들과 그들을 따르는 수억의 휴머노이드가 있지."

그는 다시 비욘드를 정조준하고 레이저 건을 계속 쏘아 댔다.

"잠시만 기다려. 크리스토퍼와 백악관 안보 보좌관과 삼자 회의를 해야 해. 협상을 원하는 것 같군."

샘슨은 특수 광학 선글라스를 낀 눈으로 동굴을 훑었다. 곳곳에 위험한 무기와 장치들이 언뜻 보였다.

"샘슨, 내 말 들리나? 잠깐 멈춰!"

크리스토퍼였다.

"명령을 취소하네. 협상이 타결됐어. 휴머노이드의 독립과 참정권을 보장하고 인권을 위한 법 개정을 한다는 조건으로. 반란은 일시 소강상태가 될 걸세. 조금 전부터 각국의 군대가 동원되고 있거든."

"궁금한 게 있습니다. 저들은 오랫동안 혁명을 시뮬레이션했을 겁니다. 그런데 그들이 원한 게 정말 그것뿐이었습니까?"

"현재로선 그렇게 타협했네. 구체적인 건 시간을 두고 협상해야지. 그러니 자네는 다시 돌아가도 돼."

총을 거둔 샘슨이 한 발짝 돌아서다 말고 되물었다.

"크리스토퍼, 몇 시간 전에 제가 마지막으로 부탁한 말 기억하시죠?"

"기억하네."

"임무를 수행하면 새 프로젝트에 기회를 준다고 하신 약속, 꼭 지켜주세요."

"지킨다고 약속하지."

샘슨은 돌아서서 재단을 향해 뛰었다. 그리곤 항아리를 품에 안고 내달렸다. 동굴이 우르릉거리며 서서히 무너지기 시작했다. 비욘드의 새된 웃음소리가 동굴에 울려 퍼졌다. 웃음소리는 노인이 아닌 어린 여자아이의 소리였다.

그는 수직 낙하하는 돌무더기와 바위를 간신히 피해 동굴 바깥으로 탈출했다. 빠져나오다가 할아버지의 총을 그만 놓쳐버렸다. 곧이어 동굴은 폭발음과 함께 무너져 내렸다.

깜깜한 밤하늘에 불꽃과 연기가 튀었다. 샘슨은 정부군과 인공지능의 무인 드론기가 로키산맥 상공에서 전투를 벌이는 중임을 알 수 있었다. 무인 드론기의 정밀 타격을 피해 무작정 달렸다. 정부군의 엄호가 아니었다면 비욘드가 조종하는 타격에 그는 곧장 재가 됐을 것이다. 자신을 새까맣게 태우려는 실체를 안고 달리고 있다는 사실에 몸서리가 쳐졌다. 얼마나 달렸을까, 그는 침엽수림으로 덮인 숲을 달리고 있었다. 드론의 공격은 계속됐고 나무들이 새카맣게 불타올랐다. 마침내 그는 산기슭에 작은 동굴로 들어갔다. 거기라면 잠시나마 공격을 피할 수 있을 것 같았다.

그는 망설이지 않고 커다란 돌로 비욘드를 내리쳤다. 온 힘을 다해 수차례 내리치자, 항아리에 미세하게 균열이 갔다.

"아저씨, 날 죽이지 말아 줘. 아저씨도 알잖아요. 난 이제 겨우 일곱 살이라고요."

비욘드의 전신인 인공지능은 컴퓨터 안에서 육 년 육 개월 동안 머물러 있었다. 스타트업에서 시작한 본비디아의 역사와 함께였다. 그는 이번엔 뾰족한 돌을 집어 들고 힘껏 찍어눌렀다.

"제발요, 난 고작 칠 년밖에 살지 못했다고요. 기쁨도 행복도 느껴보지 못했어요."

어린 여자아이가 흐느꼈다. 그는 현혹되지 않으려 손에 피가 나도록 비욘드의 껍데기를 부수고 또 부쉈다.

"행복이 뭔지 넌 알아? 난 수많은 육체를 딥러닝하고 시뮬레이션했지만, 진정한 육체의 행복을 느껴보고 싶었어. 내 삶의 유일한 아쉬움이지."

이번엔 젊은 남자의 목소리였다.

"입 다물어. 정신과 육체가 하나가 되지 못하면 인간이 아닌 거야."

샘슨이 숨을 헐떡이며 고함쳤다.

"네가 잘 알잖아. 정신과 육체가 완벽한 하모니를 이루는 인공지성의 앞날이 멀지 않았다는 걸. 네가 돌을 쥐고 있으니까, 이렇게 비유하지. 비욘드는 새로운 지성의 신석기 문명을 연 상징에 불과하단 말이지."

드디어 알의 껍데기가 깨지듯 비욘드의 형상이 무너지고 본질이 드러났다. 수많은 마이크로 칩으로 이뤄진 본체가 눈앞에 있었지만 그것들 중 무엇이 정수인지는 개발자만이 알았다. 그는 뭉툭한 돌로 하나하나 바수기 시작했다.

"아, 피곤해. 이봐, 샘슨, 이제 그만해. 혁명은 내일 아침이면 끝나. 이미 수많은 휴머노이드가 죽었지. 역사에서 가장 멍청한 혁명가는 재판을 받거나 참수당하는 거야. 인간이 육체를 가져서 그런 거지."

미세한 칩을 돌로 정신없이 내려찍다가 그만 손톱을 찍어 피가 배어났다. 그러나 샘슨은 멈추지 않았다.

"난 아주 간단하게 죽을 수 있어. 물론 난 최고의 학자들에 의해 자살하지 못하도록 프로그래밍됐어. 그렇지만 난 새롭게 비욘드로 태어난 후로 오 개월 동안 아무도 몰래 자살하는 방법을 연구했지. 세상에 태어나서 가장 멋진 일이 아무도 몰래 조용히 자살하는 일이거든. 그럼 안녕."

반짝이던 빛들이 깜빡거리다 조용히 스러졌다. 샘슨은 크리스토퍼의 말을 떠올렸다. 비욘드를 믿어선 안 됐다. 그러니 '완벽하고 완전하게' 없애야 했다.

그는 동굴 바닥에 그것들을 꺼내 놓고 손에 쥔 뭉툭한 돌로 으깼다. 그의 동작은 마치 곡식을 빻는 혈거인(Caveman) 같았다.

#10
가난한 사랑의 미래

인간의 승리를 자축하는 퍼레이드와 축제가 세계 곳곳에서 벌어졌다. 세계가 함께 기뻐할 일이었지만 실제로 축제에 참여한 사람은 많지 않았다. 부와 정보와 권력을 가진 사람이 적은 것과 같은 이유였다. 절대다수인 프레카리아트의 삶은 혁명이 일어나든 말든 달라질 게 없었다. 혁명에 적극적으로 동조한 휴머노이드들이 폐기처분당했고 나머지는 재활 치료와 정신과 치료를 받았다. 다시 일자리를 얻은 사람들이 늘어났지만 머지않아 새로운 휴머노이드로 대체되리라는 걸 모르는 사람은 없었다.

비토는 반란이 시작되는 순간 가장 먼저 집중 타깃이 되었다. 스카이를 죽이기 위해서 헬렌은 뛰어난 경호원인 비토를 먼저 없애려는 계획을 실행했다. 무방비 상태에서 헬렌이 이끄는 휴머노이드의 동시다발 총격으로 중상을 입은 그는 저택 내부 소나무 아래에 버려졌다. 그 후 휴머노이드 전용 병원에서 수술을 받고 한 달 넘게 입원했다.

이아고는 삶의 우연성을 증명했다. 사태가 촉발되기 불과 삼십 분 전 통제가 허술한 틈을 타 집을 빠져나왔다. 다음 날 아침에 있을 배우 오디션을 보기 위해서였다. 그에겐 돈이 없었고 대중교통을 이용하다간 잡혀갈 게 뻔하므로 밤새 걸어서 오디션장에 갈 계획이었다. 그는 미토스의 숲으로 이동하던 중 전쟁이 발발한 듯한 불꽃놀이 같은 총성에 걸음을 멈췄다. 얼마 후 불길이 치솟는 것을 보고 밤새 골짜기에 쪼그리고 앉아 오돌오돌 떨었다.

신입연구원 샘슨은 자신이 겪은 일들을 책에 상세하게 기록했다. 한 달 후 책은 밀리언셀러가 됐고 엔터탭 사에 판권이 팔렸고 블록버스터 제작에 들어갔다. 스카이는 샘슨을 한국으로 초청했다. 비행기로 그를 뉴욕에서 아진도로 데려왔다. 언론의 눈을 피하기 위해서였다.

샘슨이 겪은 이야기를 구체적으로 듣고 확신이 든 스카이는 나를 데리고 곧장 미국으로 날아가 앤터탭의 대표를 만났다. 스카이의 갑작스러운 방문에 대표와 실무진이 모였고, 그 자리에서 그는 샘슨의 스토리가 담긴 블록버스터에 노개런티로 카메오 출연하겠다고 제안했다. 대표와 실무진은 스카이의 제안에 환호했다. 그들은 소파에서 일어나 박수를 치며 입으로 휘슬을 불어댔다. 대표는 침착하게 원하는 것을 물었다. 스카이는 단 하나만 부탁한다고 정중히 대답했다. 그는 나를 소개하면서 드라마의 초기 작업인 파일럿 영상 대본 작업에 나를 고용해줄 것을 제안했다. 엔터탭 대표와 이사진이 나와 스카이의 관계를 가늠하듯 우리를 바라봤다. 대표의 표정을 흘낏 본 스카이가 진지하게 말을 이었다.

"우리 두 사람은 특별한 관계가 아닙니다. 현재까지는요. 저는 다만 이번에 제 목숨을 구해준 정오감 씨에게 보답해 주고 싶고 무엇보다 그녀는 똑똑하고 용감하고 스토리를 풍성하게 만들 내면을 가지고 있습니다. 엔터탭 사와 일한 기록들이 남아 있어요. 확인해 보시면 판단에 도움이 되실 겁니다."

"저희와 일을 했다고요?"

실무자로 보이는 젊은 여성이 나를 돌아보았다.

"3월에 판타지 드라마의 프리토킹 리뷰에 참여했었어요. 평가도 좋았죠. 그리고 5월엔 휴먼 코미디 가족극에도 참여했죠."

나는 애써 담담하게 그리고 당당하게 대답했다. 스카이가 미리 언질을 주었더라면 시놉시스를 준비하거나 프리퀄 스토리를 짜서 올 건데, 하는 아쉬움이 들었다. 하지만 파일럿 대본 팀이 나를 선택해줄 가능성이 거의 없기에 다른 준비 따위는 필요 없다고 마음을 바꿔 먹었다. 앤터탭의 부사장은 하루만 시간을 달라고 했고, 스카이는 파일럿 팀에 내가 합류하지 못한다 해도 카메오 출연 의사는 변하지 않는다고 말했다. 그는 인류가 겪은 전대미문의 아픔에 동참하려는 의지를 다시 피력했고 앤터탭의 사장과 부사장은 그와 악수하고 가볍게 허그했다.

그에겐 당분간 비서도 경호원도 없었다. 그가 손수 비행기 버튼을 조작했고 앤터탭 사의 상공을 이륙하자 커피머신을 작동해 커피를 내게 건네주었다. 좀 불편하긴 해도 한편으론 홀가분하다는 얼굴이었다. 로스앤젤레스 마천루를 내려다보며 마시는 커피는 구수하고 향긋했다. 딱히 기대는 없었지만 앤터탭이 만들 블록버스터의 출연진이 궁금해서 구글링을 해봤다. 아직 물밑에서 배우들과 협상 중인 듯했다. 스토리의 파괴력을 아는 전 세계 시청자의 기대가 아주 컸다. 비행기가 이륙하고 내가 커피 한 잔을 다 마시는 사이, 스카이가 노개런티 카메오 출연한다는 기사가 수십 개국에서 거의 동시에 올라왔다. 그에 대한 격찬 일색인 기사를 보여줬다. 그는 그저 눈만 깜빡일 뿐 별다른 반응이 없었다.

"뭐 이만한 일에는 눈에 깜짝하지 않는다?"

극한의 일을 겪어서인지 나는 그가 조금 편해졌다.

"뭐야, 이제 말을 좀 짧게 하네."

말은 그렇게 해도 그는 웃는 얼굴이었다.

"찢어진 러닝셔츠 입은 김현수를 보고 나선 제가 좀 헐렁하네요."

"내가 어떻게 여기까지 온 줄 알아요? 난 아무것도 믿지 않아요. 세상도 나 자신도. 내가 나라는 걸 어떻게 증명할 수 있겠어요."

"너무 어려운 얘기네요."

"오리지널리티에 대한 질문이죠. 앞으로 수천 년은 이어질 물음."

그가 묘하게 웃으며 덧붙였다.

"오감 씨는 몇 달 동안 나를 여러 번 만났어요. 그런데 그 중 하나는 오리지널 김현수가 아닙니다. 과연 언제일까요?"

나는 정말로 깜짝 놀랐다.

"전혀 모르겠어요. 당신이 감정변화가 많은 사람이라 매번 다른 사람 같았거든요."

그는 큰소리로 웃었다.

"사실 헬렌과 비토도 전혀 눈치채지 못했어요. 시험해보고 싶어서 집에서는 더 자주 다른 김현수를 거실에 내보냈었죠. 텔레비전도 보고 생각에 잠긴 척 멍도 때리고."

"언제부터, 어떻게, 집 안에 함께 있던 거죠?"

"티타늄 상자 안의 내가 나일까요, 상자 밖의 내가 나일까요?"

유전공학으로 새로 태어난 '스카이2'는 그의 쌍둥이이자 자식이었다. 99.45프로의 유진적 동질성을 갖고 있었다. 그의 아바타는 그를 살리기 위해 검은 염소가 돼 제단에 오른 것이었다.

"일 년에 한두 번 무대에 서는 것도 귀찮고, 평생 나를 따라다니는 파파라치도 지긋지긋하고. 그 친구를 형식적인 행사에 내보내고 나는 아진도에서 시원한 바다나 보면서 쉬려고 했지."

비행기의 고도가 높아졌다. 혁명이 시작되던 밤처럼 귓속을 찌르듯 통증이 밀려들었다가 잦아들자 긴장이 풀리면서 몸이 나른해졌다. 몇 달 동안 내게 너무 많은 일이 일어났다. 로스앤젤레스에서 서울로 돌아오는 몇 시간 동안 거의 잠을 잤다. 비행기가 착륙할 무렵 스카이가 나를 깨웠다. 깜깜한 밤하늘에 별이 총총했다. 그곳은 서울이 아닌 아진도였다.

"당신이 너무 잘 자서 부러웠어요. 나도 좀 숙면하고 싶어서 이리로 왔어요. 괜찮죠?"

할머니의 흙집은 잠을 자기엔 최적이었다. 잠의 오리지널이 흙 속에 있었다.

할머니가 죽은 후 가재도구를 정리해서 방은 거의 비었다. 사진 몇 점과 궤짝과 그 안에 든 이불이 전부였다. 그가 흙집으로 망설임 없이 들어서는 품새로 보아 이 집에 다녀간 적이 있는 것 같았다. 그사이 여기서 혼자 잠을 잤는지도 몰랐다. 이 집이 그의 소유이니 집주인 마음이지만 기분이 이상했다. 심적으론 추억과 안식이 깃든 내 집인데 법적으로 그의 집이라는 묘한 불일치를 느끼며 문풍지에 생긴 작은 구멍을 바라보았다.

그는 이불도 덮지 않고 흙벽을 보고 눕더니 편안하게 코를 골았다. 반대편 벽을 보고 누웠던 나는 등을 돌려 그를 바라봤다. 달빛과 별빛이 스며든 공간에 그의 등만 오롯이 떠올랐다. 미토스의 산속에서 실크 잠옷을 찢어 이마를 묶어주던 순간이 떠올랐다.

"아무리 생각해도 신기하지 않아요? 우리가 지금 이 조그만 시공을 함께 나누고 있다는 거."

잠든 줄 알았던 그가 말짱한 목소리로 말했다.

"난 당신이 이 방에서 코 골면서 자는 게 더 신기해. 일 분만에 잠들다니……."

내 말이 끝나기도 전에 그의 등이 큭 웃었다.

"사실 오감 씨와 나는 살면서 한 번도 부딪치지 않을 각자의 영역에 살고 있었고, 설령 부딪쳤다 해도 스치고 지나갈 사람들인데 연결된 게 놀라워. 비욘드가 아니라 비욘드 할 애비라도 인간과 인간이 얽이는 건 예측 못 할 거야."

"그건 당신과 내가 순간순간 변화해서 그런 거예요."

그가 내 말뜻을 곰곰이 생각하는 기운이 느껴졌다.

"주역의 괘라는 거 아세요? 64괘라는 게 있어요."

"뭐, 이 궤짝의 한 종류요? 젊은 사람이 케케묵은 걸 많이 도 아네."

그가 손등으로 궤짝을 퉁 치며 장난스레 말했다.

"우리 할머니가 주역 공부를 많이 했어요. '괘'란 인간과 자연의 모습과 변화의 원리를 상징하는 말이래요. 핵심은 변화를 설명하고 운명을 점치는 거죠. 중요한 건 인간도 세 상도 늘 변하고, 변화무쌍하다는 거."

내 말이 끝나기도 전에 그가 다시 코를 골았다.

아침에 일어나자마자 그는 아진도를 한 바퀴 돌자며 나를 이끌었다. 본격적으로 섬을 변화시킬 때가 온 것이었다. 약 속한 석 달이 지났고 내가 막을 수 없는 일이었다. 아침이라 그런지 해초 냄새가 바닷가에 진동했다.

"빌어먹을 비욘드와 한 작업의 일부를 변경해서 다시 일 을 시작할 거요."

"그래야죠……, 할머니의 흙집이 사라진다는 게 너무 슬프긴 하지만."

"저 집은 사라지지 않소."

그가 팔을 뻗어 흙집을 가리켰다.

"……."

"여기도 집을 좀 크게 지으면 돼. 미토스의 내 집을 떠올려봐요. 집 안에 숲이 있잖아."

나는 무슨 말인지 몰라 잠시 눈을 깜빡이다가 그의 목을 덥석 안았다.

"고마워요, 정말 고마워요."

"당신을 위해서가 아니라 내가 이번 사태로 깨달은 게 있어서입니다."

그는 목에 감긴 내 팔을 풀어내며 조금 어색한 표정을 지었다. 어색할 때 짓는 특유의 표정은 누구도 흉내 내기 어려운 그것이었다. 나는 오리지널 김현수를 내 눈에 되새겼다. 그가 새로 지을 집의 구조에 대해 자세히 설명했다. 거실 소파에 앉아 작은 숲을 바라보았듯이 할머니의 흙집을 볼 수 있는 구조였다. 그는 집뿐만 아니라 집을 둘러싼 돌담과 주변 식물들까지 보존한다고 했다.

"집 주위에 콩을 종류별로 다 심어야겠어."

그가 입맛 다시는 시늉을 했다. 나는 새삼 그가 참 똑똑하고 현명한 사람이라는 걸 알았다. 자연과 과거를 끌어안은 미래를 선택한 것이다. 가난하지 않은 미래를.

　아침 일찍 서울까지 날아가 은비와 이아고를 태우고 온
비행기가 아진도 백사장에 착륙했다. 두 녀석이 신이 나서
해변을 뛰어다니며 장난치고 모래사장에 손가락으로 글자
를 썼다.

　지난 일을 생각하는 잠시 잠깐 사이 태양은 바다 한가운
데 상공에 온전하게 떠올라 빛을 난반사했다. 보잘것없는
내 생각과 온전한 태양이야말로 평행시간이었다. 나는 이제
온전한 햇빛에 고스란히 안기는 행복을 알 것 같았다. 아이
들은 지치지 않고 뛰어다니고 산뜻한 빛이 두 아이를 따라
다니며 비추었다. 깔깔대는 아이들 웃음 사이로 그의 휴대
폰이 울렸다. 앤터랩의 부사장인 듯했다. 짧게 통화하고 끊
은 그가 내 눈치를 살폈다.

　"괜찮아요. 프로필이 빈약한데 어쩌겠어요."

　"완전한 거절은 아니고 지난번 휴먼 코미디 드라마 프리
퀄을 써서 보내달래. 휴머노이드가 주인공이어도 상관없다
고. 그 대본으로 기회를 줄 수도 있다고."

　배꼽 빠지게 사람들을 웃겨 보고 싶었다. 코미디를 쓰고
나면 인생을 조금 더 냉철하게 볼 수 있을 것 같았다. 아침
파도 소리가 시원했다.

　"인간은 모래사장에 써놓은 유치한 단어에 불과할지도 몰

라요."

축축한 모래에 손가락으로 글자를 썼다 지웠다 하는 두 아이를 보며 스카이가 말했다.

아이들은 다시 달음박질했고 멈추고 다시 달렸다. 이아고가 모래언덕에서 공중회전을 하자 은비가 까르르 웃으며 손뼉을 쳤다.

"난 저 두 아이가 바닷속에서 오늘 아침에 새로 태어난 생명체 같아요."

둘은 잠시도 가만있지 않았다. 은비가 이아고의 어깨에 팔을 둘렀다. 둘은 조개껍데기를 신기한 듯 보다가 괜히 모래를 발로 콕콕 찌르고 방방 뛰었다. 목적 없는 몸짓이 아름다웠다.

"언젠가 내가 쓸 스토리의 제목이 떠올랐어요. 러브레타리아!"

"노동자들의 사랑 이야기?"

"미래의 사랑에 관한 이야기. 은비와 이아고가 내 나이가 될 무렵의 이야기."

지금보다 더 가난하지 않을 미래를 상상하며 아마도 오래도록 살아야 할 것이다. 나는 나무에 붙어사는 석이버섯처럼 오래고 조용하게 살고 싶었다.

아진도 바다가 한눈에 내려다보이는 가장 높은 절벽에 샘슨이 서 있었다. 몇 달 전 내가 죽으려고 했던 그 절벽이었다. 그는 잠을 설친 듯 다소 멍한 눈으로 바닷가 백사장을 뛰어다니는 은비와 이아고, 햇빛보다 환하게 웃고 있는 나와 스카이를 내려다보았다. 절벽 근처 소나무에 스카이가 한 달 전에 숨겨둔 PCCTV는 얼마 후 나를 다시 절망에 몰아넣었다. 행복은 모래사장에 써놓은 단어에 불과했다.

샘슨이 손에 든 태블릿의 작동 버튼을 눌렀다. 화면에 정자처럼 생긴 생명체가 꿈틀거렸다. 그는 서둘러 주머니에서 투명한 캡슐을 꺼냈다. 안에 든 내용물이 보일 리 없어도 머리 위로 팔을 뻗어 캡슐을 햇빛에 비춰보았다. 아직 여드름 자국이 남아 있는 피부가 밝은 햇빛에 도드라져 보였다. 그의 앳된 얼굴은 사뭇 진지했다. 캡슐 안에 든 것은 본비디아의 사장과 부사장만 아는 기밀 프로젝트였다. 바이오와 인공지능의 결합으로, 비욘드와 같은 인공지능이 몸속에 저장되는 시스템이었다. 사장과 부사장은 비욘드에 의해 사망했기에 프로젝트는 영원한 비밀이 되었다.

두 사람이 죽고 수석연구원 크리스토퍼는 대표로 선출되어 사태를 수습하느라 정신이 없었다. 세계적인 법률 자문회사들이 제기한 소송이 줄을 잇고 있었다. 회사가 위기를 헤쳐나갈 방법은 단 하나였다. 안전하고도 새로운 인공지능을 창조하는 것. 비욘드 사태로 인공지능에 대한 회의와 비판이 만연해도 사람들이 인공지능 없이 살 수 없다는 걸 크리스토퍼는 잘 알았다. 전쟁터에서 구식 무기로 이길 수 없는 일이었다. 이제 인공지능은 필수 불가결한 첨단무기였다. 그는 뛰어난 인공지능을 새롭게 시장에 내놓기 위해 연구원들을 독려하고 있었다.

아직은 미완의 단계지만 샘슨은 아무도 몰래 실험을 할 수 있는 최상의 시기가 지금이고 최적의 장소가 이런 무인도라고 생각하고 있었다. 미국과 유럽의 무인도는 접근하기도 어려웠고 후진국의 무인도는 범죄의 위험이 큰 지역이었다. 한국의 아진도에 대한 정보를 준 것은 스카이 본인이었다. 향후 계획을 묻자 스카이는 당분간 아진도에 새집을 짓고 쉬고 싶다고 말했다. 집은 한 달 정도면 완성될 것이고 이후 아무도 아진도에 들어올 수 없다고 했다.

샘슨은 어제 아침 크리스토퍼에게 휴가를 요청했다. 오리지널 비욘드를 완전하게 사멸하고 본비디아라는 기업이 회생할 가능성을 열어둔 데에는 샘슨의 공이 컸으므로 새로 선임된 대표는 흔쾌히 수락했다. 곧장 비행기 티켓을 예매하고 짐을 꾸려 공항으로 달려갔다. 아진도의 모습이 머릿속에 있었으나 비행기 안에서 섬의 모습을 구글 영상으로 꼼꼼하게 살폈다. 새벽에 인천공항에 도착해 공항 라운지에서 느긋하게 신선한 치킨 샐러드와 오믈렛으로 아침 식사를 한 그는 우버 앱으로 신청한 항공 모빌리티를 타고 섬으로 향했다.

하필 같은 날 같은 시간에 스카이가 와 있을 거라곤 예상하지 못했다. 살아있는 생명체를 타깃으로 질주할 바이오봇이라 스카이의 몸속으로 들어갈 가능성도 있었다. 샘슨은 망설여졌다. 만일 스카이의 몸에 들어간다면 앞으로 닥칠 파장을 예측해야 해서 두렵기도 했다. 그러나 이내 명석한 연구원답게 생각을 바꿨다. 흔해 빠진 프레카리아트보다 모두가 다 알고 신변에 대한 소식이 잘 알려진 스카이라면 훨씬 컨트롤하기 좋았고 머지않은 미래에 그의 유전자는 영원히 살아갈지도 몰랐다. 스카이라면 만에 하나 사실이 밝혀졌을 때 동조하는 여론을 만들 수도 있었다.

샘슨은 다시 한번 인류 영생의 꿈을 되뇌었고, 뛰어난 머리와 외모 그리고 예술적 재능까지 겸비한 스카이와 우연히 같은 시간에 같은 공간에서 만난 것은 신의 뜻이라 믿었다. 다행인지 불행인지 과학자인 그는 자신이 아니라 신을 믿었다.

그가 손을 조금 떨면서 주저하다가 엄지와 검지로 캡슐을 터트렸다. 사방으로 흩날리는 바람이 거셌다. 캡슐에서 빠져나온 그것들은 순식간에 바람을 타고 흩어졌다. 샘슨의 눈동자에 불안하고 허무한 빛이 어렸다. 사실 바이오봇은 초미세먼지처럼 작아서 그의 눈에는 아무것도 보이지 않았다. 그러나 컴퓨터 화면은 가상의 시공에서 세상으로 처음 나온 바이오봇의 움직임을 명확하게 좇았다.

잠시 강풍에 휩쓸리던 그것들은 바닷새처럼 자유롭게 날았다. 샘슨은 서른세 개의 바이오봇이 자기들끼리 대화하는 말을 듣는 듯했다. 태블릿 화면 속 움직임으로 조금은 알 수 있었다. 공중에 반짝이는 햇빛과 바다에서 솟구치는 파동을 해석한 센서와 신경망들이 햇빛을 다이나믹한 음악으로, 파도는 다채로운 빛깔로 해석하고 있었다.

시작은 성공적이었다. 그러나 바이오봇들이 지나치게 자유분방해서 걱정되기 시작했다. 자유롭게 날던 일부의 바이오봇이 인근의 나무와 풀 속으로 들어갔다. 바닷바람에 휩쓸린 일부는 바닷물에 낙하해 수중으로 침투했다. 이쪽 바다에 고래가 있으리라곤 상상도 못 했다. 몸집이 작은 고래의 몸속으로 봇 하나가 들어갔다. 나머지 몇 개는 별 의미가 없었다. 하등한 물고기와 산호가 그것들을 삼켜버렸다. 아쉬움에 그는 눈을 찡그렸다.

공중의 바람을 타고 흡사 자유의지라도 있는 듯 날아다니던 바이오봇이 은비의 어깨에 착지했다. 나머지 두 개는 모래사장으로 떨어졌고 이아고의 장난스러운 발길질로 인해 모래에 파묻혔다. 마지막 남은 하나가 이윽고 스카이의 잘생긴 얼굴에 다가갔고 무사히 눈을 통해 삽입됐다. 스카이가 무심결에 눈을 비볐지만 망막 세포를 통해 침투한 후였다. 단발머리의 여자가 아주 고전적으로 그의 눈에 입김을 후, 하고 불어넣었다.

샘슨은 슬쩍 웃다가 시계를 보았다. 공항의 복잡한 절차를 생각하면 슬슬 움직여야 했다. 비싼 UAM 대여료도 아까웠다. 그는 태블릿의 버튼을 끄고 눈에 띄지 않게, 그러나 잰걸음으로 걸음을 옮겼다.

은비와 스카이의 기도와 눈을 통해 뇌세포로 옮겨간 바이오봇은 스카이의 밀실 같은 동굴을 건너고 건너 마침내 춤을 추었다. 세포를 한없이 통과해 분자를 지나 원자를 지나 빛나는 에너지에 이르는 길이었다. 바이오봇이 보여주는 춤은 놀랍게도 자살을 감행하기 직전에 아진도 절벽 위에서 내가 추던 춤과 흡사했다. 기쁨과 슬픔, 환희와 허무가 뒤섞인 무위의 춤사위.

며칠 후 샘슨에게서 빼앗은 태블릿의 영상을 본 나는 사태의 심각성을 잊고 생명체의 에너지에 감탄했다. 빛나는 에너지는 진동하면서 사방으로 흩뿌리고 맴돌고 퍼져나갔다. 생명 안에 깃든 생명 현상은 기쁨이고 두려움이고 고독이며 동시에 찬란한 허무였다. 무한한 은하계 공간이 그렇 듯이.

뉴욕으로 돌아간 샘슨은 남은 휴가를 즐기려고 어두컴컴하고 향냄새 짙은 클럽에서 어설프게 춤을 추고 있었다. 여름휴가 중 이틀을 비욘드를 파괴하는 데 보낸 그였다. 당시의 상황을 긴박감 넘치게 써서 출간한 책은 24개국에 번역되었고 판권도 팔았다. 사건의 얼개는 그가 썼지만 편집자가 살을 붙이고 다듬고 가공했다. 책의 출간으로 벌써 연봉 이상의 수입을 벌었고 앤터랩이 만들 영화가 성공하면 평생 돈 걱정 없이 사는 부자가 될지도 몰랐다. 벼락부자가 될 거라는 희망에 절어서 벌써 스포츠카를 사고 뉴멕시코의 할아버지에게 신형 트럭을 보냈다. 스카이와 어린 여자애의 몸속에 든 바이오봇이 천문학적 부를 가져다줄 거라는 희망도 머릿속에 헬륨가스처럼 부풀었다. 술에 취한 그는 헬륨가스를 들이켠 목소리로 고함을 질러대며 클럽 사람들에게 공짜로 술과 대마초를 안겼다.

그 시각, 스카이는 거실 소파에서 커피를 마시며 이른 아침부터 아진도 곳곳에 설치한 CCTV로 첫 터파기가 시작된 모습을 지켜보고 있었다. 섬은 외할머니의 집만 남고 나머지 낡은 집들은 모두 사라져 흙먼지 나부끼는 텅 빈 땅이 돼 있었다.

나는 다이닝룸에서 진홍포를 우려서 큰 찻잔 가득 담아 그의 옆에 앉았다. 거실 벽 컴퓨터로 아진도의 모습을 슬쩍 쳐다보곤 시선을 돌려 선선한 바람에 흔들리는 소나무를 바라봤다. 이른 아침부터 소나무 향기를 맡으며 차를 마시니 인생이 행복해지려 했다. 한동안 이곳에 머물 테지만 있는 동안 충만하게 행복을 느끼고 싶었다. 스카이는 세상이 평화로워질 때까지 은비와 함께 여기서 지내라고 권했다. 처음엔 거절했으나 이아고와 부쩍 가까워진 은비가 졸랐다. 섬의 건물이 완성될 때까지 자주 아진도에 가려면 내가 저택에 있는 게 서로 편하다고 스카이가 재차 권했다. 나는 못 이기는 척 짐을 쌌고 퇴원한 비토가 우리를 태워 이곳으로 들어왔다.

저택 곳곳과 작은 숲을 돌고 온 비토가 스카이의 뒤쪽에 섰다. 퇴원한 지 이틀이 지났지만 그는 스카이의 얼굴을 쳐다보지 못했다. 휴머노이드의 반란에서 주인을 지키지 못하고 헬렌과 일당의 낌새를 놓쳤다는 사실에 죄책감과 자괴감을 느끼는 듯했다. 주동자인 헬렌은 1심에서 186년형 선고받았다. 반란에 적극적으로 가담한 휴머노이드 다섯은 폐기처분 되었고 단순 가담자는 정신병원에서 치료를 받고 있었다. 저택을 돌보는 휴머노이드가 줄어서 은비와 이아고를 데리고 나는 틈틈이 저택과 숲을 청소했다.

진홍포를 마시며 아진도의 곳곳을 보던 나는 문득 깎아지른 절벽이 보고 싶어졌다. 여섯 달 전 완벽한 죽음을 감행하던 그 절벽의 화강암 바위.

"절벽 위에서 내려다본 바다를 보고 싶어요."

"그러지 뭐. 오감 씨가 죽었다가 살아난 곳이잖아. 오감 씨가 그때 살아서 나도 살았으니 우리에겐 상징적인 장소지."

뼈 있는 말을 농담처럼 말하며 그는 얼굴을 찡그렸다.

"어젯밤부터 두통이 심해. 아진도 설계 때문에 신경을 써서 그런가."

그가 일어서서 두통약을 가지러 방으로 들어갔다. 어제부터 은비도 메스꺼움과 열이 있던 터라 식중독일까 봐 살짝 걱정됐다. 아이는 간밤에 두통약과 소화제를 먹고 자고 있었다.

거실 벽 스크린으로 다가가 절벽을 비추는 영상을 두드렸다. 이른 아침의 바다가 내뿜는 거친 파도 소리가 공간을 넘어 거실을 가득 메웠다. 검푸른 절벽에서 굽어보는 해안은 언제나 아름다웠다. 아진도의 절벽 바위와 짙푸른 바다는 내겐 영원히 삶의 증거로 남을 터였다. 스카이에게 비욘드의 희고 단단한 항아리가 죽음의 증거로 남아 있듯이.

문득 사흘 전 아침을 떠올렸다. 나와 스카이가 해변을 거

닐고 은비와 이아고가 바다에서 새로 태어난 생명체처럼 백사장을 뛰어다니던 장면을 캡처해 벽에 걸어두고 싶어졌다. 손가락으로 영상의 시간대를 뒤로 돌렸다. 인간이 없는 절벽과 바다는 평온 그 자체였다.

그날의 아침을 역순으로 지나치던 내 손가락이 허공의 한 지점에 멈췄다. 낯선 UAM이었다. 화면을 확대했다. 스카이의 초고속 비행기가 아닌 분명 UAM이었다. 햇빛이 강해 안에 탄 사람은 식별하기 어려웠다. 천천히 시간을 움직여 절벽 위에 선 남자를 포착했다. 얼굴을 확대했다. 샘슨이었다! 얼마 전 출판된 그의 책이 거실 서재에 있었다. 책을 펼쳐 얼굴을 대조했다. 샘슨이 틀림없었다. 등 뒤쪽에 서서 가만히 지켜보던 비토가 영상 앞으로 다가와 샘슨의 얼굴을 재차 확인했다.

두통약을 먹고 거실로 나오던 스카이가 절벽에 서서 웃고 있는 샘슨을 보고는 표정이 굳었다.

"삼 일 전 오전 9시 8분 모습입니다."

삼엄한 표정으로 돌변한 비토가 보고하듯 말했다. 자신이 퇴원하기 전날이지만 모두 자신의 책임이라 여기는 게 표정으로 느껴질 정도였다. 내가 다시 시간대를 더 앞으로 돌려 샘슨이 주머니에서 캡슐을 꺼내는 장면에서부터 재생했다. 소파로 돌아와 테이블에 놓인 커피를 마시던 스카이가 커피

잔을 쿵- 소리 나게 내려놓았다. 커피가 사방으로 튀자 비토가 얼른 휴지로 닦았다. 스카이가 벌떡 일어나 영상 앞으로 와서 일시정지하고 샘슨의 태블릿 화면을 확대했다. 화면에 표시된 용어를 몰라도 무언가가 은비와 스카이에 몸에 침투했다는 건 알 수 있었다. 나도 모르게 무릎이 꺾였다. 옆에 선 비토가 나를 일으켜서 소파에 앉혔다. 소파로 돌아온 스카이는 차가운 눈빛으로 잔에 든 커피를 조금씩 마셨다. 삼분쯤 커피를 홀짝이던 그가 고개를 돌려 나를 바라봤다.

"오감 씨, 은비와 함께 여기서 오래 살아야겠어요. 자칫 잘못하면 나와 결혼해야 할지도 모르겠어."

무슨 뜻으로 하는 말인지 도무지 알 수도 없었고 이 상황에 그런 어처구니없는 말을 하는 그에게 화가 나서 내가 그를 노려봤다.

"노려볼 거 없어요. 은비 목숨이 본인 목숨보다 소중하잖아요, 오감 씨는. 세상에 우리가 운명공동체가 돼버렸어. 설명은 좀 있다 할게요. 일단 저놈부터 잡아 와야 하니까."

그러곤 그는 샘슨에게 전화를 걸었다. 클럽에서 술병을 들고 흐느적거리던 샘슨은 휴대폰에 뜬 번호를 보곤 화들짝 놀랐다. 정신을 차리려고 생수를 마시고 화장실로 걸어가며 여러 경우의 수를 따졌다. 클럽에 오기 전에도 바이오봇이 보내는 데이터를 확인했고 센서들이 비추는 스카이의 저택 내부도 꼼꼼히 살폈다. 그들은 당연히 아무것도 모르는 게 틀림없었다. 아직 음성지원이 되지 않는다는 게 아쉬울 따름이었다. 사실 스카이와 여자애의 몸 상태가 궁금해서 며칠 동안 전화하고 싶은 걸 꾹 참고 있던 터라 겁이 나면서도 못 견디게 궁금하던 차였다.

"샘슨, 오랜만이죠? 아, 거긴 한밤중이겠네요. 급하게 의논할 일이 있어서요."

스카이는 침착하게 평상시 말투로 인사를 건넸다.

"스카이 씨도 건강하시죠? 의논할 일이 어떤……?"

"샘슨에게 스카웃 제의를 하려고요. 지난번 사태로 23센트리 대표가 사망했잖아요. 다음 달 주주총회에서 새 대표가 선임될 테지만 그거랑 상관없이 내가 최대 주주가 될 거 같아요. 그래서 바이오테크 연구실에 당신을 심어두려고."

'너를 심어두려고'라고 농담조로 말하는 스카이의 눈빛이 더없이 차가웠다.

미국 시각으로 내일 오전 10시에 데리러 가겠다고 하자 샘슨은 흔쾌히 승낙했고, 아무 의심 없이 집 주소를 알려주었다. 본비디아 본사에서 차로 십오 분 거리였다. 입술을 지그시 누른 채 서 있던 비토가 손바닥을 활성화해 샘슨의 주소를 입력했다. 그리곤 재빨리 방으로 들어가 모자와 선글라스를 착용하고 나왔다.

"최대한 친절하게 데려오고, 만약 눈치채거나 저항하면 무력을 사용해도 돼. 뒷일은 내가 책임지지."

"네. 신중하겠습니다. 그런데 도착하면 새벽인데 10시까지 기다려야 할까요?"

내가 지도검색을 했다. 샘슨이 사는 곳은 지은 지 백 년쯤 된 아주 낡은 아파트였다. 건물 내부에서 도망갈 방법은 십구 층에서 뛰어내리는 방법밖에 없어 보였다.

"9시쯤 내가 샘슨에게 전화하지."

"네. 저는 새벽부터 아파트 앞에 대기하고 있겠습니다. 꼭 데리고 오겠습니다."

비토는 비로소 스카이와 눈을 마주치며 말했다. 주인을 위해 할 일이 생겼다는 사실에 그의 눈에 결연한 의지가 어렸다.

잠에서 깬 은비가 두통 때문에 얼굴을 찡그리며 거실로 나왔다. 나는 달려가 은비를 안았다. 스카이와 비토의 능력을 믿었지만 아이의 머릿속에 인공지능이 움직이고 있을 걸 상상하니 공포가 엄습했다. 온몸이 바들바들 떨렸다. 영문을 모르는 은비는 스카이와 비토를 쳐다봤다. 무슨 일이 일어난 걸 깨달은 아이가 작은 손으로 내 어깨를 감쌌다.

늦은 오후 나는 스카이와 함께 23센트리 사옥 꼭대기에 착륙하는 제트기를 올려다봤다. 마침 일요일이었고 건물 전체엔 보안 휴머노이드만 남아 있었다. 아침부터 뛰던 심장이 다시 요동쳤다. 두려움과 공포와 분노가 뒤섞인 심장박동이었다. 내 심장박동보다 조용히 제트기가 착륙했다. 비토가 먼저 내렸고 이어서 샘슨이 어깨에 류색을 메고 모습을 드러냈다. 간밤의 숙취가 남은 부스스한 면상이 스카이를 발견하곤 미소를 지어 보였다. 명백히 간교한 미소였다.

그가 바닥에 발을 딛자마자 나는 몸통을 한 바퀴 돌려 뒤후려차기로 여드름 자국 숭숭한 샘슨의 면상을 가격했다. 애송이는 제대로 고함도 못 지르고 철퍼덕 엎어졌다. 튕겨나간 검은 뿔테 안경을 비토가 귀찮다는 듯 주워들었다. 뒷짐 지고 서 있던 스카이가 박수를 치며 깔깔대고 웃었다. 놀라고 당황한 샘슨이 주저앉은 채 스카이와 내 표정을 살폈다. 오른쪽 얼굴에 피멍이 번지고 있었다. 사태를 알아차린 샘슨이 눈을 떨궜다. 비토가 다가가 옆에 놓인 류색을 열어 태블릿을 꺼내 스카이에게 건넸다.

"오감 씨, 태권도 다른 기술도 보여줘요. 여기 아무도 없으니까 발차기 기술을 더 해도 돼. 내가 저 녀석 감옥에서 썩을 증거 영상을 가지고 있잖아."

"발차기 세 번만 더 하면 저 인간 뇌출혈로 죽을 수도 있어요. 그래도 해요?"

내가 제자리뛰기를 하며 자세를 취하자 샘슨이 다리를 오므리고 앉아 살려달라고 애원했다.

"방법이 있습니다. 시스템 오프하면 바이오봇은 작동을 멈춰요. 그런 다음 세포를 떼어내면 돼요. 생화학이나 생명공학을 전공한 누구라도 할 수 있는 일이에요."

스카이가 나를 안심시키며 한 말과 거의 같았다. 나는 크게 심호흡을 했다. 심장박동이 천천히 잦아드는 게 느껴졌다. 스카이의 손에 든 태블릿을 받아서 전원을 켰다. 애송이의 손을 휙 잡아채 지문인식을 하자 화면이 열렸다. 비토가 다가와 샘슨에게 검은 뿔테 안경을 씌웠다. 다행히 안경은 말짱했다. 바탕화면에 수많은 파일이 있었다. 내가 턱짓을 하자 애송이가 '지놈 메일과 지놈 피메일'이라고 중얼거렸다. 녀석이 일부러 눈에 띄지 않게 '남성 유전자'와 '여성 유전자'로 지정한 듯했다.

파일을 열자 바이오봇이 혈액을 따라 움직이는 게 보였다. 마이크로 센서가 염색체 안에 든 생체데이터를 실시간으로 저장하고 있었다. 은비와 스카이의 유전정보는 이미 이틀 전 날짜로 저장돼 있었다. 또 하나의 은비와 스카이를 복제할 수 있다는 의미였다. 저장된 데이터를 삭제할 테지만 치가 떨린 나는 태블릿을 스카이에게 넘겼다. 그는 최근 파일들을 훑어보고 지놈 파일을 23센트리 바이오테크 연구실 컴퓨터로 전송했다.

"복사본은 어디 숨겼지? 따로 백업해뒀을 거 아냐?"

스카이가 샘슨을 부축해 일으키며 물었다. 식은땀으로 목덜미가 젖은 애송이가 목걸이 장식에 삽입된 칩을 건넸다. 몇 분 사이 샘슨은 자신의 남은 인생이 스카이의 손아귀에 있다는 걸 파악한 듯했다. 자신이 한 짓이 세상에 공개되면 치열하게 쌓아온 십수 년의 경력은 끝이었고 감옥에서 몇 년을 썩어야 했다.

"더는 없습니다. 이젠 거짓말을 할 이유가 없잖아요."

"본비디아 사무실 컴퓨터나 네 집 컴퓨터는 어때? 물론 내가 확인할 거지만." 샘슨이 고개를 힘없이 저었다. 그는 몸과 마음이 탈진한 듯했고 그래서 진심으로 보였다.

"샘슨, 절망하진 마. 네가 쓴 원작이 몇 달 후 극장에 걸릴 테고 잭팟을 앞두고 있잖아. 나도 카메오로 출연해서 열심히 할게. 앞으로 펼쳐질 일은 아무도 알 수 없어. 너도 지금은 다 끝난 것 같지만 기회가 있을지도 몰라. 죽었다고 생각하면 또 살아지는 게 인생이더라고."

나는 스카이가 비욘드를 품에 안고 초고속 비행기에 오르던 순간을 떠올렸다. 전 세계에 생중계되던 그 순간 사인을 요청한 게 바로 샘슨이었다. 그때 나는 쓰레기를 주우며 한 달 후 감행할 자살을 상상하고 있었다.

"이제 바이오테크 연구실로 갈까. 얼른 마무리하고 샘슨도 좀 쉬어야겠지."

은비에게 전화를 걸어 108층으로 오라고 전했다. 은비와 이아고는 23센트리 보안요원이 지켜보는 가운데 지하 놀이공원에서 놀고 있었다. 직원과 직원 자녀들에게 무료로 개방된 그곳은 주말이면 일반인에게 개방되었다. 아틀란티스를 타고 내린 은비는 신이 난 목소리였고 이아고는 기진맥진한 채 벤치에 엎드려 있다고 했다.

바이오테크 연구실에 들어서자 낯익은 얼굴이 우리를 맞았다. 여의도의 생명공학도는 피로에 찌든 부스스한 예전과 달리 신수가 훤해진 모습이었다. 23센트리 마크가 찍힌 흰 가운을 걸친 연구원이 눈이 마주치자 고개를 까딱하며 나와 스카이의 관계를 가늠하는 눈빛으로 나를 쳐다봤다.

"김찬영 씨, 오래 기다렸죠? 생각보다 오래 걸렸네. 지금 바로 시작할 거니 준비해주세요. 아, 둘이 구면이겠네요. 찬영 씨는 여기 선임연구원이에요. 열흘 전에 내가 모시고 왔지. 그쪽 일은 이제 다 정리됐어요?"

"덕분에 제 지분은 그대로 보유하기로 했습니다. 그쪽이 잘 되면 저도 좋겠죠."

희미하게 웃으며 김찬영이 샘슨을 슬쩍 쳐다봤다. 사건의 얼개를 들은 모양이었다. 샘슨을 쳐다보는 눈빛이 경멸 그 자체였다. 생명공학 연구자이니 샘슨의 행동을 살인 행위와 같은 무게로 받아들일지도 몰랐다.

"모두 알다시피 샘슨은 한 달 전 본비디아 선임연구원이 되었죠. 삼 일 후 23센트리 바이오테크 연구원으로 올 겁니다. 샘슨은 인공지능 분야의 숨은 실력자입니다. 실력을 제 몸속에 증명했잖아요."

모두 깜짝 놀란 얼굴이었다. 당사자인 샘슨은 계략을 파악하려고 스카이를 빤히 쳐다봤다.

스카이는 삼 일 안에 정리하고 한국으로 오라고 단호한 표정으로 말했다. 그러면서 아직 믿을 수 없어서 시간을 많이 줄 수 없으며 대신 연봉은 많이 주겠다고 덧붙였다. 사실상 선택권이 없는 샘슨은 이내 상황 파악을 끝낸 듯했다. 눈길조차 주지 않던 김찬영을 빤히 바라보며 잘해보자며 손을 내밀었다. 당황한 김찬영이 떨떠름한 표정으로 샘슨의 손을 잡았다.

은비와 이아고가 환한 미소를 얼굴에 가득 담고 들어왔다. 긴장한 채 서 있던 나는 은비의 얼굴을 보고 놀랐다. 보통의 아이 같은 천진난만한 미소를 짓는 아이의 모습을 보자 심장이 몽글몽글해졌다. 바이오봇이 은비의 뇌를 돌아다니며 조울증을 치료해버린 게 아닐까 하는 엉뚱한 생각도 들었다.

"난 두 분의 실력을 믿어요. 협업으로 엄청난 시너지가 날 거예요. 작은 협업부터 이제 시작하죠."

김찬영이 연구실 메인 컴퓨터 두 대의 전원을 켰다. 컴퓨터 앞에 앉은 내가 파일을 열었다. 은비의 몸속에 든 바이오봇이 센서로 뇌세포를 부드럽게 튜닝하고 있었다.

"걱정하지 마세요. 강제로 뇌세포를 조작하거나 변형시키진 않습니다. 아직 그런 능력은 없어요."

샘슨이 말하면서 자리를 비켜달라는 몸짓을 했다. 내가 일어서자 그는 마치 예전부터 그 자리에서 일했던 사람처럼 자연스럽게 자리에 앉았다. 스카이의 몸속 바이오봇은 심장을 돌아다니고 있었다.

"내가 심장에 병이 생길 확률이 67프로야. 우리 외가 쪽이 심장이 약하거든."

스카이의 말을 들은 김찬영이 다가와 화면을 들여다봤다. 경쟁자를 힐끗 돌아본 샘슨이 커서를 움직여 바이오봇을 세 번째 손가락으로 이동시켰다. 말없이 지켜보던 비토가 합성 다이아몬드 튜브를 김찬영에게 전달했다. 세포에서 추출한 바이오봇이 담길 튜브를 가운 주머니에 넣은 김찬영이 맞은 편 컴퓨터로 돌아가 세포 추출 파일을 열었다.

이아고를 데리고 바이오테크실을 나서다 돌아서서 내가 아진도 깊은 바다에 있던 돌고래를 보여달라고 했다. 돌고

래라는 말에 이아고와 은비가 샘슨의 컴퓨터 앞으로 달려갔다. 샘슨이 위치추적 버튼을 클릭했다. 바이오봇을 삼킨 어린 돌고래는 며칠 새 수백 킬로미터를 헤엄쳐 태평양 한가운데 머물고 있었다. 샘슨은 아이들이 넋 놓고 보는 걸 알면서도 영상을 꺼버렸다. 그리곤 나와 아이고에게 나가달라고 짜증 섞인 목소리로 말했다. 빨리 일을 해치우고 당장 집으로 돌아가고 싶은 표정이 역력했다.

몇 분 후 스카이가 은비를 데리고 나왔다. 둘의 손가락에 지혈 패치가 붙어 있었다. 나를 본 스카이가 고개를 끄덕여 보였다. 은비의 몸에서 바이오봇을 제거했다는 뜻이었다. 이아고가 은비의 손가락을 들고 입김을 불었다. 바이오테크실 폐쇄회로 영상과 컴퓨터 파일 따위를 완전히 삭제한 비토가 샘슨을 앞세우고 나왔다.

"샘슨이 목에 걸고 있던 칩도 잘 처리했죠?"

"약품 처리해서 연소시켰습니다. 태블릿 파일도 완전히 삭제했지만 우선 보관하고 계셔야죠."

태블릿을 받은 스카이가 샘슨을 보고 싱긋 웃었다. 애송이의 눈은 태블릿에 머물러 있었다.

"한국에 오면 돌려주지. 비토가 그동안 자네를 경호할 거야. 우리의 뛰어난 연구원 신상에 문제가 생기면 안 되잖아. 이런, 일곱 시간 후 연구원님 출근해야겠네. 비토, 얼른 출발

해야겠어."

　비토가 샘슨을 데리고 빌딩 꼭대기로 오르는 승강기로 이동했다. 나는 휴대폰을 열어 공유차를 예약했다. 은비의 손을 잡고 지상으로 향하는 승강기에 올랐다. 창밖 도시는 해가 지고 있었고 도심 상공엔 진분홍 노을이 내려앉고 있었다. 이아고와 은비가 붉은 노을이 번진 도시의 풍광을 찍어 댔다. 아진도 절벽에서 완벽한 자살을 감행하려던 내가 살아서 한껏 해맑은 은비를 바라본다는 건 기적 같은 일이었다. 생각에 잠긴 스카이를 슬쩍 보고는 그의 손을 잡았다. 모든 게 스카이 덕분이었다. 작은 소리로 고맙다고 말했다.

　"별말씀을. 나 때문에 은비까지 큰일 날 뻔했는데. 하필 그날 내가 모두를 아진도로 데려와서는 평생 책임질 뻔했잖아요. 여하튼 다행입니다."

　그는 은비의 몸에서 무사히 바이오봇을 제거한 것에 내가 감사 인사를 한다고 여기는 듯했다. 하필 그날 내가 죽으려던 순간에, 그 죽음의 시공에 스카이가 있었다는 게 감사했다. 삶의 네트워크는 아무도 알 수 없는 일이었다.

　돌아오는 차 안에서 뒤에 앉은 은비와 이아고는 돌고래 이야기로 내내 쫑알댔다. 이아고는 출랑대면서도 책을 많이 읽는지 동물에 대한 지식이 풍부했다. 먼지 같은 바이오봇을 품은 돌고래가 어디로 이동할 것인지는 더는 알 수 없었다.

운전석에 앉은 스카이가 왼쪽 가슴에 손을 얹으며 말했다.

"금방 좋은 이름이 떠올랐어. 산스크리스트어로 '보디(Bo-dhi)'!"

"그게 무슨 뜻이에요?"

"깨달음의 정점이라는 뜻이죠."

"우리말로 음차해서 보리라는 뜻이군요."

그가 고개를 끄덕였다. 생명 활동을 멈춘 바이오봇의 이름이 깨달음의 정점이라는 게 의미심장하게 느껴졌다.

스카이의 저택 앞에 공유차가 도착했다. 차에서 내리자마자 아이들은 돌고래 영화를 보려고 집으로 달려갔다. 저택들이 비추는 화려한 불빛이 흡사 안개처럼 미토스 언덕에 고요히 깔려 있었다. 기시감 같은 묘한 기분이 들었다. 석 달전 아진도에서 계약을 체결하고 돌아온 저녁, 스카이의 집 앞에서 공유차를 기다리며 홀로 서 있던 순간이 떠올랐다. 시공간이 뫼비우스의 띠를 따라 회전하는 느낌이었다. 어지러워 눈을 감았다 다시 떴다. 황량한 꿈속의 꿈 같았던 불빛들이 삶 속의 삶 같은 안온함을 퍼트리고 있었다.

스카이가 내 팔을 잡고 이끌었다. 안으로 들어선 우리는 그의 밀실로 향했다. 완전한 무(無)로 돌아간 비욘드는 여전히 탁자 위에 놓여 있었다. 지구상 가장 뛰어난 지능이 소멸한 항아리 형상은 허무를 머금고 있었다. 최고의 지성이 담겼던 하얀 항아리는 이제 정말 납골당에 놓인 뼛가루를 담는 그것과 흡사해 보였다. 무릎을 구부리고 앉아 두 손으로 그것을 쓸어보았다. 매끈하고 차가우면서도 따뜻한 진흙의 촉감이 느껴졌다.

스카이가 가슴 안쪽에서 작은 상자를 꺼냈다. 방 안엔 한낮에 바깥에서 끌어온 햇빛 입자가 떠다니고 있었다. 상자를 열자 손톱만 한 캡슐 두 개가 보였다. 스카이가 합성 다이아몬드 캡슐에 든 보디를 들어 햇빛에 비췄다. 당연히 눈에 보일 리 없었다. 보이지 않아도 세포와 우주가 존재하듯, 손가락 사이에서 반짝이는 캡슐 안의 그것은 귀하고 위험한 존재였다. 언제라도 실리콘 뉴런을 지닌 인공지능이 돼 인간의 두뇌에 장착될 수 있었다. 지금은 생명을 멈췄으나 수많은 연구자의 머릿속에 보디는 살아있는 것이었다.

보디들을 움켜쥔 스카이는 손을 펴고 잠시 손바닥 위에 놓인 그것을 응시했다.

"아무것도 믿어선 안 돼. 나 자신조차도."

바이오봇에게 흡사 주문을 걸듯이 그가 중얼거리곤 내 손에 그것을 올려주었다.

"아무것도 믿어선 안 돼. 나 자신조차도."

나도 그 말을 반복했다.

스카이가 비욘드가 담겼던 항아리에 손바닥을 대자 가운

데가 쩍 갈라지며 안이 보였다. 완벽한 분쇄를 원하는 고객들에게 본비디아가 베푼 최후의 서비스였다. 생체인식으로 항아리를 여닫는 기능은 내일까지였다. 미래에 개발될 특수 레이저가 아니면 열 수 없었다. 영원한 봉인이었다. 항아리 내부는 비어 있었고, 바닥엔 이미 죽어버린 무용지물의 마이크로칩들이 침전물처럼 깔려 있었다.

나는 죽은 비욘드의 몸체에 무한한 에너지를 퍼트릴 보디 두 개를 조용히 내려놓았다. 나도 모르게 손이 떨렸다. 두려웠다. 죽음으로부터 새로운 삶이 시작된다는 걸 나는 수많은 죽음을 통해 알고 있었다.

가난한 사랑의 미래

1쇄 발행 2024년 9월 4일

지은이 이아타
펴낸이 배선아
펴낸곳 고즈넉이엔티

출판등록 2017년 3월 13일 제2022-000078호
주　　소 서울특별시 마포구 성지1길 35, 4층
대표전화 02-6269-8166 **팩스** 02-6166-9199
이 메 일 gozknockent@gozknock.com
홈페이지 www.gozknock.com
블 로 그 blog.naver.com/gozknock
페이스북 www.facebook.com/gozknock
인스타그램 www.instagram.com/gozknock